白夜の爺スナイパー

デレク・B・ミラー
加藤洋子 訳

集英社文庫

目次

主な登場人物

シェルドン・ホロヴィッツ……ユダヤ人の元アメリカ海兵隊員。82歳
リア・ホロヴィッツ……シェルドンの孫娘
ラーシュ・ビョルンソン……リアの夫
ソール……シェルドンの息子。故人
メイベル……シェルドンの妻。故人
シーグリッド・ウーデゴル……オスロ警察警部
ペッテル・ハンセン……シーグリッドの部下
センカ……シェルドンのアパートの階上の住人
ポール……センカの息子
エンヴェル・バルドシュ・ベリシャ……ポールの父親。元コソボ解放軍
ブリム……エンヴェルのいとこ
カドリ……エンヴェルの仲間。元コソボ解放軍
アドリアナ・ラスムッセン……ブリムの恋人
ビル・ハーモン……シェルドンの友人。故人
マリオ・デ・ルーカ……シェルドンの戦友。故人
トルモド、マッツ……猟師

白夜の爺スナイパー

息子へ

第一部　五十九度線

一

いまは夏で、輝いている。シェルドン・ホロヴィッツは、オスロにあるフログネル公園の木陰でピクニックだ。折り畳み式のディレクターズ・チェアに座っているので、地面に置かれた料理には手が届かない。膝の上の紙皿には、好きでもないカツレツを挟んだサンドイッチの食べかけが載っていた。ビールを飲みはじめたが興味を失い、いまは右手の人差指でグラスについた水滴をいじくるだけだ。まるで小学生みたいに足をぶらぶらさせているが、八十二歳にもなるとその動きもゆっくりになる。足が描く弧も小さい。リアとラーシュにはとても打ち明けられない――むろん言えるわけがない――が、自分はなにをやっているのだろう、好奇心がうすれていく前になにか手を打たないと、と思わずにいられなかった。

腕を伸ばした先には孫娘のリアとその夫のラーシュがいる。ビールをぐいーっと呑むラーシュは、いかにも楽しげで親切そうで、元気いっぱいだから、シェルドンとしては、その手からホットドッグを奪い取って鼻の穴に突っ込んでやりたくなる。きょうは妙に顔色が悪いリアがそれを見逃してくれるはずもなく、シェルドンはまた〝人づき合いをよくするための遠足〟(「まわりになじめるようにね」)に引っ張り出されるにきまっている。公明正大なこの国で、そんなことをさせられる謂れはない。まあ、ラーシュだって、〝ホットドッグ作戦〟の標的にされる謂れはないわけだが。そもそも、ニューヨークからノルウェーに移り住むのはリアの考えだった。シェルドン――男やもめで年寄りで、短気でわきまえがない――が思うに、ラーシュはすっかりご満悦だ。顔には出すまいと本人は気を遣っているが、見ればわかる。

なにもかも不公平だ。

「ホットドッグはなんでホットドッグと呼ばれているか、知ってるか？」

ディレクターズ・チェアの高みから、シェルドンは声をあげた。杖があれば振り回すところだが、あいにく杖がなくても歩ける。

ラーシュは気を遣って顔をあげた。だが、リアはそっとため息をついた。

「第一次大戦中だ。われわれはドイツに腹をたてていたんで、みせしめにやつらの食い物にべつの名をつけてやった。〝対テロ戦争〟よりはましだ。われわれはテロリストに腹をたてているんで、フランスへのみせしめに、われわれの食い物にべつの名をつけた」

「どういう意味ですか？」ラーシュが尋ねる。

リアがラーシュの脚を軽く叩いて眉を吊り上げるのを、シェルドンは見逃さなかった。ようするに、シェルドンが愚にもつかないことを言い出したり、突然怒り出したり、話題をころころ変えたりしても相手にするな、へたに焚きつけて、陰でさんざん話題にしている認知症を引き起こしたら大変だ、と言いたいのだ。リアはこっそりやったつもりらしいが、真っ赤に熱せられた火掻き棒を見せつけられたぐらい明らかだ。見なければよかったのだろうが、見てしまったのだからしょうがない。これで確信が強まった。

「フリーダム・フライだ！　フリーダム・フライの話をしてるんだよ。フレンチ・フライよさようなら。フリーダム・フライよこんにちは。この愚にもつかないアイディアの出所は下院議員だ。それなのにだ、おれの孫娘は、おれの頭のネジがゆるみつつあると思っている。いいことを教えてやろうか、お嬢さん。おれは正気の境を越しちゃいない。境のほうがおれを越そうとしてるんだ」

シェルドンは公園を見回した。アメリカの大都会ではあたりまえの、寄せては引く波のような雑多なよそ者の群れは見当たらなかった。つまり地元の人間にとってよそ者であるだけでなく、おたがいによそ者であるような連中のことだ。いま彼のまわりにいるのは、一様に背が高く、たがいに顔見知りで、悪意がなくにこやかで、世代に関係なく似たような服装をしている連中だから、逆立ちしたって見分けがつかない。

リア。タイタン一族の名。天を人格化した世界の支配者ウラノスと、大地の女神ガイアの娘、クロノスの妻、神々の母。ゼウスその人も彼女の乳を飲み、彼女の体からいまあるこの世界が生まれた。シェルドンの息子――いまは亡きソール――が、凡庸さを超えた存在になるようにとそう名付けた。彼自身が凡庸さを突き抜けようと、ベトナムで海軍兵として戦った。機動河川部隊に配属になり、一カ月の休暇で帰国したものの、また戦場に舞い戻った。

九月のことだ。ハドソン河畔でもバークシアヒルズでも、落葉の季節だ。妻のメイベル――いまは亡き妻は情報通だった――によると、その休暇のあいだに、ソールとガールフレンドはたった一度だけ愛を交わし、リアが宿った。翌朝、ソールはシェルドンと言葉を交わし、それが二人の関係を大きく変え、ソールはベトナムに戻り、その二カ月後、いつもの捜索救難活動で撃墜されたパイロットを捜しているときに、ベトコンの地雷が爆発して両脚を吹き飛ばされ、病院に運ばれる途中、出血多量で死んだ。

「生まれた子にはリアと名付けてください」サイゴンからの最後の手紙に、ソールはそう書いてきた。サイゴンがまだサイゴンで、ソールがまだソールだったころだ。きっと高校で習った神話を思い出し、そう名付けたのだろう。もっともな話だ。それとも、ほかの兵士たちが眠りに落ちるころ、毛布をかぶって読み耽ったスタニスワフ・レムの『ソラリス』に出てくる悲劇のヒロインに恋をしていたのかもしれない。

ユダヤ系アメリカ人が娘にギリシャ神話のタイタン一族の名をつけるきっかけを作ったのが、ポーランド人のSF作家だったわけだ。そのユダヤ系アメリカ人は、元海兵隊員の父親を喜ばせようとベトナムに行って地雷を踏み、父親は朝鮮戦争のスナイパーだったが、スカンジナビアの原野にいてなお、北朝鮮のスパイに追いかけられている。七月の晴天の日、緑深いフログネル公園の真ん中にいてなお、北朝鮮のスパイに追いかけられている。これまでしてきたことすべてを償うための時間はほとんど残っていないというのに。

「リア」この言葉はここではなんの重みも持たない。スウェーデン語ではデパートのセールを意味する。ギリシャ神話も形無しだ。

「パパ?」リアが呼びかける。

「なんだ?」

「で、どう思う?」

「どう思うって、なにが?」

「わかってるくせに。この場所。この公園。このあたり一帯。トイエンのアパートが売れたら、ここに引っ越して来ようと思ってるの。グラマシー公園とはちがうけど」

シェルドンが返事をしないでいると、彼女は眉を吊り上げ、答を呼び出そうとするかのように両手を開いた。「オスロ」彼女がかいつまんで言う。「ノルウェー。光。この生活」

「この生活? この生活についておれの意見を聞きたいのか?」

ラーシュは黙っている。シェルドンが加勢を求めると、ラーシュは逃げた。目は合ったが、りに、ラーシュの脳みそはまるで働いていない。祖父と孫娘のあいだで交わされる異文化のやりと二人の言葉の決闘に丸腰では立ち向かえないし、仲裁に入るのは失礼だとわかっているらしい。

それでも同情はしているようだ。ラーシュの顔には万国共通の表情が浮かんでいる。その意味は〝結婚したばかりのぼくに振られたって困るなあ、こっちを見ないで〟だ。気持ちはわからないでもない。だが、シェルドンはそこに紛れもなくノルウェー的なものを感じた。

あくまでも中立を守ろうとする、そのあたりがシェルドンの神経を逆撫でするのだ。

シェルドンは孫娘に、ラーシュがようやく結婚に持ち込んだ女に顔を向けた。彼女の髪は烏の濡れ羽色で、それを艶やかなポニーテールにしている。ブルーの瞳は戦場に赴く前に見た日本海のように輝いていた。

妊娠したせいで、眼差しがいっそう深くなったようだ。

この生活？　もしもいまこの瞬間、手を伸ばし彼女の顔に触れたら、頰骨に指を走らせ、強風のせいではからずも流れ落ちた涙を親指で下唇から拭い取ったら、シェルドンはおそらくわっと泣き出して彼女を引き寄せ、きつく抱き締めてしまうだろう。生まれようとしている命がある。大事なのはそれだけだ。

彼女は答を待っている。そして、答は得られない。シェルドンは彼女を見つめるだけだ。なにを質問されたのか忘れたのだろう。そう思って彼女はがっかりする。

夜の十時を過ぎないと日は沈まない。子どもたちはおもてにいて、大人たちは仕事を早く切り上げて家に帰り、何カ月もつづく暗い冬の見返りに、いま目の前にある長い夏の一日を楽しむ。親たちはオープンサンドを注文し、小さく千切って子どもに与える。父親はプラスチックの哺乳瓶を、奇妙な名前がついた高価な乳母車にしまう。

クイニー。ストッケ。バガブー。ペグ・ペレーゴ。マキシコシ。

この生活？　この生活がたくさんの死の産物だということに、彼女は気付いていいころだ。マリオ。ビル。リアの祖母のメイベル。彼女が死んだせいで、シェルドンはここに移り住むことになった。

ソールの死がどんな軌道を描くか、誰も計算できない。

メイベルの葬式はニューヨークで営まれたが、彼女もシェルドンも生まれたのはそれぞれ別の土地だった。シェルドンはニューイングランド、彼女はシカゴだ。やがて二人ともニューヨークに落ち着いた。最初は訪れるだけの場所だったニューヨークに住むようになり、長く住みつづけてニューヨーカーになった。

葬儀と告別式が終わると、シェルドンは一人で自宅にちかいグラマシー公園のコーヒーショップに出掛けた。午後も半ばで、ランチの時間は終わっていた。会葬者は散っていった。家にいてまわりの世話になり、食事も運んでもらい、慣習どおりに七日間の喪(シヴァ)に服すべきだったのだろう。だが、彼は十九丁目にちかい、71アーヴィング・プレース・コーヒー・アンド・ティー・バーでブルーベリーマフィンを食べ、ブラックコーヒーを飲んでいた。葬儀に出るためノルウェーから一人で飛んで来ていたリアは、シェルドンが告別式の会場を抜け出したことに気付いた。数ブロック先で彼を見つけ、向かいの席に座った。

上等な黒いスーツを着て、髪は肩に垂らしていた。リアは、なにかを決意した表情を浮かべていた。シェルドンはてっきり、シヴァを守らなかったことで責められるのだと思った。

彼女の決意を聞いて、シェルドンはブルーベリーマフィンを吐き出しそうになった。

「あたしたちと一緒にノルウェーに来て」

「馬鹿言うんじゃない」

「本気よ」

「おれもだ」

「フログネルという地区。いいところよ。地下の部屋には専用の出入り口があるから、気兼ねしなくてすむでしょ。まだ引っ越してないんだけど、冬までには引っ越すつもりでいるの」

「トロールにでも貸したらいい。向こうにはそういうのがいるんだろ。ああ、あれはアイスランドだったか？」

「誰にも貸すつもりはないわ。足の下に知らない人が住んでるなんて、気持ち悪いじゃない」

「子どもを作らないのはそのせいなんだな。そんなのは慣れだ」

「来るべきだと思う。ここになにがあるって言うの？」

「ブルーベリーマフィン以外にか？」

「たとえば」

「おれの歳になると、そんなにいろいろ必要じゃなくなるんだ」

「かんたんには引き下がらないから」

「あっちでなにをやれって言うんだ？　おれはアメリカ人なんだぞ。ユダヤ人なんだ。八十二だぞ。引退したやもめだ。元海兵隊員。時計修理屋。小便をするのに一時間かかる。あっちにはおれの知らないクラブでもあるのか？」

「一人ぼっちで死んで欲しくないの」

「なにを言い出すかと思えば、リア」

「あたし、妊娠してるの。まだ初期の段階だけど、ほんとうよ」

よりによって妻の葬式を出したその日、シェルドンは孫娘の手に唇を触れて目を閉じ、脈の中にあたらしい命を感じようとした。

メイベルが亡くなった時には、リアとラーシュがオスロに住んで一年ほど経っていて、シェルドンは移住を決めた。ラーシュはビデオゲームの売れっ子デザイナーだし、リアは建築設計の仕事が軌道に乗りはじめていた。ニューヨークのクーパー・ユニオン大学の学位がおおいにものを言ったうえに、オスロ市民が郊外に丸太小屋を建てて住むようになってきたので、彼女はオスロに定住することを決めた。

ラーシュは大喜びで、きみならここの生活に溶け込んでいい母親になれる、と彼女を元気づけ、楽天家の本領を余すところなく発揮していた。生まれ故郷の水に卵を産み付けるのは、ノルウェー人にとっては自然なことだから、オスロには祖国を離れた人びとと結婚したノルウェー人が大勢住んでいる。ここで暮らす外国人は一様に蠟人形館を連れ回された観光客のような表情を浮かべている。彼らにとってここは、現実にそっくりだが現実ではない不可思議な場所なのかもしれない。

ラーシュは両親の援助を受け、一九九二年、半地下にベッドルームがひとつ、一階にベッドルームがふたつあるフラットをトイエンに購入し、それがいまや三百五十万クローネの値がついていた。シェルドンにはブロンクスみたいに思えるこの区域では破格の値段だ。二人して貯金に励んで五十万クローネの頭金を用意し、必要なローンを組むつもりで――多少は無理をするが、払えない額ではない――シェルドンの中ではセントラル・パーク・ウェストに匹敵するフログネルにベッドルーム三つの物件を探した。少しばかりお高くとまった地区だが、ラーシュもリアも、トイエンが高級化するのを待つことに疲れてしまった。移民の流入で金持ちが出て行き、学校の質が落ちている。パキスタンやバルカン諸国からの移民だ。ちかくの公園ではソマリア人が集まって麻薬作用のあるチャットの若葉を嚙みながら談笑している。そこで市議会が知恵を出し合い、麻薬依存症治療センターを道を挟んだ向かいのショッピングセンターに移したため、ヘロイン依存症者が集まってくるようになった。これもまた〝味わい〟だとリアとラーシュは言いつづけたが、シェルドンから見れば脅威でしかなかった。

だが、ありがたいことに、ここには吊り目の小柄な北朝鮮の人はいない。いたとしてもここなら目立つ。ノルウェーでは北朝鮮の人を隠すのに苦労する。ニューヨークなら、木を森に隠すようなものだ。道の角ごとにいて、花を売り、グロサリーストアを営んでいる。通りを歩いていると、小さな目でこっちを睨み、ピョンヤンに暗号文の電報を打ってこっちの居所を知らせる。

一九五一年以来、彼らはずっとシェルドンを付け狙っていた――たしかなことだ。インチョンの堤防の上にいる、みんなおなじキムという名の十二人を撃ち落としたのだから、赦してくれ、忘れてくれと言っても無理がある。そんなに甘い連中じゃない。彼らの忍耐力は中国人並みで、復讐心はイタリア人も真っ青だ。おまけに彼らは環境に溶け込む。いやはや！彼らを見分け、その存在を肌で感じ、彼らを避け、彼らを騙す術を身につけるのに何年もかかった。

だが、ここではそんな心配はいらない。ここなら、彼らは人ごみの中にいても目立つ。自由思想に冒された場合に備え、洗脳された人間同士で監視し合っている。

「いいか、よく聞けよ、くそ野郎！」いつか言ってやりたい。「戦争をはじめたのはおまえらだ！それがわかったら、きっちり謝ってもらおうじゃないか」

だが、シェルドンはいまでも、欺かれた人間はその行動に責任を持たなくていいと信じていた。

彼が朝鮮の人を嫌うことを、メイベルはけっして理解しなかった。あなたもそういう齢になったのよ、と彼女は言った。お医者さんもそう言ってる。そろそろ人の言うことを聞いて、スナイパーだったと自分を美化するのはやめたらどう。プサンで平凡な事務官をしていたことを認め、北朝鮮の人に付け狙われてなんていないと認めたらどう。あなたは人を撃ったこともないし、怒りに任せて銃を発射したこともなかったのよ。

彼女がそういうことを言いはじめたのは、死ぬ数カ月前だった。

「あなたは物忘れが始まっているのよ、ドニー」

「始まっていない」

「あなたは変わったの。わたしにはわかる」

「おまえは病気だ、メイベル。そのことがおれに影響を及ぼさないわけがない。それに、おまえは一九七六年からおなじことを言いつづけている。つまり、おれは変わっていないということだ。変わったのはおまえのほうなんじゃないか。おれの魅力に鈍感になってきたんだろう」

「責めてるんじゃないの。あなたは八十を越してるの。リアが言ってたわよ。八十五を過ぎると、二十パーセントがアルツハイマーになるんですって。そういうこともちゃんと話しておかないとね」

「そんな必要ない！」

「もっと魚を食べてちょうだいね」

「食べない」

大人げなかったと後で思ったが、言い返す言葉には年季が入っている。

彼の記憶は年とともに鮮明になっていた。時間はあたらしいやり方で折り畳まれてゆく。未来がないから、思いは内へと向いてゆくのだ。物忘れではない。避けられないものへの唯一の理性的な対処法だと言ってもいい。

だが、そういう記憶になんの意味があるのか？

彼は朝鮮で迷子になった。一九五〇年の九月はじめのことだ。当時だからこそもっともだと思えたいくつかの出来事が重なり、海辺で、第九十一機動部隊に属するオーストラリア海軍の軽駆逐艦バターン号に救助された。バターン号の任務は海上封鎖と、上陸するアメリカ軍の部隊の援護であり、シェルドンも部隊の一員として上陸する側にいるはずだったが、どういうわけかバターン号の船上にいた。シェルドンは当時ドニーと呼ばれており、〝レッドビーチ〟を攻撃する第五海兵連隊戦闘チームの一員だった。ところが配置転換を命じられてうろうろしているうちに迷子になった。

第二次大戦のころは歳が足りなかったので、五年後に朝鮮戦争が勃発すると、この戦争を逃してなるものかという気分ですぐに志願した。しかし結果としては——ここぞというときに——まわりはオーストラリアの田舎者ばかりで、彼らが手漕ぎボートを貸してくれなかったせいで、浜に上陸して敵を撃つという任務を果たすことが難しくなった。

「悪いな。こっちも必要なんで。たった四隻しかないんだ。なんせ小さな船だ。砲弾がそこら中に飛んでくる。わかるだろ、な？」

そこでシェルドンは、恩人であるオーストラリアの駆逐艦から手漕ぎボートを、許可を受けずに借りる——〝盗む〟という言葉は使いたくなかった——ことにした。大規模な強襲上陸作戦の最中に、彼らが緊急避難の手段を確保しておきたいと思っても、あながち非常識とは言えないと思ったが、人それぞれ必要とするものがちがうし、いまは決断のときだ。

ドニー・ホロヴィッツは当時二十三歳、明晰な頭脳と震えない手を持ち、ユダヤ人の肩の上に大きさもかたちもドイツ人並みの負けじ魂を乗せていた。軍隊はただ彼に、ふさわしい役割を与え、ふさわしい任務を与えるだけでよかった。その役割とは前哨狙撃兵、任務はインチョンだ。

インチョンは戦術上難しい任務だった。北朝鮮軍は一カ月半におよぶプサン橋頭堡の戦いで弱体化していたので、マッカーサー元帥は、いまこそ西部の港湾都市インチョンを側面攻撃すべきときだと決断した。だが、遠浅の海岸のせいで侵入経路は狭められ、潮の満ち干の影響を受ける。

海軍の砲撃が二日間つづき、インチョンの防御は脆くなっていた。このとき、誰もがD－デイのことを思い出した。ノルマンディーの侵攻作戦における五つの上陸地点のうちのひとつ、暗号名〝オマハビーチ〟のことが、みなの頭をよぎった。アメリカ軍の空からの爆撃は的をはずし、水陸両用シャーマンDD戦車は海岸に到達する前に海の底に沈んだ。その結果、上陸した部隊には、隠れ場所と援護射撃を提供してくれる装甲車がなく、タコ壺壕として使える砲弾による穴もなかった。

ドニーはなにがなんでも上陸部隊の先頭に立っていたかった。

その日の朝、煙と砲火の真っ只中、騒音に驚いた小鳥たちがバタバタと飛び立つなか、第三および第五海兵連隊は、パーシング戦車を腹に積んだ揚陸艦で〝グリーンビーチ〟を目指した。ドニーは借り物の手漕ぎボートをバターン号からおろし、ライフルを手に自分もおりると、軍艦を攻撃する砲火に向かってまっしぐらにボートを漕いだ。

〝レッドビーチ〟では、北朝鮮軍が守る高い堤防に、韓国海兵隊員が梯子をかけてよじ登っていた。堤防の上に一列に陣取る狙撃兵が、アメリカ兵だろうが韓国兵だろうが、国連旗のもとに戦うすべての兵士を狙い撃ちしていた。頭上をミサイルが飛んでゆく。北朝鮮兵が発射する同盟国中国から供与された緑色曳光弾が、同盟軍の赤色曳光弾と頭上で交差する。ドニーも狙い撃ちの標的になった。弾薬は最初ゆっくりと、それからスピードをあげて飛んできて、海に落ちるか手漕ぎボートに穴を開けるかした。

シェルドンは思わずにいられなかった。海と朝の空の雲に照り返す赤と緑とオレンジと黄色の戦火に照らされ、顔をあげて海にひとり立つ兵士に、迷信深い朝鮮の人たちはなにを思うだろうか。彼らの目に映るのは、反撃に屈せぬ青い目の小柄な悪魔か。

弾幕射撃がドニーのボートに命中した。舳先に四発、デッキにも。水が入ってきてブーツの足首を洗う。海兵隊はすでに上陸し、堤防に向かって進軍を開始した。緑色曳光弾が彼の連隊を追いかける。

はるばるここまでやって来て、泳ぎは得意ではない――浜から四百ヤード沖合で、水の棺桶に足を突っ込んでいる――シェルドンは弾薬を使い切ることに決めた。どうとでもなれ、弾薬を抱えたまま溺れ死ぬよりましだ。

彼は男にしてはやわらかな手をしていた。身長百七十センチは小柄なほうだし、肉体労働も重いものを持つこともしたことがなかった。父の靴屋で帳簿付けをしていて、レッドソックスに入って〝グリーンモンスター〟越えのホームランを打つことが夢だった。メイベルの乳房の下側にはじめて指が触れたとき――ローレン・バコールが相手役の、ハンフリー・ボガートの映画を観ながらブラのワイヤーの下から――指がとってもやわらかいのね、まるで女の子に触られたみたい、と彼女は言った。どんな映画を観るよりも淫らな気分にさせられる告白だった。

入隊した彼は、狙撃兵に抜擢された。冷静さが買われたのだ。物静かで頭がよく、痩せてはいるが丈夫だった。怒りを胸に抱えていても、向けるべき先をわきまえていた。

銃はごつい男たちが使う野蛮なものと思われがちだが、ライフルの扱いには繊細な感覚が求められる――恋人に触れるように、時計職人が時計に触れるように。指と引き金は理解し合う。呼吸は訓練によってコントロールされる。全身の筋肉はきちんと静止するためだけに使われる。頰に当たる風の向きが銃口の角度を決める。冬の午後にあたたかいブルーベリーパイから立ちのぼる湯気のようにかすかに、銃口を持ち上げる。

いま、ドニーは水に足を浸し、霧の中に見え隠れする堤防の上の遠い的に狙いを定めた。砲火に気を削がれることはなかった。ブーツの中の水の感触はあるが、なんの意味もなかった。騒音と煙で動転した小鳥が腿にぶつかったのが、唯一の感覚だった。彼は孤立していた。いま、あのときのことを音楽付きで思い出す。あのとき聞いた音が、記憶の中でいまも聞こえる。バッハの無伴奏チェロ組曲第一番ト長調。

その深い平穏の中、まったき平和の中で、彼は若さゆえの怒りを失った。音楽と霧と水によって、ナチに対する憎しみは血管から流れ出たのだ。

その恩寵の瞬間、ドニーは人を殺した。

並はずれてまっすぐな弾道の三〇口径M1ガーランドを構え、三十秒間に一六八グレイン徹甲弾のクリップ三つを空にした。四百ヤードの距離から防波堤の上にいる十二人すべてを撃ち落とし、海兵隊の最初の部隊が人的損害を出すことなく突撃することを可能にした。もっとも本人は左脚に傷を負ったが。

彼の戦闘は、静かな池に小石を落とし水面に映る夜の空を乱すほどのささやかなものでしかなかった。

むろんごく最近まで、メイベルにこの話はしなかった。話すのが遅すぎたから彼女はまるで信じなかった。彼ら夫婦には大事に思う息子がいたし、ヒロイズムはシェルドンにとって個人的問題だった。それまでは、ずっと南の安全な場所で兵站(へいたん)将校をしていたと言っていた。その傷は？ うっかり道具小屋に入ったら熊手が刺さったんだ、と冗談めかして答えることにしていた。

小屋にあるうちでいちばん尖った道具だった。おれの柔肌(やわはだ)はひとたまりもない。

シェルドンは思い出す。そのときの功を認められ、海軍褒章メダルと名誉負傷章を授与されたことを。問題はどこにしまっておいたか。彼はアンティークと時計修理の店を営んでいたから、しまう場所はいくらでもあった。彼がまだ正気を保っていることの、それが唯一の形ある証拠だった。だが店を手放し中身を売り払った。丹精込めて並べてあったものすべてが、散り散りになってしまった。あたらしい持ち主の手であたらしく並べられ、やがて持ち主が露となるとまた散り散りになる。それが世の習いだ。

この世とは。訊くだけ無駄だ！　誰も答を知りたいとは思わない。

この世で、おれの体はもはや萎(しぼ)んだ小枝。高く聳(そび)え立っていた面影はない。ニューイングランドの緑の大地とブナの森をかすかに憶えている。子どものころ、部屋の窓から見た景色、そこがおれの王国だった。かたわらに両親がいた。

この世で、おれはよたよた歩く老人だ。かつてのおれは、疑念も矛盾も軽々と飛び越していた。

この世で、記憶は煙だ。目を焼く煙におれはむせる。

この世で、もうなにかを渇望することはない。かつてのおれは、彼女にとって出会ったなかでいちばん青い目をした恋人だった――その青はポール・ニューマンの目よりも深く、フランク・シナトラの目よりも濃かった。

この世！　この世は、なんの説明も謝罪もなく終わろうとしている。最後には魂の感覚だけになり、雲間から射す光だけになる。

この世は唐突で悲劇的な夢だった。昇る太陽が彼女の化粧台の鏡に反射していた土曜の早朝、夢に捉えられ言葉を失ったおれの前で、世界は色褪せて白くなった。
たとえ答を知りたいと思っても、教えてくれる者が残っているだろうか？

二

夜の深々と更けるなか、シェルドンは、トイエンのアパートのバスルームに素っ裸で立っている。リアとラーシュはいない。真夜中になんのことわりもなく出掛けたままだ。

あかりはつけていないから暗い。トイレの上の冷たいタイルの壁に片手をつき、もう一方の手で狙いを定める。いまではこの体たらくだ。前立腺が余計な邪魔をせずにいてくれたら、充分な量の尿を排出でき、ベッドに戻ることができるのに。もしいま心臓が止まったら、ペニスを握ったまま床の上で息絶えている姿を、青二才の救急救命士に見られるのだ。割礼されたペニスと間の悪さに、青二才どもはあ然と眺めるばかりだろう。

彼がもたもたしているのは、歳のせいばかりではなかった。上の階で男女がバルカン半島の言葉で激しく言い争っているせいだ。アルバニア人だろうか。卑しさと反ユダヤと共産主義と、農民と粗野とファシストと堕落がいっしょくたになって出てきたような声だ。どの音もスラーもイントネーションも苦々しい。言い争う声は激しさをまし、声の質そのものが彼の中の自己防衛本能を目覚めさせ、内臓が緊張してかたまる。

シェルドンは壁を何度か叩いたが、腑抜けた音しか立てられない。

基礎訓練を受けていたころ、便所で見た落書きを思い出す。「老スナイパーは死なず、ただ詰まったまま」

シェルドンは足を引き摺ってベッドに戻り、上掛けを肩まで引き上げ、女の叫び声がむせび泣きに変わるのに耳を傾ける。やがて声の聞こえない浅い眠りに落ちた。

目が覚めたら——思っていたとおり——日曜だった。部屋に光が溢れている。ドアのところに大柄な男がいる。一見して朝鮮の人ではない。

「やあ？　シェルドン？　目が覚めましたか！　ラーシュです。おはよう」

シェルドンは顔を手で擦り、腕時計を見た。七時ちょうどだ。

「おはよう、ラーシュ」

「よく眠れましたか？」

「二人してどこに行ってたんだ？」

「朝食のとき話します」

「上の階にバルカンのファシストが住んでる」

「へえ？」

シェルドンは顔をしかめる。

「卵を火にかけるところです。一緒にどうですか？」

「おまえも聞いたことがあるんだろ？　幻聴じゃないよな？」

「朝食を食べましょう」

アパートはトイエン公園にちかいサース・ゲイトから一本入った路地に面している。煉瓦造りで、床は白木だ。ラーシュの父親がキッチンとリビング、それにリビングとダイニングのあいだの壁を取っ払ったので、白い床と白い壁のだだっ広い空間がニューヨークのロフトを彷彿とさせる。ほかにベッドルームがふたつと、短い階段をおりたところに狭いベッドルームがもうひとつあり、そこがいまのシェルドンのすまいだ。

いつまでもぐずぐずしていられないので起き上がり、バスローブを羽織り、スリッパをパタパタさせてリビング・ルームに行った。尋問部屋の裸電球みたいな早朝のまぶしい光が射し込んでいる。白夜のことはまったく知らないわけではなく、防御策をとっていた。金縁のアヴィエイター・サングラスだ。それをポケットから取り出してかけた。

これで見えるようになったので、テーブルに向かう。テーブルの上には山羊のチーズと数種類の生ハム、オレンジジュース、チョップトレバー（タマネギ、固茹で卵と一緒に切り刻んで味付けしたレバー料理）、サーモン、バター、それに近所のセブン‐イレブンで買って来たばかりの焼き立て全粒小麦粉パンが並んでいた。

リアはリーバイスのフェイデッド・ジーンズに、H&Mで売っているあかるいブルーのサテンっぽいシャツを羽織り、髪はうしろでまとめている。素足にすっぴんで、カフェオレのカップを両手で持ってキッチンのシンクにもたれかかっていた。

「おはよう、パパ」リアが言う。

シェルドンの朝の姿に、彼女は慣れっこだ。それに、彼の挨拶代わりのひと言にも。

「コーヒー！」

リアは待ってましたとばかりカップを差し出す。

そして目を留める。シェルドンの海老茶のフランネルのバスローブから突き出す、つるつるで青白い脚は、いくらか残っている筋肉のおかげで形が崩れていないことに。たしかに背は縮んだが、贅肉はついておらず姿勢がいい。だから実際の身長よりも大きく見える。脚を引き摺るし、文句が多いし、威張りんぼだが、背中は曲がっていないし、〈ペントハウス〉のコーヒーマグ――描かれた女の様子からして、七〇年代に雑誌のうしろのページに載っていた通信販売の品物――を摑む手も震えていない。

いいかげんに使うのやめてよ、とリアに懇願されても……このカップだけは譲れない。アパートの外をこんな格好でうろうろしたら、即刻逮捕されるだろう。だが、肝心なのは、リアが愛してやまないこの偏屈な老人との同居を、ラーシュがなぜ受け入れたかだ。

いや、むろん答は見ればわかる。彼女はラーシュに夢中で――そのやさしいあたたかさや、乾いたユーモア、穏やかな性質に惚れている――彼のほうもおなじ気持ちだとリアもわかっている。彼の男らしさは融通がきく。世間の目からは隠しているが、二人きりのときはそれが前面に出てくる。かわいい茶色の熊さんが肉食獣に変身するようなものだ。

リアはこれを彼の性格だけでなく、生い立ちからくるものだと思っていた。それはノルウエーという国もおなじで、抑制のきかない雄の力を手なずけて社会的均衡を保ち、荒々しい面を公には見せないが、親しい人の前で、あるいはいざ戦いとなれば、それが大いに発揮される。彼はやさしい男だが、狩人でもある。ラーシュは子どものころから、父親とトナカイ狩りに出掛けていた。ここの冷凍庫には一年分の肉が保存されている。彼がライフルの引き金を引き、獲物の皮を剝いで腸を抜く姿を、リアは想像しようとしてもできない。それでも、彼はやっているのだ。

だが、ラーシュはこの国の単なる産物ではない。リアが自分には欠けていると感じている、心に深く根ざした親切心をラーシュは持っていた。リアには、彼ほどおおらかに人を赦すことができない。彼女の感情と理性と自己は分かちがたく絡まり合い、生きる意味や目的はなにか、それをどう表現するか、つねに自問せずにいられない。世の中に向かって、それが無理ならせめて自分自身に対して、思っていることを的確に表現しなければならないと思い込んでいた。

なるがままとか、まわりに流されるとか、黙って言うなりになるのは、彼女の流儀ではなかった。

ラーシュにはそれができる。人類社会をあるがままに受け入れることができる。彼の自己表現は、なんでも言葉にして迸らせることではない。混乱して思いがけないことを口走ったり、内に引きこもったりすることもない。なにが起ころうと立ち向かうことのできる懐の広さが、彼には備わっていた。物事をしっかりと見極める。言うべきことはちゃんと言い、余計なことは言わない。リアが意志の力でやっていることが、ラーシュには生きるための手順にすぎないのだ。

二人とも子どもを欲しがっていた。最近になってだが。リアには自分の居場所を見つけ、アメリカ人の魂がノルウェーの大地に根付くかどうか見極める時間が必要だったのだ。避妊薬が切れると、薬局に出掛けて処方薬を補充するのをやめた。その日のことを、彼女は憶えていた。十二月の土曜日で、ユダヤ教徒の祭のハヌカー祭を過ぎ、クリスマスまでもう間もなくというころだった。一年でいちばん暗い季節だが、室内はクリスマスツリーと九枝の燭台であたたかく輝いていた。二人は、クリスマスの思い出に結び付くものをリストアップするゲームをはじめた。

丁子（ちょうじ）。シナモン。松。マジパン。

「マジパンはないな」

「ここの奴はばかでかいんだから」ラーシュが言った。「チョコレートがかかってる」

「つぎはどっちの番？」

「きみ」

鐘。蠟燭。パイ。リンゴ。スキーのワックス……

「ほんと！　スキーのワックス。ここでもそうだ。すごいなあ」

「あなたに合わせてあげたのよ、ラーシュ」

「なんだ」

つづけて三つ。ときに四つ。二人には共通のものがたくさんあった。子どもにとって確固たる基盤だ。


リアはカフェオレを飲みながら、ラーシュが〈アフテンポステン〉紙を読むのを眺める。第一面には、セルビアからの独立を宣言したコソボの写真と、ブラッド・ピットに関する記事、それに低炭水化物ダイエットに関する記事が載っている。

妊娠を望んでいたことを、彼女はラーシュに話さなかった。話す必要もない。おのずとわかるものだ。結婚するとはそういうことだろう。ニューヨークならオペラのように大げさに表現するのだろうが、ここではもっとさりげない。ハグして、髪を指に絡めて、それからぎゅっと握る、その程度だ。

ラーシュの新聞の読み方はごくふつうだ。シェルドンはちがう。紙の透かし模様を見つけようとするかのように、折り畳んだ新聞を光にかざしている。その行為になにか意味があるのかどうか、リアにはよくわからない。駄々っ子みたいにまわりの注意を引きたいだけなのか、年寄りはみんなそうなのか。はたから見れば認知症が進んだのかと思えるようなことでも、本人にしてみれば筋が通っているのかもしれない。そこに彼の性格と置かれている状況、それに彼の理屈が絡んでくるのだから、まわりはもうお手上げだ。

シェルドンがこの国に移り住んで三週間になる。リアもラーシュも、彼がここに居場所を見つけて落ち着いてくれることを願っていた。もうアメリカには戻れないのだ。シェルドンは歳だし、グラマシーのアパートは売ってしまったから住む場所もない。

「あたしは引っ掛からないから」リアは言った。

「はあ？」

ラーシュもシェルドンも新聞をちょっとあげた——一人は隠れるため、もう一人は挑発するため。

「だから、あたしは引っ掛からないって言ったの。新聞の中にダ・ヴィンチの暗号を見つけようとしてるんだとしても、あたしはまったく興味がないから」

「ノルウェー語は英語をさかさに発音してるように聞こえる。そこで、文字の並び方もそうなのかどうか知りたいと思ったまでだ。だったら、折った新聞を光にかざして向こう側の文字を読めばいい。ところが、こっち側の文字が邪魔をして、向こう側の文字が見えない。だから、なんとも言えない」

ラーシュが言う。「きょうもよく晴れるみたいだ」

「だったら外出しなきゃもったいないわね。パパ、散歩に行かない？」

「ああ、もちろん、奴らもそう思うにきまってる」

「朝鮮の人がってこと？」

「その言い方、気に食わん。棘がある」

リアは空のカップをシンクに置き、水を流して指先を洗い、ジーンズになすりつけて拭いた。

「話したいことがあるの」

「ここで言えばいい」

「ここでなくて、外で話したいの」

「おれはご免だ。ここがいい。食べ物のそばが。豚肉がおれを必要としている」

「裏口からこっそり出られるわよ」

　これを聞いて、二人とも新聞をさげた。

「裏口があるのか？」シェルドンが尋ねる。

「自転車専用の出入り口。知ってる人はそう多くない。秘密の出口」

「それを聞いて安心した」

「こういうささいなことが命を救う場合もあるし」

「おれをからかってるんだろ。そうにきまってる。まあ、どうでもいい。物の道理はわきまえている。正気を失っちゃいないし、代々の宝石や本の印税を貯めた金のありかもわかってる。それに、おれは八十過ぎだ。たいしたもんだ」

「それで、出掛けるの、どうするの？」

「上に住んでる連中のことだが」シェルドンは話題を変えた。

「なにを言い出すかと思えば」

「音から察するに、ファシストが女房を殴っている」

「前に警察に通報したわ」

「つまり、おまえも耳にしてるんだ！」

「ええ」

「銃を持ってるか？　ラーシュ、銃を持ってるか？」

「ここにはないです」

「だが、銃は持ってる、そうだな？　つまり、すっぽんぽんで森の中を走り回ってるんじゃないんだ。ブロンドの髪を風になびかせ、男らしい裸の胸でトナカイにタックルを仕掛けてるんじゃない、そうだな？　噛み殺してもいないんだろ？　顎の産毛に血を絡ませ、にんまりしてるんじゃないんだろ？　銃で仕留めてる、そうだな？」

「サマーハウスに置いてあります。モーセとアロン。サウナのそばにしまってあります。鍵のかかるケースに入れて。片方は壊れてるけど」

「ユダヤのライフルを持ってるのか？」

ラーシュはにっこりした。「いいえ、ちがいますよ。ウィンチェスターとレミントンのライフルです。ドラバックに設置された二門の大砲の呼び名にちなんで、ぼくが勝手にそう呼んでるだけ。戦争の時にドイツの戦艦を沈めたユダヤ名の大砲ですよ。フィヨルドの中でね」

「ノルウェーには、ナチを殺したユダヤ名の大砲があるのか？」

「そんなふうに考えたことはなかったな」

シェルドンは眉を吊り上げ、両手を開いた。ナチの戦艦を沈めたノルウェーの大砲の名前がモーセとアロンなら、ほかに考えようがないではないか、と言いたいのだ。

　ラーシュは気を遣ってこう言った。「そうですね、ノルウェーにはナチを殺したユダヤ名の大砲がある」

「だが、銃はここにはない。モーセとアロンはさすらっている」

「サマーハウスで。そうです」

「それはそれでしょうがない。いざとなったらナイフで戦って勝てばいい。バルカンのマフィアがナイフの扱いにどれくらい長けているのかわからんが」

「いいですか、サマーハウスはスウェーデンとの国境沿いにあるんです。その昔、ノルウェーのレジスタンスがそこを拠点にしていた。〝森の少年たち〟と呼ばれていた連中です。親父によると、祖父はサマーハウスのサウナに彼らを匿っていたらしい。上着の襟に挟んだペーパークリップが目印でね。多くの人たちがそうしたんです。占領軍に抵抗する意思表示として」

　シェルドンはうなずく。「それで、〝ペーパークリップ作戦〟はうまくいったのか？　さぞ苦労したことだろう。そんな真似されて、占領軍が黙っていたはずがない」

　リアが言う。「パパ、シャワーを浴びてきたら。もっとふさわしい服に着替えてちょうだい。下着も忘れずに。そうしたら、裏口からこっそり出てあげてもいいわよ」

　シェルドンは話題を変えた。

「なぜこの時計をしてるかわかるか？」

「時刻を知るためでしょ？」リアは我慢して話についていく。

「いや。それなら、なぜ時計をしてるかと尋ねる。おれが訊いたのは、なぜこの時計をしているか、だ。これの前は、おまえの父親の心臓が入っている時計をしていた。その話はいずれまた。おまえからおめでたの話を聞いたし、青空と氷の国にやって来たことだし、思い切ってあたらしい時計を買うことにしたんだ。それで、どこの時計を買ったと思う？　オメガじゃない。ロレックスでもない。いいか、おれが買ったのはな、Ｊ・Ｓ・ウォッチ・カンパニーの時計だ。

　そんな名前、聞いたことがないって？　おれもだ。たまたま知ったんだ。アイスランドの会社だぞ。旧世界と新世界の狭間の国だ。大西洋に浮かぶ火山の国で、四人の男たちが、繊細にして精巧な時計を作り出そうと思い立った。時計を愛していたから。機能性と形態にばかりこだわる味も素っ気もない時計に対するアンチテーゼとして、時計に美を求めることこそ創造的行為だとわかっていたからだ。死に対する生そのものとおなじだ。ほら、別嬪だろ、この時計！　どうだ？」

「外出するの。あたしたち、外出したいのよ」

「ここの鍵を持っていない。好きに出入りできない」

「合い鍵を作ってあげるわよ。だから、なんなの？」

「おまえの父親は、小さいころわざとちぐはぐな服を着ていた。横暴な親父へのせいいっぱいの反抗だな。それで、リーバイスしか買ってやらないことにした。イスラエルの民のひとつ、レビにちなんだ名前のジーンズは、不思議なことに上にどんな物を持ってこようがマッチする。絞り染めだろうが格子柄だろうが、縞模様だろうが迷彩服だろうがね。リーバイスならなんでも合わせられる。してやったりと思ったよ。ところが、そのせいで、ファッションセンスのかけらもない子に育ってしまった」

「朝食はもうすんだわよね」

「あの子は例の本の中だ。おまえも知ってのとおり」

「知ってるわよ、パパ」

「おまえのおばあさんも」

「知ってる」

「それに、多くの怒れるヨーロッパ人」

「ええ」

「それに犬」

「もちろん」

例の本とは、シェルドンの名を多少なりとも世に広めた写真集のことだ。一九五五年、まだ戦争の傷跡が残り、見るべきものもない時代に、シェルドンはどういうわけか写真家になる夢にとり憑かれた。やるからには、世間で認められる写真家になるのだ。大型の豪華写真集が一大ブームになるずっと前に、シェルドンは世界を旅して肖像写真を撮る決心をした。ところが困ったことに、彼は社交性に乏しかった。カメラの腕はたしかでも、被写体をいい気持ちにさせなければよい肖像写真は撮れない。

そこでシェルドンは社交性のなさを逆手にとり、嫌がる相手を被写体にすることにした。これなら苦もない。そんなわけで、〝嫌がる被写体〟がプロジェクト名となった。

一九五六年も終わるころには、五カ国、十二都市で写した写真は六百十三枚にのぼった。いずれも彼に激しい怒りを向ける人びとの写真ばかりだ。彼はそのうちの二百枚を写真集におさめ、残りは収納箱にしまって隠し、誰にも見せなかった。ソールがなにかの折りに話題にするまで、ほかにももっと写真があるはずだと言い出す者はいなかったが、シェルドンはそれでも隠しつづけた。

写真集におさめられたのは、怒鳴る女や拳を振り回す男、泣き喚く子どもの写真だった。中には、いまにも牙を剝き出しそうな犬の写真もあった。あからさまな皮肉を込めて、彼が写真集につけたタイトルは『なんだと?』で、大手出版社が出してくれたおかげでかなり売れた。

〈ハーパーズ・マガジン〉の短いインタビューで、どうやってこれだけの人を怒らせたのかと質問され、彼はこう答えている。

「思い浮かぶことはすべてやった。髪の毛を引っ張る、子どもをからかう、犬をいじめる、持ってるアイスクリームを叩き落とす、年寄りに詰め寄る、金を払わずにレストランを出る、タクシーに割り込み乗車する、ため口をきく、人の荷物を持ち去る、人の女房を侮辱する、ウェイターに文句を言う、列に割り込む、帽子を叩き落とす、エレベーターの扉を押さえてやらない。人生で最高の一年だった」

ソールは一ページ目に登場する。シェルドンはよちよち歩きのソールからキャンディを取り上げ、フラッシュをたいて彼をさらに怒らせ、シャッターを切った。これに激怒したメイベルの写真が二ページ目を飾っている。

リアの家のリビング・ルームにこの写真集が置かれている。彼女はそれをラーシュに見せた。二人とも気に入った写真があった。フランスの写真家、ロベール・ドアノーの〈ライフ〉誌に掲載された写真『パリ市庁舎前のキス』を真似た写真だ。変わりゆく時代の一瞬を切り取ったドアノーの写真が持つ象徴的力を、シェルドンは直感的に理解し、キスを邪魔された男女の姿を写したのだ。二人は鉄の橋桁を握り、女のほうはワインボトルをカメラに向かって（実際にはシェルドンに向かって）投げつけている。日射しの強い日だったので、シェルドンは絞り値を大きくして被写界深度を深くし、ピントが合っている範囲を広くしていた。おかげでこのすばらしい構図の白黒写真には、怒った女の顔だけでなく――ボトルを投げ終えた手は伸びたまま、顔は怒りに歪み、まるで体ごとカメラに向かってくるように橋桁から身を乗り出している――飛んでくるボトルのラベル（一九四八年シャトー・ベイシュヴェル、サン・ジュリアン、ボルドー）までくっきりと写っていた。正真正銘の傑作だ。しかも、一九九四年になってドアノーが、自分の写真はやらせだったと打ち明けたので（四十年後に被写体の女性が金を要求し、訴訟まで起こしたので、ドアノーは、金で雇ったモデルだったと認めざるをえなくなり、写真の魔法はさめてしまった）、シェルドンは大喜びで自分こそ本家本元だと豪語した。

「オリジナルが偽物なら、偽物のほうこそオリジナルだ！」一九九五年に写真集は再版され、シェルドンはいっとき時の人になり、してやったりと家族の前で悦にいる機会を得ておおいに楽しんだ。

「服を着替えて。散歩に行くわよ」リアが言う。

「先に行け。あとから追い付くから」

リアはラーシュの視線に気付き、心得顔で目配せした。

「パパ、夕べのことで話したいことがあるの。だから、一緒に来て」

シェルドンはラーシュに目をやった。そ知らぬ顔でライ麦パンにニシンを並べてサンドイッチを作っている。

「おれが一人でうろつくのがいやなんだろう。行動を逐一監視する気だな。携帯電話を持たせようとするのもそのためか。あいにくだが、持つ気はない」

「一緒に来て欲しいのよ」

「おれの扱いに関しちゃ、おまえのおばあさんのほうがよっぽど上手だった。おまえたちはまだまだだな」

「わかった。もういい。あたしは出掛ける。一緒に行く人は？」

ラーシュが手をあげた。

「ラーシュ！　ありがとう！　ほかには？」彼女は部屋を見回す。「ほかにいないの？」

「やることがある」シェルドンは言う。

「たとえば？」

「私用だ」

「信じない」

「だから？」

「いい天気だもの、外に出ましょうよ」

「あの写真集を作るために、八台のカメラをだめにしたんだ。知ってたか？　六台は被写体にぶっ壊された──マリオのカメラが最初だったな。ハドソン川に落としたのが一台、犬に食われたのが一台。たいしたもんだろ。その犬は怒りの矛先をおれにではなく、カメラに向けたんだ。そいつの口の中を写した写真が三十七ページに載ってる。シャッターを押したのはむろん犬だ。著作権は犬にある」

「なにが言いたいの？」

「おれの話をまともに聞いてくれるとは、愉快じゃないか」

　彼女は顔をしかめた。シェルドンはにんまりする。着替えてくる、とラーシュが席を立った。朝食は終わりだ。

　リアとシェルドンは二人きりになった。

「いったいなんなの？　あたしはただ、話があるって言っただけじゃない」

「亭主と二人で出掛けりゃいい。サマーハウスに行ったらどうだ。毛皮の上で愛を交わしてこい。ヘラジカのジャーキーを食って、アクアビットを飲んで。北欧産のこの蒸留酒は、赤道越えの航海から戻って来ると風味が格段によくなるそうじゃないか。二百年前、われらがユダヤ人はこの国に入ることを許されなかった。ところがおまえはいい男を見つけ、向こうもおまえを愛している。二人のあいだにはかわいい子どもが生まれる。安心しろ、おれはどこにも行きゃしない」

「パパのそばにほんとに誰かいて、その人に向かって話してるのかって思うときがあるわ。でもやっぱりそんな人はいなくて……パパのひとり言なのよね」

「さあ、着替えて出掛けろ。おれのマグは自分で洗っとく」

リアは腕を組み、意を決したようにシェルドンをじっと見つめる。それから怒りを含んだ低い声で言う。「流産したの」

シェルドンは顔をこわばらせ、黙り込んだ。顔の筋肉がゆるむ。なにかを必死で我慢しているのが、リアにはわかる。にわかに歳をとって見えた。口元や額に疲労の翳が色濃く浮かぶ。彼女は話したことを後悔した。ラーシュと話し合ったとおりにすればよかった。ゆっくりと時間をかけ、心の準備をさせてから打ち明けるべきだった。

シェルドンは黙って立ち上がると、ローブの前を掻き合わせた。涙は溢れ出す潮時をずっと待っていたようだ。部屋に戻るとさめざめと泣いた。

数時間後の午後二時、彼は一人でアパートにいた。リアとラーシュに再度外出を勧めたときには、口調ががらっと変わっていた。一人にさせてくれとはっきり意思表示をすると、二人はおとなしく出掛けた。

ジーンズに白のボタンダウンのシャツに着替え、ワークマンブーツを履くと気持ちも落ち着き、ソファーに寝そべってダニエル・スティールの本を読んでいると、また怒鳴り声がした。

夫婦喧嘩なら前にも聞いた。どんどん激しくなる怒鳴り声にドタンバタンとなにかがぶつかる音、殴る音や泣き声。だが、これは様子がちがう。言い争いのリズムがおかしい。双方が怒鳴り合うのではなく、男が一方的に叫ぶばかりで、女は声をあげない。

女もその場にいるはずだ、とシェルドンは思った。

電話の会話のような間が開かない。罵倒の仕方が直截で遠慮がない。目の前にいる相手を攻撃しているのだとわかる。

使われている言葉はまったく理解できないが、込められた意図は明確だった。だてに長く生きてきたわけではない。声や口調から怒りの度合も、なにが起きているのかもわかる。声の調子に残虐さや凶暴さが表われている。ただの口喧嘩ではない。戦いだ。

そこで、ひときわ大きな音がした。

シェルドンは本を置いてソファーの上に起き上がった。眉根を寄せて意識を集中する。

いや、銃声ではない。そこまで鋭い音ではなかった。現実世界でも夢の中でも、銃声は何度も耳にした。たぶんドアを叩きつけた音だ。足音がちかづいてくる。規則正しく素早い。

女の足音のようだ。体重のある女か、ブーツを履いているのか、なにか重いものを抱えているかだ。階段をおりてくる。踊り場でちょっと立ち止まり、またおりる。

女が階段をおりてくるのに要した時間と、シェルドンが玄関に出て、ドアの覗き穴から様子を窺うまでの時間がおなじだった。

そこに女がいた。騒ぎの元凶だろうか。いったいなにが男をあれほど激怒させたのだろう。魚眼レンズの向こうに立っているのは、歳のころは三十ぐらいの女だ。ちかすぎてウェストから上しか見えないが、様子はわかる。安物の茶色い革ジャケットの下に黒っぽいTシャツを着ている。安物のアクセサリーをつけ、髪は重力に負けて垂れ下がってこないようムースかジェルで固めてある。

すべてがバルカン半島出身と叫んでいる。どんな人生を送ってきたかおおかたの見当はつく。場ちがいなオスロにいるのは、亡命してきたからだろう。それで説明がつく。セルビアかコソボ、それともアルバニア、いや、ルーマニアかもしれない。

シェルドンが最初に感じたのは哀れみだ。彼女に対してではなく、彼女が置かれた状況に対して。

だが、それも一瞬のことだった。記憶が哀れみをべつのものに変えた。

こいつらがおれたちにやったことも同じだ。覗き穴に目を当てながらそう思った。とたんに哀れみは義憤に席を譲った。決まりきった日常の殻の下に潜む義憤、打てば響く減らず口の裏で沸々と滾る義憤だ。

ヨーロッパ人。時代はちがっても、彼らがやったことはおなじだ。覗き穴に目を当てて、逃げまどう他人を魚眼レンズ越しにどんよりした目で見つめていた。武装したならず者たちに追われ、子どもをひしと抱き締めて右往左往する隣人たちを、人間性そのものが崩壊してゆく様を、ただ見ていた。レンズを覗きながら、恐ろしさに身を竦ませる者もいただろう。哀れを感じる者もいたかもしれない。残忍な喜びを抱いた者もいたはずだ。

彼らはそうではないのだから、安全だった。彼らは、たとえば、ユダヤ人ではないのだから。

女はくるっと振り返る。なにかを気にしている。

なにを？　なにを気にしてるんだ？

夫婦喧嘩が起きていたのはひとつ上の階だ。上の階の怪物がいつおりて来ないともかぎらない。女はなんでぐずぐずしている？　なにをためらってるんだ？　なにを手間取ってるんだ？

上の階から引っ掻き回す音がする。怪物は物を押したり持ち上げたりして、家探ししているのだ。壁や山まで動かしそうな勢いだ。光の中の闇を一枚一枚剝ぐようにして、見つけ出そうとしている。いつ家探しをやめて、どこに隠したと女に襲い掛かってこないともかぎらない。

シェルドンは声に出さずにつぶやく。「逃げろ、馬鹿者。逃げ出せ。警察に駆け込むんだ。振り返るなよ。殺されるぞ」

上の階からバタンと音がした。さっきと同じだ。押し開けられたドアが、壁にぶち当たる音。

シェルドンは声に出して言う。「逃げろ、ぐずぐずするな。どうしてそんなところに突っ立ってるんだ?」

ふと思いつき、シェルドンは通りに面した窓へと様子を見に行く。そこに答があった。おもてに白いメルセデスが駐まっている。車内で安物の革ジャケットの男たちが煙草を吸いながら、女が逃げ出さないよう見張っていた。

こうなったら腹を括るしかない。

静かにゆっくりと、だがためらうことなく、シェルドンはドアを開ける。

思いがけないものをそこに見る。

女は、靴箱ほどの大きさの醜いピンク色の箱を抱えていた。しかも一人ではない。七、八歳の男の子がその腹にぴたりと身を寄せ、怯えた表情を浮かべている。履いている小さなブルーのウェリントン・ブーツは、両サイドに手書きで黄色いくまのパディントンの絵が描かれ、ベージュのコーデュロイのズボンは裾がきっちりブーツの中に押し込んである。上に羽織っているのは、緑色のワックスド・コットンのジャケットだ。

上階からドタバタと足音が聞こえる。名前を呼ぶ声。ラウラ? それともクララ? ヴェラかもしれない。いずれにせよ短い名前だ。怪物が咆哮(ほうこう)し、咳込む。

シェルドンは口に指を押し当て、二人を中に入れた。

ヴェラは階段をちらっと見て、ドアの向こうを見る。それから、こちらの目を見ずに入って来る。いいのかそれで。もっとも、見透かすような目で見つめられたら決心が揺らいでいたかもしれない。黙り込んでいる少年を、女が前に押し出す。

シェルドンはそっとドアを閉めた。女はスラブ人特有のえらの張った顔に恐怖を浮かべ、シェルドンを見た。これで運命共同体だと言いたいのだろうか。三人揃ってドアに背中を押し付けて腰をおろし、怪物が通りすぎるのを待った。

シェルドンはもう一度口に指を当てる。「シーッ」

覗き穴から見るまでもない。軽蔑しつづけてきた連中の仲間入りはしなかった。隣人を見殺しにせず、こうして並んで座っている。できるものならサッカー場の真ん中に拡声器を持って立ち、前の大戦を経験したヨーロッパ人に向かって言ってやりたい。「これがそんなに難しいことか？」

だが、表向きはあくまでも静かだ。泰然自若とした老兵。

「ナイフを手にこっそり忍び寄るときには、敵を見てはならない」五十九年前、練兵係軍曹が言った。「人間というのは、後頭部を見つめられると気付くものだ。どうしてだかわからない。なぜだかもわからない。頭を見るな。それだけだ。足元を見ながらちかづき、ナイフを突き刺す。ただやるのみ。敵にさとられるな。ためらわずにやり遂げろ。交渉の余地などないんだ。敵はいやだと言うにきまっている」

シェルドンに迷いはなかった。疑いを差し挟む余地はなく、自らの任務に疑問を抱いたこともなかった。道に迷ってオーストラリア海軍の軽駆逐艦バターン号に救助される前のある晩、眠っているところをマリオ・デ・ルーカに揺り起こされたことがあった。マリオはサンフランシスコの出身だった。両親はイタリアのトスカナ地方からの移民で、サンフランシスコ北部のブドウ畑を買ってワインを造るつもりだったが、街を出ることなく時は過ぎ、マリオは徴兵された。きついブルーの瞳にサンディブロンドの髪のドニーに対し、マリオはシチリア島の漁師みたいな黒髪に黒い瞳だった。それに自白剤を打たれた人間のようにベラベラとよくしゃべる。

「ドニー？　ドニー、起きてるんだろ？」

ドニーは返事をしない。

「ドニー。ドニー、起きてるんだろ？」

これが数分間つづいた。

「ドニー。ドニー、起きてるんだろ？」

「おまえに返事をしても、なんの助けにもならない」ドニーは言った。

「ドニー、おれにはこの侵略の意味がわからない。この戦争の意味がわからない。おれたちになにをしろって言うんだ？　ここでなにをすればいいんだ？」

ドニーはフランネルのパジャマを着ていた。政府の支給品ではない。「おまえはボートをおりる。おまえは朝鮮の兵を撃つ。おまえはボートに戻る。なにを悩むことがある？」

「真ん中の部分」と、マリオ。「だが、つらつら考えるに、最初の部分も引っ掛かる」

「三番目の部分は？」

「いや、その部分は明白だ」

「それで、最初のふたつの部分のなにがわからない？」

「おれのモチベーションとか？　おれのモチベーションってなんだ？」

「彼らがおまえを撃つから」

「だったら、彼らのモチベーションはなんだ？」

「おまえが彼らを撃つから」

「おれが撃たなかったら？」

「それでも彼らはおまえを撃つ。なぜなら、おまえの仲間が彼らを撃つから。彼らにちがいはわからない。つまり、撃たれたくなかったら、撃ち返すしかないんだ」

「撃たないでくれって頼んだら？」

「彼らは遠くにいるし、彼らが話すのは朝鮮語だ」

「だったら、ちかづいて行ったらどうかな。通訳を連れて」

「なるほど。だが、それはできない相談だな」

「なぜなら、彼らがおれを撃つから」

「そこが問題だ」

「だけど、こんなのおかしいよ」

「ああ、そうだな」

「こんなのまちがってる！　正しくてかつおかしいんだ」

「たいていのことは、正しくてかつおかしいんだ」

「そのこと自体、おかしいよ」

「それでもやっぱり……？」

「正しいって言いたいのか。まったくもう、ドニー。とてもじゃないけど眠ってなんかいられない」

ドニーは声を落として言った。「おまえが眠らないかぎり、あすは来ないぞ。まわりがみんな迷惑する」

怪物の足音がドアの外で止まった。ドシドシと踏み鳴らしていた追跡者の足音が、静かな擦り足のそれになっている。母子を追って来た男は、二人が光の届かぬ物陰に、あるいは光の中に潜んでいるとでも思っているのか、うろうろと探し回っている。車のドアが閉まる音がした。つづいてまたドアが閉まる音。セルビア語かアルバニア語かわからないが、早口でしゃべる声が聞こえる。なにを話しているのか想像に難くない。

「二人はどこだ？」

「あんたと一緒だと思っていた」

「玄関から出たにちがいない」

「おれはなにも見てない」

こいつらは素人だ。それに頭が悪いから、仕事そっちのけで責任のなすり合いだ。

「おおかた煙草ふかして、例の尻軽女の噂でもしてたんだろう」

「二人を引き摺り出すのはあんたの仕事だろ。おれは待ってるだけだ」

てな具合だ。

ほんのひと声で彼らに居場所がばれる。これがかくれんぼだと思っている子どもの浮かれた笑い声、さもなければじっとしている辛さを訴える泣き声。あるいは単純な恐怖の叫び――およそ人間らしい恐怖の叫び。

シェルドンは少年に目をやる。彼とおなじように、少年はドアにもたれ膝を抱えて床を見つめている。敗北と孤立の姿勢だ。シェルドンははっとなった。これが少年にとって慣れた姿勢なのだ。声をあげることはないだろう。恐怖に満ちた世界で少年が身につけた処世術だ。

言い争う声がやんだ。メルセデスのドアが開いて閉じ、パワフルなエンジンがかかる。数秒後に発車した。

シェルドンはため息をつく。両手で顔を擦って血流を促し、つぎに頭皮をマッサージする。脳みそは地球の芯にあるどろどろに溶けた鉄のようなものだと、彼は常日頃から思っていた。灰色で重く流動的で、それ自体の重力を持ち、宇宙という亀の甲羅のようなものの上で地球がバランスをとっているように、脳みそも頸椎の上で絶妙なバランスをとっているのだ。

いま直面しているような事が起きると、鉄の流れはゆっくりになったり、逆流したりする。

その結果が氷河期だ。ふつうなら軽いマッサージが灰色の物質に効果をあげるのだが。
今回にかぎり、全身が冷たいままだ。

戸口に座り込んでいる仲間はというと、母親のほうは魚眼レンズ越しに見たときよりさらに青白く、どてっとして見える。薄い革ジャケットはますます薄くなり、売春婦風のTシャツはますます売春婦風になっていた。いかにも下層階級のバルカン移民だ。ドアの外にいる男の姿は見なかった。シェルドンの想像では太っちょの汗かきで、白い縦縞が腕と脚に入った中国製アディダスのトラックスーツを着ている。同じく息が臭いであろう仲間は、体に合わないビニール製の偽ブランドのジャケットに、黒いオープンシャツだ。

容易に想像がついてまったく救いようがない。例外は少年の青いウェリントン・ブーツに描かれたくまのパディントンだ。描いた人は愛と想像力の持ち主だろう。この時点で作者の見当をつけるとすると、床にべたっと座る青白い売春婦だろうか。

車がいなくなったので、シェルドンは少年に声をかけた。「いいブーツだな」

少年は組んだ腕のあいだから彼を見上げた。理解していない。彼の意見そのものが理解できないのか、このタイミングで言うことか、と思っているのか、あるいは英語がわからないのか。このごろじゃ誰でも英語を話すからといって、少年が英語を話せる理由にはならない。まったく、猫も杓子も英語をしゃべる。だったら、なぜほかの言語をしゃべるんだ？　意固地だから。そういうことだ。

少年にとって、宥（なだ）めるような、元気づけるような男の声は聞き慣れない、めずらしいものなのかもしれない。乱暴な男ばかりの世界に住んでいるのだろう。そういう子どもは大勢いる。そんなことを考えたら、もう一度声をかけずにいられなくなった。

「かっこいい熊だな」彼は熊を指差し、親指を立ててみせた。

少年はブーツに目をやり、もっとよく見ようと脚を内側に曲げた。言葉はわからなくても、シェルドンの言いたいことは理解したようだ。真顔でシェルドンを見返すと、組んだ腕にまた顔を埋めた。

女が立ち上がり、早口でしゃべりはじめた。その口ぶりから感謝しているのがわかる。それに謝っているようにも聞こえた。状況が状況だから当然だろう。言葉そのものはわけがわからないが、幸いなことにシェルドンは万国共通語である英語がしゃべれる。

「どういたしまして。イエス。イエス――イエス。いいかい、この年寄りに免じて、忠告に従ってくれ。悪いことは言わない、ご亭主とは別れろ。彼はナチだ」

彼女のおしゃべりはつづいた。見ているだけで苛々してくる。まるでロシアの売春婦みたいなしゃべり方だ。変に自信のある鼻にかかった声でまくしたてる。考えをまとめようとか、言葉を選ぼうとかいう気は端(はな)からない。間(ま)をとって言葉を選ぶのは教育を受けた人間だけだ。たまに言葉を置きまちがえるほど語彙が豊富な人間だけだ。

シェルドンは苦労して立ち上がり、ズボンのほこりを払った。両手をあげる。降参のジェスチャーだ。「なに言ってるのかわからない。理解できない。理解したいのかどうかもわからない。いいから警察に行ってくれ。息子にミルクシェイクでも買ってやれ」

彼女はなおも早口にまくしたてる。

「ミルクシェイク」シェルドンは言う。「警察」

女の名前はとりあえずヴェラにしておこう。そのヴェラが少年を押し出してうなずくのを、シェルドンは眺める。ヴェラは少年を指差してうなずく。うなずいて指差す。手を合わせて祈りの仕草をする。十字を切る。それを見て、シェルドンははじめて眉を吊り上げた。

「そういうことなら、しばらくここにいたらどうだ？　紅茶でも飲んで片付くまで待てばい い。待てば海路の日和ありだ。彼は戻って来るだろう。あんたは部屋に戻りたくない。そうなんだろ」

シェルドンはしばし考えた。ブルックリンのウクライナ人居住区で耳にした言葉がある。たしか、チャイだ。ロシア語で紅茶。飲み物をすする音をたて、チャイと言ってみる。これでコミュニケーションはとれた。小指を突き立て、おいしそうにすする音をたてる。

「紅茶。ナチ。ミルクシェイク。警察。わかるだろ？」

シェルドンのパントマイムに、ヴェラはなんの反応も示さない。シェルドンは憤慨してお手上げのポーズをとる。植物に動けと言うようなものだ。

ヴェラはしゃべりつづけ、少年は座ったままだ。シェルドンは低いうなりを耳にする——ゆっくりと角を曲がって来るドイツ車のディーゼルエンジン音だ。

「彼らは戻って来る。ここを出ないと。なるほど。彼らは思ったほど馬鹿ではないということだ。行くぞ。ほれほれほれ」彼が身ぶり手ぶりをしていると、車が停まってドアが開く音がした。悠長に構えてはいられない。

　シェルドンは難儀な思いをして屈み込み、少年を抱き上げ、幼児を抱くように尻の下に腕をあてがった。空いているほうの手でヴェラの袖を摑んで引っ張るほどの体力はない。少年を抱きかかえるのがやっとだ。説得力以外に彼女を動かすものはないうえに、その力はかぎられている。

「パジャールスタ」彼は言う。頼む、の意味だ。

　彼が知っているただひとつのロシア語。

　少年を抱えたまま、自室に通じる三段の階段をおりる。

　ドンドンとドアを叩く音がする。

「パジャールスタ」

　彼女はさらにしゃべる。必死でなにか訴えている。シェルドンには見当もつかない。そこで決断をくだす。兵士がくだす、単純かつ非の打ちどころのない決断だ。

「あんたの言うことは理解できないし、理解するつもりもない。凶暴な男が玄関の外にいる。よって、おれは裏口から逃げる。少年を連れて行く。あんたも一緒に来るつもりならそうしろ。そのつもりがないなら、あんた抜きで逃げる。行くからな」

　階段をおりてベッドルームに入り、右側に並ぶバスルームとクロゼットを通り過ぎる。書棚の先にペルシャ絨毯で覆われた自転車用の出入り口があるのを、シェルドンは三週間前から知っていた――けさではなく――が、ここに引っ越してきたその日に見つけていたことを、白状するつもりはなかった。

なんと言われようと、場所であれ厄介事であれ、出たり入ったりできる道を知っているのはいいことだ。

肘で絨毯を押しのけ、そこに現れたドアを眺める。

「よし、これだ。行くぞ。さあ」

ドアを叩く音が強いノックから正面攻撃へと変化した。怪物はブーツでドアを蹴りはじめた。五十年物の乾燥材のドアを壁に固定するちゃちなデッドボルトを集中的に蹴っている。蹴破られるのは時間の問題だ。

困ったことに、シェルドンが相対しているドアにも鍵がかかっており、少年を抱えながら鍵を開けるのは至難の業だ。

「こっちに来い、もたもたするな」シェルドンはヴェラに命じた。「鍵を開けろ。四の五の言わずに開けるんだ」

だが、彼女は鍵を開けなかった。開ける代わりにシェルドンのベッドの下に潜り込んだ。

そこに隠れるつもりなのか？　どうかしている。逃げ出せるのに、なんで隠れるんだ？

ぐずぐずしていられない。鍵と格闘するには、少年をおろすしかない。少年は床におろされたとたん、母親のもとに走った。

そのとき、玄関のドアが蹴破られた。

ドアは勢い余って壁にぶつかる。シェルドンのいる場所から玄関ドアは見えない。木が砕ける音と、金属製のものが床を打つ音が聞こえるだけだ。

いまやるべきは、手元に集中することだ。

「パニックは敵だ」一九五〇年にオカラハン二等軍曹が言った言葉だ。「パニックと恐れることはちがう。誰でも恐れる。人間に備わる生存メカニズムだ。人になにか変だと思わせ、意識を集中させる。恐れに脳が支配された状態がパニックで、そうなった人間はまったく使い物にならない。水中でパニックになれば溺れ死ぬ。戦場でパニックになれば撃たれる。スナイパーがパニックになれば、敵に居場所がばれ、的をはずし、任務をしくじる。父親には憎まれ、母親には無視され、地上に生息する女たちには、おまえの全身の穴から染み出す負け犬の臭いを嗅ぎ付けられる。さて、ホロヴィッツ一等兵！　おれの言わんとするところは？」

「ちょっと待ってください。舌の先まで出掛かってますから」

シェルドンは鍵に集中した。まずドアチェーンを横に滑らす。デッドボルトを回す。ドアノブを押し下げる。蝶番（ちょうつがい）がきしまないよう祈りながら体重をかける。

シェルドンの部屋におりる階段はキッチンからはすぐには見えない。リビング・ルームから行けるベッドルームがふたつあるから、怪物は階段をおりてくる前にそっちを探すだろう。

そうだとしても時間の問題だ。

シェルドンが少年の肩を摑んだとき、母親がベッドの下から出て来た。つかの間、三人はその場に棒立ちとなって見つめ合った。突入前の一瞬の間だ。

静寂があたりを包む。

ヴェラは階段の下に立ち塞がる。ノルウェーの夏の光が彼女に降り注ぎ、まさにその瞬間、彼女はルネッサンス絵画の聖女のように見えた。永遠に愛される存在。

そのとき、重たい足音がちかづいてきた。

ヴェラもそれを聞く。目を大きく見開き――ゆっくりと、静かに――少年をシェルドンのほうに押し出し、少年に向かって声に出さずになにか言い、振り返った。三段の階段をおりて来る怪物の脚が見える前に、意を決したヴェラは階段を駆け上がり、怪物に体当たりした。

少年はためらいがちに一歩を踏み出したが、シェルドンがその腕を摑んだ。空いたほうの手でドアをもう一度押し開ける。それでも開かない。袋のネズミだ。

ペルシャ絨毯をもとに戻し、クロゼットのドアを開けて少年を押し込む。口に指を当てて黙れと伝える。シェルドンの目の厳しさが充分にものを言ったし、少年は恐怖に竦み上がっていたので、声はいっさい洩れなかった。

悲鳴があがり、重たい体が持ち上げられ、叩き付けられる。惨劇が繰り広げられる。

飛び出していくべきだ。暖炉の横の火搔き棒を摑み、尖った先を怪物の脳幹に突き刺し、怪物がどうっと床に倒れるのを仁王立ちで眺めるべきだ。

だが、そうしなかった。

ドアの下端に指を突っ込み、思い切り引っ張って閉じた。

息を詰まらせる音がしたとき、クロゼットの中に小便の臭いが充満した。シェルドンは少年を抱き寄せ、唇をその頭に押し当て、両手で少年の耳を塞ぐ。

「ごめんな。ごめん。これがおれにできるせいいっぱいだ。ほんとうにごめん」

三

シーグリッド・ウーデゴルがオスロ警察（ポリティディストリクト）に勤務して十八年になる。地元の大学を出たあと、オスロ大学でさらに一年間犯罪学を学んだ。オスロ大学に進めと言ったのは父だった。「大都会のほうが結婚相手にふさわしい男が大勢いるから」というのがその理由だ。

捜査でも実生活でも、父の意見は正しいが的外れということが多い。

「問題はね、お父さん、あたしに関心を持ってくれる独身男の割合なの。数が多けりゃいいってもんじゃない」シーグリッドがやもめの父親にこの点を指摘したのは一九八九年、オスロに出る前のことだった。

父は地方で農園を営んでいる。正規の教育は受けていないが、それが農園経営に役立つとわかれば数字も理解する。それに歴史書を愛読している。誰に習わなくても読書の喜びを知っており、いまより前の時代に関心を持ち、記憶力もいい。そういうことすべてが、彼にとってもシーグリッドにとっても、家畜にとってもよいほうに働いていた。それに理性的だから、こちらの気持ちが弱っているときには、ありがたい話し相手だった。

「おまえの説が正しいとして」サーモンと茹でたジャガイモとビールの穏やかな夕食の席で、

父は言った。「それは比率の問題じゃないな。公算が高いかどうかだ。おまえのよさに気付いてくれるほど観察眼の鋭い男が存在する公算が高いかどうか。それにやはり、そういう若い男は大都会のほうが見つけやすいと思うんだが、どうだ？」

「それほど大都会でもないわよ」シーグリッドは切り返す。

父はサーモンのピンク色の身の層のあいだにナイフを入れて焼け具合を調べている。身はかんたんにほぐれ、父は満足したようだった。

「おまえが行ける範囲の中ではいちばんの大都会だ」父が言う。

「まあそうね」彼女はぼそっと言い、バターに手を伸ばした。

シーグリッドの兄は農機具を売る仕事を得てアメリカに移住した。よい条件の仕事だったので、ぜひ受けろ、と父は兄に助言した。兄は連絡を寄越すものの、一度も戻って来たことはなかった。だから、いまでは二人きりの家族だ。父と娘、それに家畜。

「大都会かどうかという点ではお父さんが正しい。でも、まだふたつばかり問題があるわ」

「ほう？」父は質問だとわかる程度に語尾をあげた。

「ひとつ目、あたしは美人じゃない。十人並み。ふたつ目、ノルウェーの男がこっちに関心を持っているかどうか知るのは不可能にちかい」

彼女がそう結論づけたのは、経験知に基づく観察を重ね、比較検討した結果だ。

前にマイルズという名のイギリス人男性と付き合ったことがある。マイルズは女を口説くのにとても積極的で、目的を果たすためにアルコールの力を借りる必要はなかった。

ドイツ人男性とも付き合ったことがある。彼は頭がよくて愛情細やかだったが、たったひとつ欠点があった。ドイツ人であることだ。そんなふうに決めつけるのはアンフェアだと彼女もわかっているし、悪いと思っているが、一年おきにクリスマスをハノーヴァーで過ごしたいとは思わない。彼の名誉のために言っておくと、彼も一年おきにノルウェーでクリスマスを過ごしたいとは思っていなかっただろう。

よその国の男たちと比べ、ノルウェーの男は曖昧模糊としている——彼らの行動原理を解読したいといちばん願っているノルウェーの女がそう思うのだからたしかだ。ふつうに付き合うにしても、ノルウェーの男はわからないところだらけだ。

「ノルウェーの男は礼儀正しい。たまにおもしろいことも言う。歳に関係なくティーンエージャーみたいな格好をして、ロマンチックな言葉はいっさい口にしない。酔った勢いでする告白はべつにして」

「だったら酔わせりゃいい」

「永続的な関係を築く第一歩がそれなんていやよ、お父さん」

「つづけるためには、はじめなきゃならない。つづくかどうか心配するのはそれからだ」

シーグリッドは口を尖らせ、父は肩を落とした。

「おまえ、なあ、そんなに難しいことはないだろう。おまえの前で自分の靴を食い入るように見つめる男を探せばいいんだ。おまえに話しかけようとして口ごもる男を、だ。そういうのを探せばいい。騙されたと思ってそうしてみろ。向こうはおまえを愛してくれるし、おまえは相手を言い負かしていい気分になれる。それが長続きの秘訣だ。おまえが望むのはそれなんだろう」

シーグリッドはほほえんだ。「ねえ、お父さん、オスロに住む男はおしなべておしゃべりよ」

「なるほど、世の中は一筋縄じゃいかない」

父は二杯めのビールを飲み干すと、長いマッチを巧みに扱って、ヒースの木の根でできた重いパイプに火をつけ、椅子の背に寄り掛かった。

「それで、大学を出たらなにをするんだ？」

彼女は満面の笑みを浮かべた。「犯罪と闘うつもり」

シーグリッド・ウーデゴルの父は満足げにうなずいた。「そいつは頼もしい」

彼女が配属されたのは、もともと関心があった組織犯罪を扱う部署だった。麻薬や武器密輸、人身売買、それに経済犯罪や企業犯罪もこれに含まれるが、オスロ警察は〝ホワイトカラーの犯罪〟を扱える人員が慢性的に不足していた。彼女が入署したころは、組織犯罪といっても、いまよりずっと場当たり的で組織化もされていなかったし、グローバルな犯罪組織やテロリストともつながっていなかった。ところが、ヨーロッパの国境が曖昧になり、バルカン半島や中東、アフガニスタンで紛争が多発するようになると、ノルウェーでも組織犯罪の様相は一変し、彼女が仕事から早く帰れた夜にひとりで観るアメリカのテレビ番組の世界が現実のものとなった。

シーグリッドは四十の坂を越え、つい最近警部に昇格した。巡査から巡査部長、警部補と地道にコツコツやってきて、いまは警部だ。出世欲はないのでいまの地位にあまり関心はなかったが、この都市で起きるより広範な犯罪を捜査し、世の中の動きをより広い視野から概観する機会を与えられたのは嬉しかった。彼女はこの仕事を天職と思っており、不当な制約を受けずフラストレーションを感じずに力を発揮できるようになったのはありがたかった。

これからは、率先して働き、事件に立ち会い、可能なかぎり部下を助けよう、と彼女は思った。そういう立場になったのだ。

プロの立会人である彼女が束ねる班には、有能で頼りになる部下が揃っており、彼女が風変わりな事件に関心を持っていることを、部下たちは理解していた。できるだけおもしろい事件を集めてこようとみな一所懸命だが、ペッテル・ハンセンはその点で群を抜いていた。三十六歳になるペッテルは、いまもって毎日剃る必要がないほどひげが薄いが、アンティークの蒐集家顔負けの慧眼で奇妙な事件を見分けることができた。

この数年でペッテルの仕事はぐんとやりやすくなった。オスロがかつての静かで平穏無事な都市ではなくなったからだ。レイプに窃盗、武装強盗、家庭内暴力となんでもありだし、警察を屁とも思わない風潮が若者のあいだに蔓延している。アフリカや東ヨーロッパ——それに中東のイスラム圏——からの移民が、いまだ政治的成熟度の低いこの都市にあらたな緊張を生み出していた。リベラルな人びとは無限の寛容を説き、保守派は人種差別をするか、外国人を毛嫌いするかのどちらかだ。いずれも倫理的立場から論じるばかりで現実に則していないから、西洋文化が突き付けられている大命題、つまり、不寛容に対しどこまで寛容であるべきか、という問題をまともに考えようとはしない。

シーグリッドが、ゆうべ食べ残したパサパサのサンドイッチを茶色い袋の上に置き、顔をあげると、ペッテルがちかづいて来るのが見えた。笑みを浮かべているのは、また財宝を掘り当てたからにちがいない。

「ハイ」シーグリッドは声をかける。

「ハイ」

「なにか見つかった?」

「ええ」

「でかした」

ペッテルが言う。「それがむごい話で」

「そう」

「でも、変わってる」

「むごいほうから」

「殺しです。トイエンで三十代の女がやられた。首を絞められたうえに刺された。すでに現場を保全し、捜査を開始しました」

「犯行時刻は?」

「二十分前に通報があり、五分ほど現場を見てきました。建物の住人が争う声を聞いて通報したんです」

「なるほど。それで、変わってるっていうのは？」

「これです」ペッテルはメモを差し出した。英語で書かれたメモだ。英語のように見える。

シーグリッドはじっくり読み、さらにもう一度読んだ。

「なにが言いたいのかわかる？」

「いいえ」ペッテルが言う。「スペルがまちがってるのはわかります」

「そうね」

「部屋の持ち主に電話しました。被害者はそこに住んでいなかった。ひとつ上の階に息子と住んでいた。息子は行方不明です。部屋の持ち主はラーシュ・ビョルンソン」

「有名な人？」

「ビデオゲームの制作者ですよ。すごくうまい」

「あなた、三十六よね、ペッテル」

「すごく高尚なビデオゲームなんですよ」

「へえ」

「彼は第四取調室にいます。電話したらすっ飛んで来た。ラーシュの妻が言うには、彼女のおじいさんがアパートから姿を消したそうです」

「一緒に住んでるの？」

「ああ、ええ。アメリカ人。隠居老人」

「なるほど。彼らが容疑者？」

「それは、ほら。犯行時刻にどこにいたか調べないと。でも、容疑者じゃないとぼくは思います。あなたも会えばわかる」ペッテルは唇でポンと音を出した。「それじゃ、行きましょう」

シーグリッドは、ベビーブルーのシャツと黒いタイにサンドイッチの中身がくっついていないかチェックし、大丈夫と腰をあげた。ペッテルについて廊下を進む。警官たちと警察車両の現在地を示す地理情報システムのスクリーンを通り過ぎ、ずっと前に壊れたままのコーヒーマシーンの前を通り過ぎる。マシーンのコーヒーポットに花を活けたのはおそらくスティーナだろう。おかげでポットの水は定期的に換えられている。

第四取調室には丸テーブルと椅子が五脚ある。マジックミラーは設置されていないし、尋問のあいだ、椅子が床を擦ることもない。代わりにというのでもないが、ティッシュの箱とミネラル・ウォーターのボトルが数本置いてある。正面の窓は鍵がかかっているが、鉄格子は嵌まっていない。窓と向かい合わせの壁には、スノーモービルに乗った婦人警官が二人のラップランド人牧畜民とおしゃべりしている写真が載った、ノルウェー・トナカイ警察の市民啓蒙ポスターが貼ってある。警官は道を尋ねているのだろう、とシーグリッドは密かに想像していた。

テーブルに向かって男女が座っていた。男はノルウェー人だが、女はちがう。男は長身で金髪で若々しい。女は黒髪で、瞳の色はめったにないほど深いブルーだ。どちらも沈痛な面持ちだった。

シーグリッドがペッテルを従えて入って行くと、二人とも顔をあげた。

刑事二人がテーブルにつく。ペッテルが英語で言った。「こちらはウーデゴル警部です」

リアが英語で応じる。「うちに女性の死体があるそうですが」

「ヤー、ヤー」シーグリッドは言う。「われわれもそのことに関心をもっています」

「このあたりでは、そういうことがよく起きるんですか？」

「いいえ。よくというほどでは」

「でも、意外ではない」と、リア。

「ええ、まあ、でも、そのことはひとまず置いといて。情況はペッテルからお聞きでしょうが、被害者をご存じでしたか？」

ラーシュもリアもうなずいた。

これまでのやりとりから、主導権は女が握っているのね、とシーグリッドは思った。

「彼女は上の階に息子と住んでました。話をしたことはなかった。東ヨーロッパあたりから来たんだと思いますけど。男の人と年じゅう喧嘩していました」

「どんな男？」

「知りません。でも、このところよく訪ねて来てた。二人はおなじ言葉をしゃべってました。男はとっても暴力的で」

シーグリッドもペッテルもメモをとる。会話は録音されていた。

「彼女はあなたがたの部屋でなにをしていたんでしょう？」

「わかりません」

「ドアは蹴破られてました」ペッテルが言う。

「それは興味深い」シーグリッドがあとを引き受ける。「女には無理ね。彼女の仕業ではない」

ペッテルは頭を振る。「男物のブーツの大きな足跡がドアじゅうについてました」

「つまり、彼女が中にいたあいだ、ドアには鍵がかかっていた。彼女は合い鍵を持っていた？」

「いいえ」

「出掛けるときはドアに鍵をかけますか？」

「ええ、でも、祖父がいましたから。シェルドン・ホロヴィッツが」

「ヤー。そのことを話していただけますか」

リアは語りはじめた。シーグリッドにはまったく馴染みのないことまで、リアは話した。シェルドンが子どもだった一九三〇年代のニューヨークがどんなだったか。E・B・ホワイトが〈ニューヨーカー〉誌のコラムでこの街の思い出を綴ったこと。戦争が起きて、ナチスと戦うため出兵する若者たちをシェルドンが見送ったこと。彼はまだ少年だったからあとに残らざるをえなかった。そして若者たちの多くは戻って来なかった。シェルドンとメイベルの恋、彼が海兵隊に志願してプサンで事務官として働いたこと、ところが最近になって、べつの話をしはじめたことまで、リアは語った。

シェルドンとメイベルにはソールという一人息子がおり、シェルドンのアンティークと時計修理の店に入り浸り、一八一〇年から一九四〇年までに作られたものをネジ回し一本でばらばらにする方法を習って実践し、一目散に逃げたことも語った。

ソールがベトナムで死に、シェルドンの友人たちもみな死んで、メイベルも死んだこと。世の中の重みに押し潰されかけていた祖父を、西洋文明の北端のこの国に呼び寄せ、最後の日まで一緒に暮らそうと思っていたのにこんなことになって、とリアは語りこう結んだ。恐怖を抱いていた祖父が、自宅でとんでもないことに直面し、行方不明になってしまった。

彼女の語り口は慎重で愛に溢れていた。いま経験していることへの恐怖を口にしながらも、鋭い洞察力と豊かな人間性を垣間見せた。

語り終えるまでに長い時間がかかった。それからシーグリッドに尋ねた。

「それで、わかってもらえましたか?」

シーグリッドはじっと耳を傾けており、簡潔に内容をまとめた。

「八十二歳で認知症のアメリカ人スナイパーが、殺人現場から逃げ出したあと、朝鮮の暗殺者にノルウェーじゅうを追いかけ回されていることが疑われる。暗殺者にはその前から追われていた可能性もある」

リアは眉をひそめた。「そんなふうに話したつもりはないわ」

「ほかに聞き洩らしたことがありました?」シーグリッドはメモを見ながら尋ねた。

「ええと……祖父はユダヤ人です」

シーグリッドはうなずき、メモした。それから顔をあげた。

「あの」リアが言う。「そこは重要な点だから。骨組の部分というか。たんなる事実ではなくて。茶色のコートではなくブルーのコートを着ているというのとはちがうんです。大事なことなんです」

「どんなふうに？」

「それは」リアは物事の核心を説明しようと言葉を探した。「つまり、その……祖父はユダヤ人なんです。ただの変わり者じゃない。彼の名前はシェルドン・ホロヴィッツです。わかりませんか？　彼の全人生がその名前に詰め込まれているんです。祖父は見知らぬ外国で迷子になった老人です。しかも認知症をわずらっている。なにかを目撃したにちがいない。なにかが起きたんです」

リアの言うことが、シーグリッドにはまるで理解できなかった。まったく馴染みのない、微妙な問題を持ち出され途方に暮れるばかりだ。ユダヤ人のことはなにも知らない。ノルウェーにはユダヤ人が千人ほどしかいない。彼の名前を聞いても、外国の名前だと思うだけだ。

その一方で、本人にとっては明々白々な事実を、リアが一所懸命説明しようとしていることに、シーグリッドは感謝していた。もどかしいのだろう、その説明は最初のうちはつっかえつっかえだったが。あとでペッテルと話し合う必要はあるが、この女性と夫が容疑者ではない訳が、シーグリッドにはよく呑み込めた。

リアは向かいに座る女性刑事の表情から、ノルウェー人にとってユダヤの歴史は別世界の出来事だということを読み取り、いまさらながら、祖父をここに連れて来てしまったことをひどく悔やんだ。

むろんシェルドンは、朝食の席でそのことに正面から切り込んできた。愛用のコーヒーマグを振りかざしながらの御託だったから、リアの頭の中では、ノルウェーにおけるユダヤ人の歴史と、マグにエアブラシで吹き付けられた〈ペントハウス〉のヌードが分かちがたく結びついてしまった。

そのことをシェルドンが知ったら、おもしろがってくれたかもしれない。

「ユダヤ人はたった千人だぞ！　人口五百万に対してユダヤ人は千人だ。『ロンリープラネット』っていうガイドブックで読んだんだ！」シェルドンは言った。「ノルウェー人はユダヤ人のなんたるかを知らない。彼らが知っていると思いこんでいるのは、ユダヤ人はこうではないということだけだ」

シェルドンがつぎに言ったことがリアを動揺させた。ユダヤ人女性と結婚し、シェルドンに強い親愛の情を抱いているラーシュがいる前で言ったからだ。ラーシュが顔をあげたとたん、リアは床に視線を落とした。

「強欲で二枚舌で、弱々しくて青白く、こそこそと策を弄し、不能で好色で嘘吐きというのがユダヤ人の相場だが、実際はそうではない、とノルウェー人は教えられてきた。鉤鼻でもなく、指が節くれだってもおらず、おかしな趣味の持ち主でもない。陰謀を企てないし、北方人種より進化が遅れているわけでもないし、世界転覆を謀りもしない。ノルウェー人はそう教わったから、醜悪なナチのプロパガンダを聞くと耳まで赤くなる、すてきなリベラリストに育った。問題はだ、そういうことを頭に叩き込まれると、誰も進んでユダヤ人とデートしようとは思わなくなることだ。ちがうか？

ユダヤの民には三千年の歴史があるのに、〝ユダヤ人〟という言葉を耳にして思い浮かぶのは、ホロコーストとパレスチナ紛争だけだ。ねじ曲げられた狭量な話の中には、シェルドン・ホロヴィッツの居場所も、おまえみたいな根暗な美女（セイレーン）の居場所もないってことだ。三千年の歴史も哲学も演劇も、芸術も工芸も学術も著述も、独断も姦淫も、当意即妙なユーモアも、いっさい語られないってことだ。くそ忌々しいことに！

だが、心配するな」シェルドンはラーシュに配慮して付け加えた。「なにもノルウェーにかぎったことじゃない。ヨーロッパじゅうがそう教わってきたんだ」

それから、シェルドンはマグをテーブルに置き、自分に言い聞かせるようにこう言った。

「フランス北部の海岸にある墓地を見てみろ。ヨーロッパ人よ、よく見ろ。ノルマンディー上陸作戦で戦って死んだユダヤ人の墓標を見るがいい。ここで、ユダヤの思想を食い潰したヨーロッパの重苦しい沈黙の中で、われわれは犠牲にされた。だが、よく見るがいい。われわれはアメリカからやって来たのだ。西洋文明の黙示録に対抗する星条旗のもとに、五十万のダビデの息子たちが戦ったのだ。

肝に銘じるがいい、ヨーロッパ人よ。おまえたちが殺したユダヤ人が、おまえたちを解放したのだということを」

だが、その中にシェルドンはいなかった。シェルドンはその大戦に参加できなかった。歳が足らなかった。

「あたしが言いたいのは」リアはシーグリッドに言った。「長く苛酷な人生を歩んできた偏屈な老人が、最後のときになって頭のネジがゆるんできているってこと。そして、行方をくらました」

シーグリッドはうなずいた。ラーシュとペッテルは無言のままだ。シーグリッドはまたメモに目を落とし、言う。「認知症についてもう一度伺いたいんですが」

「ええ、いいですよ」

シーグリッドはラーシュの表情の変化に気付いたが、どうしてなのかまではわからなかった。

リアが言う。「少し前に、祖母が亡くなりました。それ以来、祖父は腑抜けたようになって。おしどり夫婦でした。祖父が認知症だということは、祖母から聞いてました。亡くなる少し前に。認知症のことをよく調べておいて、と祖母から頼まれたんです」

「ニューヨークでですね」

「ええ。それで、国立衛生研究所で出してる認知症の症状と照らし合わせました」

ここではじめて、ラーシュが声をあげた。クスクス笑ったのだ。

「なに？」と、リア。

「正直に言わないと。きみのおじいさんが、症状のひとつひとつに反証を挙げていったこと」

ラーシュが言っているのは、三週間前にオスロ港に面した町、アーケル・ブリッゲの旧オスロ西駅のそばで交わした会話のことだ。その地区は開発が進んでおり、古い駅舎の中にあった観光案内所が移転し、跡地にノーベル平和賞受賞者の業績を紹介する博物館、ノーベル平和センターが建てられた。三人はパスカルズというカフェに入り、上等なケーキと安っぽいプラスチックカップに入った馬鹿高いアイスクリームを食べた。アーケシュフース城のそばに巨大な遠洋定期船が停泊しており、カメラと空きっ腹を抱えた大柄な観光客の群れが押し寄せて来た。

飢えた観光客を見て、シェルドンは十二ドルのアイスクリームのカップを自分のほうに引き寄せた。

「パパ、あたしの話を聞いてよ。五つの兆候があって、どれかに当てはまるかどうか考えてみないといけないの」紙に書かれた兆候を、彼女はできるかぎり相手を励ますような口調で読み上げた。「一番目、同じ質問を繰り返す。二番目、通い慣れた場所で道に迷う。三番目、人の指示に従うことができない。四番目、時間や人や場所について見当識を失う。五番目、個人の安全、衛生、栄養をないがしろにする」

土曜の朝、季節が春から長く芳醇な夏へ移ろうころだった。

シェルドンは耳を傾け、うなずいた。それからビールのグラスの腹に指二本を滑らせて水滴を集め、目を閉じて瞼に冷たい水滴を擦り付けた。

「やってみろ。気持ちがいいぞ」

「パパ」

「なんだ？」

「飲みもしないビールをなんで買うの？」

「色が好きなんだ」彼は目を閉じたまま言った。

「あたしがいま言ったことについて、意見はないの？」

「ある」

「質問を憶えてる？」

彼はむっとし、親切なラーシュに顔を向けた。「いいか、見てろ」

「一番目。同じ質問を繰り返すのは、自分がなにを尋ねているか理解するためだ。同じことを三度尋ねるつもりがないなら、ほんとうは答を知りたくないんだ。二番目。おれはノルウェーに連れて来られた。おまえにな。ここには通い慣れた場所なんてない。通い慣れた場所で道に迷いたくても迷えない。ただ道に迷うだけのことだ。三番目。おれはノルウェー語がしゃべれない。だから、指示に従いようがない。もしノルウェー語が理解できてたら……それはボケてるってことだ。四番目。いいか、ちょっと考えてみろ。そこそこ頭がよくて、自己を認識している人間だって、人や時間や場所について多少は見当識を失っているもんだ。なんでもかんでもわかっている人間なんてそういるもんじゃない。五番目の質問に出てくる三つだが、個人の安全をないがしろにするという意味がわからない。なにに対してだ？　どんな状況で？　ないがしろにしているかどうか、誰が判断するんだ？　おれは夜明けの黄海で、曳光弾の嵐の中に突っ込んで行った。そういうのを安全をないがしろにするって言うんじゃないのか？　おれは一人の女と、彼女が死ぬまで添い遂げた。そういうのを安全と呼ぶんじゃないのか？　衛生面の話をすると、おれは毎日歯を磨きシャワーを浴びている。おれを汚ないと思うのは、おれを同類とみなさない連中だけだ。つまり反ユダヤ主義者だな。お互い様だ、とシェルドン・ホロヴィッツが言ってると、そいつに言ってやってくれ。栄養がどうだって？　おれは八十二歳でまだ生きてる。

どんなもんだ、ラーシュ？

「ぼくよりずっとましですよ、シェルドン」

リアはこのやりとりを思い出したが、シーグリッドを前にしてラーシュに言った。「たまたま冴えてただけ。人を言い負かす力は天下一品だもの。それをひけらかしただけよ」

ラーシュは肩をすくめる。「ぼくはやられっぱなしだ」

「いいわ、百歩譲って認知症じゃないとしましょう。でも、彼は変人よ。ほんものの変人。それに、しきりと死者に話しかけるようになった」

話しながらも、リアは不安でしょうがなかった。祖父の酷使された頭の中は複雑怪奇だ。いろんな思いが出たり入ったりしている。祖父はたしかにふつうではない。祖母が死んでから、彼はこの世に居場所をなくしてしまった。錨をなくした船だ。それ以外に説明のしようがなかった。

シーグリッドはリアの話に耳を傾け、ラーシュに向かって英語で話しかけた。「認知症ではないとあなたは思うんですね」

ラーシュはテーブルを指で叩いた。リアの言うことに異を唱えたくない。人前では。彼女の家族のことだし。だが、義理もある。そこで、自分の口から言わず、話の糸口を切るだけにして、あとはリアに説明させようと思った。

「けさ、リアは彼にあることを話したんです。彼の気持ちを揺さぶるようなことを」

シーグリッドはリアの出方を待つ。

「ゆうべ、あたし、流産したんです。入院はせず、その日のうちに帰宅しました。けさ、祖父に話しました」

反応したのはペッテルだった。「お気の毒に」

リアはうなずく。同情を買いたくはなかった。

ラーシュが言う。「ぼくたちは覚悟ができていなかったわけじゃない。でも、シェルドンはできていなかったと思います」

リアがなにも言わないので、ラーシュは話をつづけた。

「認知症ではないと思います。シェルドンは親しい人をみな失った。息子も妻も先に亡くしました。彼がノルウェーに来たのは赤ちゃんが生まれるからだと思います。命がつながっていくのを見届けるために。でも、赤ちゃんは死んでしまった」

「どうしてそんなふうに思うんですか?」シーグリッドが尋ねる。

「一種の罪悪感ですね。彼は自分が生きていることの罪悪感に呑み込まれていた。はじまりは息子のソール、リアの父親のね。それに第二次大戦で戦死した友人たち。いとこのエイブ。ホロコースト。朝鮮戦争で戦った人びと。妻。ぼくらの赤ちゃん。これ以上、罪悪感を背負うことができなくなったんじゃないかな。朝鮮の人のこともある。彼が実際に戦闘に参加したかどうか疑う人もいるけど、参加したんだとぼくは思います。だから、木の陰に隠れる兵士が、彼には見えるんです。自分が殺した人びとが見える。それで罪悪感にかられるんです。戦争だからやむをえなかったにしても」

リアが異を唱える。「あたしの祖父はホロコーストを生き抜いたことで、罪悪感なんて感じていない。ほんとうよ。祖父が罪悪感を抱いていたとしたら、それは年齢を偽ってでもナチとの戦いに参加しなかったことに対してだわ」

「アメリカが参戦したとき、彼は十四歳だった。まだ子どもだ」

「見てきたようなことを言うのね」

シーグリッドはせっせとメモをとり、リアとラーシュに対して抱いた印象や、シェルドンが姿を消すにいたった事情も書き添えた。

尋ねるべきことはあと一点だけだ。

「これをどう思いますか?」殺人現場に残されたメモをリアに手渡す。

リアはメモを両手に載せて、二度読んだ。

「祖父の書いたものです」

「内容については？」

「そうですね。並べてある言葉よりも、なぜこれを書いたかのほうが重要だと思います」

「ヤー、わかりました」

「祖父の自己診断を受け入れられるかどうか、ラーシュとあたしの意見が分かれるのは、こういうことがあるからなんです」

シーグリッドはメモを受け取り、声に出して読んだ。英語の発音があっているか心許なかったが。


居留地に向かって飛び出さなきゃならないと思っている。連中はおれを養子にして教育しようとしているし、おれにはそれが我慢ならない。前にもそんな目に遭ってるからな。

——五十九度線のリバーラッツ

「それで」シーグリッドは言う。「なぜこれを書いたんでしょう？」

「さあ、わかりません」

四

ベトナムで息子が攻撃されるところを、むろんシェルドンは見ていないが、繰り返しその場面を想像した。毎晩のように、律義に夢に出て来た。そのたびにメイベルに揺り起こされた。「あなた、夢を見てたわよ」彼女は言った。

「いや。夢じゃないんだ」

「だったら悪夢。悪夢よ」

「いや、悪夢でもない。おれはその場にいるんだ。あいつと一緒にボートに乗っている。メコン川をパトロールしている。夜間に支流を遡（さかのぼ）っていくんだ。コーヒーの味だってちゃんとする。足が痒くもなる」

当時四十五歳だったメイベルは、結婚指輪と小さなダイヤのペンダントがさがった細いホワイトゴールドのネックレス以外なにも身にまとわずに眠った。ペンダントはシェルドンが一九五一年にあげた婚約指輪を作り直したもので、肌身離さずつけていた。

真夜中に起こされても、メイベルは文句を言わなかった。夫の恐怖の発作にうろたえもしなかった。その二十三年前、ソールが年じゅう夜泣きしたので、彼女は眠るどころではなかかった。だから寝不足には慣れっこだった。ソールが死んでからは、眠れようが眠れなかろうがどうでもよくなった。

シェルドンが夢を見るようになったのは、一九七五年の夏からだ。ソールはすでに墓の中だった。白いシーツに横たわるメイベルの体は、メリハリがきいていてちんまりしていた。背中を弓なりにして爪先も指先も伸ばせるだけ伸ばすのが好きだった。体が引き攣りそうになるまで伸ばしてから、ふーっと息を抜き……

ドニーも寝るときは素っ裸だった。熱暑の夏だった。部屋にエアコンはなく、植民地時代のケニヤから輸入されたようなアンティークな天井ファンがのんびり回って、熱い空気を送ってくるだけだった。

メイベルはベッドサイド・ライトをつけた。

二人はまだ口に出して話してはいなかった。自分を動揺させるような質問を、ドニーは口に出せなかった。その夜まで、話題にしない覚悟ができていた。朝起きて店に出て、アイルーペをつけ、ひげぜんまいをもとの位置に戻し、歯車に油を差し、壊れた天真を交換し、あたらしい竜頭（りゅうず）を取り付ける。サンドイッチを食べる。帰宅する。たわいのないおしゃべりをする。新聞を読む。パイプをくゆらす。酒を飲む。寝支度をする。来る日も来る日も、時を測る道具を修理して時をやり過ごす。

だが、一九七五年のその夏の夜はいつもとちがった。どうして変化が起きたのかわからない。気温のせいかもしれない――想像の中のベトナムの暑さが、ニューヨークのロウワー・

イースト・サイドにいる彼を追いかけてきて、ジャングルでかく汗がベッドのシーツを濡らした。

　内なる世界をおさめる場所がもうなくなって、どんな結果を招こうと、溢れ出さずにいられなくなったのかもしれない。

　彼女が手を握ってため息をついたとき、ドニーは質問を口にした。

「どうしておれと一緒にいるんだ？　どうして出て行かないんだ？」

　記憶の中の彼の声は穏やかだった。真摯だった。人の魂が寄り集まる静謐な場所、人間性の地下水脈から汲み上げられた声だった。

　メイベルが返事をするまでに間があった。色を付けた爪先がくるっと曲がるのを、彼は眺めている。彼女の土踏まずは美しかった。

「わたしがなにを考えていたかわかる？」

「なんだ？」

「宇宙空間の中で出会うことのできた二隻の宇宙船のことを考えていたの」

「なにが言いたいのかわからない」

　彼女は顔を巡らし、しかめ面をした。「ニュースで見なかった？」

「ずっと下を向いていた」

「アポロとソ連の宇宙船よ。ソユーズ。二日前にドッキングしたの。真っ暗な空で。静寂の中で、二隻の宇宙船がドッキングしたのよ。その音を聞くのってどんな感じかしら。無重力の世界を漂っていて、不意に音が聞こえるのよ。船体に金属がぶつかる音が。敵国が手を差し伸べてくるの。差し伸べられた手を、手袋をした手で握り締める。いろんなことがあったけど、最終的に手を握り合うの。わたし、なんだかなつかしい気がしたわ。なんて言ったらいいか。それはちょうど……通りすがりにふと嗅いだ匂いで、一気に甦ってくる感じ、記憶がね、時間は消滅してあの頃に戻っている。あなたはそれをなんと呼ぶ？」

「希望」

「ニュースはちゃんと見なくちゃ」

「それがきみの答になってるかどうかわからない」

「わたしはまだここにいるわ、シェルドン。どうしてだか知る必要があるの？」

「ある」

「なぜ？」

「それがどんなに頼りないものか知る必要がある」

「科学じゃないのよ、ドニー」

「おれはいま、店で難しい時計の修理をしている。オメガのスピードマスターだ。ハンマースプリングのすぐ下についてるネジが折れてしまってるんだ。そいつを摘み出すためには、部品をそっくり取り外さなきゃならない。ネジを摘み出したあと、すべてをきちんともとに戻せるかどうか自信がない。自社開発のムーブメントは特殊だからな。それはそうと、きみの気に入りの宇宙飛行士が宇宙でしてるのとおなじ時計だよ」

「偶然の一致？」

「人気の時計だからね。おれも持っていたが、ソールがして行った。どこに行ったものやら」

「それは残念ね。わたしは偶然の一致って好きよ」

「おれを責めてるのか？」

「あなたは自分を責めてるの？」

「ああ。全部おれのせいだ。おれは息子に戦争の話ばかり聞かせた。お国のために戦うのが男の本分だと言って聞かせた。入隊を勧めた。ロシアのユダヤ人は国外に出られない。移住を申請するとブラックリストに名前が載る——国外移住を禁止されたユダヤ人というレッテルを貼られる。怯えたネズミみたいな生活を余儀なくされる。だが、おれたちは人間らしい暮らしができる。アメリカ国民だからだ。そのアメリカが戦争をする。〝ジョニーよ、銃をとれ〟だ」

「前にもそんな話したわね」

「ロシアのユダヤ人は麻薬をやって、レコードを聴いている。おれたちはこぞって〝世界を変えよう〟と叫ぶ自由主義者になった。おれは息子にそう言った」

「前にも聞いたわ。なにもいま蒸し返す必要ないでしょ」

「息子にいろいろと吹き込まずにいられなかった」

「わかってるわ」

「トランペット奏者のハリー・ジェイムズがカーネギー・ホールで〝ハイC〟より一オクターブ高いCを吹いたときのことを、おれは憶えている。一九三八年だった。ベニー・グッドマンのオーケストラにいたころだ。ジャズがまだ低く見られていた時代だ――クラシックの殿堂、カーネギー・ホールでジャズ演奏なんてけしからん、という風潮があった。そこであの音だ。ニューヨーク中が沸き立った。たった一音が一国を揺るがしたんだぞ。想像できるか？　いまじゃギタリストがステージでギターを叩き割ってる。息子はミュージシャンになれていたかもしれない。それなのに、戦争に送り出してしまった」

「あの子に音楽の才能はなかったわよ」メイベルが言う。

シェルドンは頭を振った。「あいつが泣くたびに抱き上げていたら、独立心のない子に育つんじゃないかって、おれたちは心配したもんだ。まったく、なにを考えていたんだか」

「わたしはここにいるわよ、シェルドン。それだけで充分なんじゃないの。そうでしょ？」

「ああ。そうだな」

その話はそれきりになった。もっとなにか言いたいことがあったとしても、彼女は墓に持って行ってしまった。

警察がやって来る前に、なんとか逃げ出すことができた。

シェルドンはクロゼットのドアを細めに開けて、耳を澄ました。階段に散乱したガラスの破片を踏む音がして、ドアが開いて閉じる音がした。見つかったらおしまいだ。身を守る術はないが、そうならないように用心することならできる。

　ひどい騒ぎは長々とつづいた。少年はシェルドンの胸に顔を埋めていた。あたりが静まると、シェルドンは羞恥と後悔の波に呑まれた。それは避けがたいものであり、ソールに死なれて感じた羞恥と後悔に匹敵する激しい思いだった。もっとちがう対処の仕方をしていれば――ドアを開けなければ、母子をもっと早くに逃がしていれば、警察を呼んでいれば――哀れな女は生き延びただろう。生きて息子をやさしい男に育ててあげただろう。シェルドンがその手で彼女を殺したも同然だ。

　クロゼットのドアを最後まで開き、自室を見回した。なにも変わったところはない。怪物はここまでやって来なかった。

　裏口を隠す絨毯を引っ張りおろし、鍵を開けにかかった。ドアノブを揺すり、ドアを押し、持ち上げ、なんとか体を潜らせられる隙間を確保できた。ドアはなかなか動かず、すさまじい音をあげた。なにか重い物がドアを塞いでいるのだ。こっそり逃げ出すなど、端（はな）から無理だった。そう思ったら少し慰められた。

　暗いクロゼットに向かって小声で話しかける――少年を脅かさないように――「もうちょっとここにいろ。危険がなくなったことをたしかめるから、それから出よう。リビング・ルームのほうから出るわけにはいかないんだ」

　ドアを抜けた先は建物の裏手の狭い路地だった。ドアを塞いでいたのは大型のゴミ容器だった。長く使われていなかったせいで、ドアの蝶番は錆びていた。おかげで死ぬところだった。

左に数メートル行くと横道に出る。日射しを浴びてカップルがそぞろ歩いていた。穏やかで安全だ。アパートの中で起きた出来事が拡散し、周囲を脅かしてはいなかった。人と人のつながりなんて、幻想にすぎない。

少年を連れ出すためアパートに戻ろうとしたとき、白いメルセデスがかたわらをゆっくりと通過して行った。窓から見たあのメルセデスだ。まっすぐ前を見て運転しているのは、黒いレザージャケットに金の鎖をさげた男だった。助手席にべつの男がいた。

通りすがりに、シェルドンはこの男と目が合った。男の表情に変化はなかった。それもそのはず。互いに面識はないのだから、向こうから見れば、シェルドンは殺人現場のちかくにたまたま居合わせた老人にすぎない。

だが、やりとりはあった。二人のあいだでメッセージが取り交わされた。シェルドンは直感した。

車が通りすぎると、シェルドンはつぶやいた。誰も聞く者はいなかったが、言葉は口にされた。「おまえには渡さない。神にかけて、あの子をおまえに渡すものか」

部屋に戻り、メモを書く。予言のように言葉のほうからやって来た。リアなら理解してくれるだろう。彼の言わんとするところを理解し、行き先の見当をつけてくれるだろう。

化粧台の上に写真と並べてメモを置き、海兵隊のワッペンを文珍代わりに載せた。時間は敢えて入れなかった。

裏口から出てそう歩かないうちに、人ごみに紛れるのにぴったりの場所が見つかった。人の流れに乗って植物園へと向かい、麗らかな日射しを楽しむノルウェー人たちに溶け込む。もっとも、彼も少年もノルウェー人には見えない。

少年にアイスクリームを買ってやって、園内のベンチに座った。腕時計を見る。まさに万策尽きた時刻。

午後二時四十二分。途方に暮れるのにもってこいの時刻。

サイレンを鳴らし、ライトをつけたパトカーが、背後を通り過ぎていく。すぐにもう一台。彼女の死体が見つかったにちがいない。警察はじきにメモを発見する。

「いいか、おれたちがやるべきなのは、ハックルベリー・フィンみたいに洞窟に隠れることだ。あの話、知ってるか？　ハック・フィンを知ってるか？　横暴な親父のもとから逃げ出して川を下るんだ。自分が殺されたように装って。それからジムという名の逃亡奴隷と巡り会う。いまのおまえとおれみたいだな。ユダヤ人のじいさんと、くまのパディントンみたいな格好をしたアルバニア人の子どもで、代役が務まるかどうかは疑問だがね。ようするに、おれたちはどこかに隠れなきゃならないってことだ。おれたちの〝ジャクソン島〟を見つけなきゃならない。それに、川を遡る必要もある。安全な北へ行くんだ。おれにちょっとした考えがある。問題はだ、この土地は不案内ってことだ。おまえのためになにをしてやれるかわからない。おまえは誰にも渡さない。警察にも渡せない。ノルウェーの警察がおまえを上の階の怪物に引き渡さないともかぎらないからな。あの怪物の正体がわからないんだから。

おれにわかるのは、おまえはなにも悪くないってことだ。いまはそれだけわかっていれば充分だ。だからおまえの味方につく。わかったか？」

少年は自分のウェリントン・ブーツを見つめながら、黙ってアイスクリームのコーンをしゃぶっていた。

「名前が必要だな。なんていうんだ？」

くまのパディントンがぶらぶら揺れる。

「おれはドニーだ」シェルドンは自分を指差す。「ドニー。ミスター・ホロヴィッツでもいいが、不運にみまわれた名前という感じがしないでもない。ドニーのほうがいい。おれはドニーだ」

少年の反応を見る。

「目を見合わせたって罰はあたらんだろう」

反応を見る。べつのパトカーがサイレンを鳴らして通り過ぎてゆく。

二人が座るベンチからほどちかい所に動物学博物館がある。草の緑も木々の緑も青々としている。茂みの根元には水仙がずらっと並んで咲き誇り、子どもたち——少年とおなじ年頃の子どもたち——は、踵に車輪がついたおかしなスニーカーで滑っている。

無数の影を連れて雲が通りすぎ、空気がひんやりとした。

シェルドンはひとり言のようなおしゃべりをつづけた。無言でいるのは性に合わない。

「息子の名前はソールだ。イスラエルの最初の王さまの名前、サウルの英語読みだ。三千年も前だぞ。サウルは苛酷な人生を送った。厳しい時代だった。契約の箱をペリシテ人に奪われ、彼の民は惨めな生活を送っていた。それでも国を束ねることが彼の仕事で、それをやり遂げたものの長つづきしなかった。彼はいろんな意味で欠点のある人間だったんだ。優れたところもあったんだぞ。サウルがしたことでおれがいちばん気に入っているのは、アガグの命を救ったことだ。アガグはアマレク人の王だ。サウルの軍が彼らを滅ぼし、サムエル――ヘブライの預言者だが、おれは好かん――によれば、サウルはアガグを殺すべきだった。それが神のご意志だからだ。だが、サウルは彼を助けた。

サウルやアブラハムのような人間はいるもんなんだ。ソドムとゴモラを滅ぼせ、打ち破った王の命を奪え、という神の復讐の声を彼らは聞いた。だが、彼らは神と、自分たちが滅ぼしたものとのあいだに立ち、神の言うなりに殺すことを拒否した。そこでおれは考える。彼らは正と邪という考えをどこで身につけたのだろう。神から教わったのでないとしたら、いったいどこで。もしかしたら、ある瞬間に、宇宙の川が彼らの血管を駆け巡り、不変の真理へと彼らを結び付けたのではないか――神がその怒りの中に見出すよりももっと深い真理に、彼らは到達したのではないか。ユダヤ人が拠って立つ真理、天を仰ぎながらも、ユダヤ人をしてその場に留まらせる力を持つ真理。その真理とはなにか？　彼らはどこに留まっているのか？

ゴモラを見下ろす、岩だらけの赤っぽい丘の上に立つアブラハムの姿を想像してみる。硫黄の雨を降らす雲が垂れ込めている。その空に向かって彼は手を伸ばし、言うんだ。『もしここに善人が百人いても、あなたはこの都市を滅ぼしますか？』この瞬間、神の軍と向き合うアブラハムは、いかにみすぼらしいなりであろうと、人間が到達しうる最高の高みに立っていたんだ。たった一人で。熱い風が吹き寄せるなか、ぼろをまとい汚れた足でただ一人、彼は立っていた。混乱し、孤独で、悲しかった。神に裏切られたんだから。彼は声を超えた声になった。すべてを集めた声に。神は正しいことをなされているのだろうか、と彼は疑った。この瞬間、人類は自覚する種へと変貌した。

たしかに神はわれわれに命を吹き込んだのだろう。だが、神の過ちを正すためにその命を使ったときにはじめて、われわれは人間になった。その命がどんなに短かろうと、なれるべきものになった。そうしてこの宇宙に場所を占めることができた。夜の子どもたちになることができた。

そしてソールは――おれの息子のソールは――ベトナムに行くことにした。なぜなら、父親が朝鮮に行ったからだ。父親はドイツで戦えなかったので朝鮮に行った。ソールはベトナムで死んだ。おれのせいだ。おれが尻を叩いたからだ。大義の名のもとに、おれは息子の命を奪ったんだと思う。だが、けっきょくのところ、おれはアブラハムじゃない。サウルでもない。おれのやることを、神は止めてくれなかった」

そのときはじめて、少年がシェルドンを見た。だからシェルドンはほほえんだ。一瞬一瞬の大切さを身に沁みてわかっている老人だけが浮かべられる笑みだ。

少年は笑い返さない。だから、シェルドンは二人分ほほえんだ。

「サウルはもう一人いるんだ――タルスのラビのサウル。新約聖書によれば、古代ローマの属州キリキアの州都タルスに生まれたユダヤ人だ。はじめはキリスト教徒を迫害する側についたが、ダマスコへ向かう道中で、天から降り注ぐ光を見て神のお告げを聞き、キリスト教に回心してパウロになった。イエスの幻を見て馬から落ちる姿が絵画に残されている。パウロはキリスト教の聖人になった。いい奴だったんだ。

おれがこういうことを知っているとは思ってなかったろう？　だが、知ってるんだ。誰にも尋ねられなかったから話さなかっただけで。まあ、そのほうがよかった。おかげで精神生活が豊かになった。いまはおまえという聞き役がいる。

おまえのことをポールと呼ぼうと思うんだがどうだ？　パウロの英語読みだ。回心した少年。落ちても立ち上がる少年。落ちたユダヤ人から生まれ変わったキリスト教徒。かまわないだろ？　内輪受けってやつだ。おもしろいジョークはたいていそうだ。

それじゃ、映画館に隠れるとしよう」

子どものべたつく手を最後に握ったのがいつだったか、シェルドンは思い出せない。ぽっちゃりした指、軽いけどちゃんと意思を持った握り方。信頼と責任。シェルドンの歩みがゆっくりになり、少し前屈みになった。最後に握った手はソールの手だったのか？　だとすると五十年以上前だ。それにしてはすんなりと手に馴染む。握り慣れている気がする。いまのこの感触と、最後に握ったときの感触のあいだに半世紀もの時間が存在するのかと思ったら、自責の念でいっぱいになった。

むろん、そのあいだにリアと手をつないでいる。思いがけず飛び込んできた愛。だが、これは少年の手の話だ。

リアとラーシュは警察を出たところでしばらく黙って立っていた。無罪放免にはなったが、いつでも連絡がとれるようにしておいてくださいと言われた。ラーシュは行き交う車を眺める。リアは荒れた唇の皮を歯で齧(かじ)りとり、指で摘んで微風に弾き飛ばした。二分ほど立っていると、やがてラーシュが言った。

「それで、これからどうする?」

「さあ、どうしよう」

「バイクで市内を走り回って彼を探そうか」

「だから携帯を持ってって言ったのに」

「彼は拒否した。見張られてるようでいやだって」

「それを呑んだあたしたちが馬鹿だった」

「彼が一人で家を出るとは思わなかったものな」

「だけど、現にそうしてるじゃない」リアが言う。

車の往来は途切れることがなく、頭上を厚い雲が通過して肌寒くなった。こんな遠くまでやって来たのだ、と二人はあらためて思った。家から遠いこんなところまで。

「ああ、そうだね」彼が言う。「彼は一人で家を出た」

五

オスロの映画館の席が割り振り制だったことに、シェルドンは無闇に腹をたてた。

「観客を馬鹿にしてるのか？　指示されなきゃ席も選べないって？　ふざけんな」

シェルドンはチケットカウンターの向こうの、罪のない娘に向かってそう言った。娘はにきびだらけの顔をしかめる。「あなたのお国ではちがうんですか？」

「ああ。早く来た奴がいい席をとる。適者生存。ジャングルの掟だ。競争が創造性を生み出し、衝突の中から天才が生まれる。自由の国では好きな席に座る。座れるところに座る」

シェルドンはチケットを掴み取り、ぶつぶつ言った。売店で売られているホットドッグの値段にぶつぶつ言い、トイレまでの距離にぶつぶつ言い、雛壇のような座席にぶつぶつ言い、世界平均を上回るノルウェー人の平均身長にぶつぶつ言った。

ぶつぶつ言うのをやめると——息を吸うためのほんの一瞬だが——殺人現場が脳裏に甦り、そこに居座った。頭を占領した。

程度の差こそあれ、彼にとっては馴染みの問題だった。いつものやつだ。ちょっと油断しようものなら、歴史そのものが押し寄せてきて、彼を押し潰そうとする。これは認知症とはちがう。生者必滅（しょうじゃひつめつ）の倣いだ。

だから沈黙は敵だ。気を抜くと防衛線を破られる。

ユダヤ人は身に沁みてわかっている。だから、なにがなんでもしゃべりつづけようとする。一瞬でもおしゃべりをやめれば、これまでの苦難に呑み込まれてしまう。

ポールに向かって彼は言った。「この映画のことは、上映時間が二時間を越すということ以外なにも知らない。映画が終わったら、ペペズで世界一高いピザを食わしてやる。今夜はホテル・コンチネンタルに泊まろう。垢ぬけたホテルだぞ。ナショナル・シアターのちかくだ。グランド・ホテルでもいいが、おそらく満室だろう。まさかおれたちがそんな場所に泊まっているとは、誰も思うまい。およそ似つかわしくない場所だからな。だが、今夜はゆったりと過ごしたって罰は当たらない」

そこで予告編が終わり、本編がはじまった。世界を救うために太陽に向かって進む宇宙船の話だった。おもしろかったのは最初だけで、恐怖と死しか残らない映画だった。

シェルドンは目を閉じた。


一九八一年、イランから人質が戻って来たとき、ジミー・カーターはすでに大統領ではなかった。ロナルド・レーガンが大統領に就任した日、四百四十四日間の身柄拘束を解かれたアメリカ人を乗せた飛行機がテヘランの空港を飛び立った。小雨の中で就任の宣誓をするレーガンの姿をカメラが捉えた――灰色の空の下、大統領夫人の赤い服が鮮やかだった。

だが、ドラマが繰り広げられたのは機内だった。人質だった人びとは解放されたことが信じられず、飛行機を降りた先にはさらなる苦難が待っているのではないかと、涙ながらに語った。テレビでそれを見ていてシェルドンは思った。アメリカの歴史に刻まれるのは、レーガンの就任演説ではなく、空港で出迎える前大統領ジミー・カーターの憂いに満ちた表情なのだ、と。その歴史の陰には、彼やメイベルや、近所で質屋を営むビル・ハーモンのような人びとの人生がある。

その当時、メイベルは新聞をよく読んでいた。記事をひとつ読むごとに自説を述べ、それが魚の棲まない池の水のように雲散霧消するのをよしとした。家でシェルドンが政治の話をすることを、彼女は許さなかった。もっとも、彼のほうでもしたいと思っていなかった。一九八一年といえば、ソールが死んでから何年も経っていたが、あっという間のことのように思えた。時間の経過とはそんなものだ。

淡々と過ぎる都会生活は、二人にとってなんの意味も持たなかった。彩りといえば目の前を通り過ぎるタクシーの黄色い筋、雨の黒い帳、農産物直売所の緑の濃淡、夕食の皿の赤だけだった。夜になれば眠る、それだけの生活、唯一動いているのは、シェルドンの店の時計だけだった。

時計修理とアンティークの店は、パーク・アベニュー・サウスから脇に入ったグラマシーにあった。地元の人だけが知る目立たない店だ。太い鉄格子の嵌まったドアには通りすがりに気軽に立ち寄れる雰囲気はない。ドアを抜けてすぐが狭い作業場で、広いショールームはその奥にある。

一九八〇年代に入ると、デジタルウォッチの出現によってシェルドンの商売は打撃を蒙る。デジタルウォッチは部品が少なく、驚くほど正確に時を刻み、どういうわけか人びとの想像力を掻き立て、そのうえ安価だった。しかも使い捨てだ。スイスの時計産業は動揺を来し、そこに寄り掛かって生計を立てていた者たちも苦戦を強いられた。シェルドンの店には、さまざまな階層の人びとが、修理や分解掃除やムーブメントの油差しやパッキングの交換を頼みにやって来ていたが、そういう客足はぷっつりと途絶え、顔を見せるのは昔堅気の連中だけとなった。使い捨ての安物と修理して使いつづける高級時計との二極化が進み、スイス時計の品質は着々とあがっていった。シェルドンの店の客の数は減る一方だが、時計の中身は複雑化し、そのわりに修理代は頭打ちだった。それでも穏やかに過ぎた十年だった。

ビル・ハーモンの質屋は右手の三軒先だ。アイルランド系のビルもおなじ五十代で、赤ら顔を囲む髪は真っ白だった。彼とシェルドンは、まるでピンポン球のように客をやり取りした。

「うちじゃ扱わない。ビルの店に行ってみろ。あそこなら電動工具も買い取ってくれる」

「お断りだね。洒落た金時計ならドニーの店だ。おれは門外漢だからね」

「こいつはニコンだ。おれにニコンをどうしろって言うんだ？　ビルの店に行ってくれ」

「ドニーの店に行きなよ」

「ビルのところなら扱ってる」

「なあ、ドニー、こいつを見てみろ」ある日、ビルが言い、革バンドの薄い金時計を差し出した。パテック フィリップだ。「持ち込んだ男は、共産主義になる前のハバナで買ったそうで、買い取ってくれと言った。おまえの店に回したんだが……」

「店を開けるのが遅かった」

「そう、遅かった。それでおれが買った」

　白いシャツに革のエプロンをつけたシェルドンは老眼鏡を頭の上に滑らせた。いつもよりちょっとだらしなく見えるが、ブルーの瞳は午後のきらめきを捉えた。ビルは気付かなかった。ビルには人生のドラマも無常も儚さも通じない。ビルにとって魔法は存在しないものなのだ。残念なことに。なぜなら、シェルドンから見て、ビルの店は――シェルドンの店と並んで――ニューヨークでも有数の魔法の場所だったからだ。そのことを誰よりもよく知っていたのがシェルドンの息子だった。

　ビルの店は大きさも形もシェルドンの店とそっくりで、そのことにソールは少年らしい喜びを抱いていた。おなじだから、ソールは質屋に行くたび自分の場所にいる気分を味わえたのだ。離婚して子どももいないビルは、ソールが来るのを心待ちにしていた。

　父親の店に入るには、数段の階段をおりて鉄格子の嵌まったドアを抜けなければならない。入って左側が作業場だ。大きな木の作業台が置かれ、奥の壁には図書館の目録カード抽斗ほどの大きさの棚が何百と並び、それぞれに番号がふってある。光が入るあかるい作業場で、ソールは店にやって来る人を眺めて過ごす。客はみな父親に一目置いている。

ビルの店には、変わった品物を並べた大きな陳列ケースがあり、客は自由に眺められる。いっとき、そこには前面に毛皮がついたバイキングの盾が置かれていた。リングの中で赤と青のロボットが殴り合う〝ロッケムソッケム・ロボット・ゲーム〟もあったし、大西部のアンティーク・ピストルや、壊れたタイプライター、フランス製のレターオープナー、取っ手が魚の形の花瓶、金色の葉で縁どられた鏡なども陳列されていた。

ビルは革のエプロンをしないし、アイルーペもつけない。そこがシェルドンとはちがうし、ソールにとって父の店が特別なのはそういうものがあるからだった。シェルドンのエプロンは色褪せてしわが寄っている。騎士がかつてそれをまとって竜と戦ったものだからだ。ソールがそう信じていたのは、シェルドンが話して聞かせたからだ。シェルドン自身は旧世界の時計屋みたいに見せたくて革エプロンをしていたのではないが、細かな部品が落ちたとき、革エプロンだと見つけやすいのはたしかだった。部品が革に当たると音がするから落としたことがわかる。事実よく部品を落とした。それに襞のあいだに入っても取り出しやすい。もともとは靴職人がするエプロンだったが、実用的だし、魔法の竜と戦うにも適している。そんなこんなで手放せないのだった。

その朝、ビルがやって来たとき、シェルドンは作業台にコーヒーが入った魔法瓶を置き、中古のひげぜんまいを、あたらしいオレッヒ・アンド・ワイスのダイバーズウォッチに取り付けるところだった。

「おめでとう」シェルドンは言った。「ついにおまえも時計を持つようになったんだな」

「なにしてるんだ？」ビルが尋ねた。

「ずっと考えていたことをやろうとしてる」

「なんだ？」

「おまえにはわからん」

「複雑なんだな？　専門的なことか？　おれにはわからん」ビルは頭を振り、口笛を吹いた。

「なんたってユダヤ人だもんな。賢いわけだ。不得手なものなんてないんだろ」

シェルドンはその手に乗らなかった。「面倒なことに関わらずにいられない。そこは不得手だな」

「だからなにやってるんだよ、アインシュタイン」

シェルドンはアイルーペをはずして作業台の右側に置き、左側に置いてある時計の外装を指差した。

「ソールの時計だ。遺体からはずしたそうだ。ほかの遺品と一緒に戻ってきた」

「それで修理してるのか」

「いや。修理するつもりはない。ほかのことをやろうとしてる。エリンバーって聞いたことあるか？」

「ない」

「温度が変化しても弾性変数が変化しない合金のことだ。フランス語の〝弾性不変（エラスティシテ・アンバリアブル）〟の略語だ。このふたつみたいな手巻き時計のひげぜんまいに使われる」

「高価なのか？」

「いや。鉄とニッケルとクロムの合金だからな。だが、いろいろなものに使える。ひげぜんまいはとても繊細な部品だ。何重にも巻かれる。時計のネジを巻くとこのひげぜんまいが巻かれるんだ。巻かれたひげぜんまいがほどけるときに生じる張力がほかの部品を動かし、時計が時を刻む。ひげぜんまいは時計の心臓なんだ。

ひげぜんまいを製造する鋳造所はほんのわずかだ。出所はほぼ一緒。つまり……どの心臓もおなじ場所で生まれてるってことだ。時計にはそれぞれ魂があって、それらは結び付いている。おんなじ家で生まれたんだからな。

この時計は通販で買った。聞いたことのないメーカーの時計だ。金持ち連中はしない時計だ。労働者の時計だな。それに兵士。払った金の分の働きはしてくれる。おれは好きだ。それで、最近こいつを買った。ソールの古い時計からひげぜんまいを取り出し、古い心臓をあたらしい時計に嵌め込む。そうすりゃ、外出先で時間を見るときや、なにかを決めようとするとき、おれたちはつながっていられる。息子にちょっとちかづいた気がする」

「そりゃいいな、ドニー」

「そういうことをいまやってるんだよ」

「だったら、こっちの時計の電池をあっちの時計に嵌めたっておんなじことなんじゃないか？」

シェルドンは顔を擦った。「どうして女にもてないか考えたことあるか？」

「なにが言いたいんだ」

「ほんとにわからないのか？」

「あたらしい時計はいくらしたんだ？」

「三十五ドルとかそれぐらいだ。昔は十七ドルぐらいだったのにな」

「なあ、おれがこの金時計にいくら払ったと思う？」

「いくらだ？」

「だからさ、ドニー。ちゃんとまじめに尋ねてくれや」

シェルドンは両手を広げ、さっきとおなじ退屈そうな口調で言った。「いくらだ？」

「まあいいや。八百だ」

「八百って？　ドルでか？　おいおい、ビル。時計一個に？　そんな値段じゃぜったいに売れないぞ！」

「売るつもりないもの。投資だよ。そういうのをたくさん買い取って、金庫にしまってある。二十年経ってこの店を売るときがきたら、時計の価値は数千ドルに跳ね上がってるって寸法よ！　余生は安泰だ。ロングアイランドに家を買う。〈プレイボーイ〉のバニーガールをはべらせてシャンパンを飲むんだ」

シェルドンは椅子を揺らしてギシギシいわせた。「七十過ぎた体で、〈プレイボーイ〉のバニーガールとなにするんだ？　飲み物を運んでくる姿を眺めるのか？」

「いいか、よく憶えとけよ、ドニー。いまの科学の発達具合を考えれば、そのころには薬が開発されてるさ。そいつを飲むか注射するかしたら、老人のズボンからロケットが飛び立つような薬がな。月に人間が降り立ってからたった十数年だ。あれは若者の夢だった。おなじ科学者たちがおれらの歳になったら、その目は家庭に向くだろうさ。誰も行ったことのない場所にいまさら行こうとは思わないだろう。みんなが行ったことのある場所に行きたいはずだ。どうしてだかわかるか？　居心地がいいからさ」

「女房はどうなるんだ？」

「女房か……」ビルは大まじめに考え込んだ。「おれは再婚してないだろうからな、でも、そうだな……そのころには……おまえに趣味ができたらメイベルも喜んでくれるんじゃないか」

シェルドンは前屈みになり、作業台の抽斗を開けた。「おまえは夢想家だな、ビル。それは認める。スケベで金使いの荒い夢想家だ」

シェルドンは小さな箱を取り出してビルに渡した。

「これ、なんだ？」

「おまえの店で保管してもらいたい。どこかにしまっといてくれ。売るなよ」

「だからなんなんだ？」

「朝鮮から戻って来てもらった勲章だ」

ビルは箱の蓋を開けなかった。

「どうしておれが保管しなきゃならないんだ？」

「女房に見つかったらやばいからだ。リアにもな。あの子もだんだん大きくなって、あれはなに、これはなにって煩いったらない」

「おしゃべりを教えたのはおまえだろ」

「こんなことになるとわかっていたら……」

ビルはアンティーク・ショップの店内を見回した。「ここに隠しておけないのか？　ここなら出所したジミー・ホッファだって匿えそうじゃないか」

「いいから頼むよ」

「それで、返して欲しくなったらどうする？」

「そのときはそのときだ」

「ほんとうにかみさんと孫だけの問題なのか？」

「それもある。だが、いちばん大きいのは、ソールにそいつを見せたことを思い出したくないからだ。思い出は時計に込めるだけで充分だからな。こういうのを身近に置いておきたくない。おまえにわかってもらおうとは思ってない。おれが頼んでるんだからそれでいいじゃないか。そうだろ？」

「ああ、そうだな」

「よし」

ビルは箱を受け取ったが、そのまま店の中をぶらぶらしていた。シェルドンはかまわず作業をつづけた。しばらくして、シェルドンは顔をあげた。

「きょうはどんな調子だ？」

「おれは死んでる」

「いまなにやってるんだ？」

「だから、死んでる。ほんとうに死んでるんだ。忘れたのか？　十一月のことだ。選挙の最中。酔っ払い運転。おまえはひどくまいってたな。いまだに心を痛めてるんだろ。ソールが死んだあと、最初に死んだのがおれだったからな。だから時計の中身を入れ替えてるんだろ」

「これは息子のためにやってるんだ」

「そうだろうさ。だが、おれが死んだことも関係してるんだろ」

「つまり、これはただの思い出じゃないって言いたいのか」

「いや、もちろん思い出だろうさ」

「いや、これはちがう。幽霊との会話なんて思い出せない。おれは埋め合わせをしなきゃならないんだ」

「ああ、たしかにな。これは思い出そのものじゃない。なんと言うか、幻視とかそういったものだ。おまえもおれもここにはいない。おまえはアイスランドで拾った外国の子どもと映画を観てるんだからな」

「ノルウェーだ」

「どっちでもいい」

「おまえ、ほんとにビルなのか？　しゃべり方がちがうぞ」

「だったらおれはなんなんだ？」

「そういう質問は好かん」

ドアの上のベルがチリンと鳴って、客の来店を告げた。

「さて、仕事に戻るか」

「けさ、なにがあったんだ？」ビルが尋ねた。

「その〝けさ〟というのはいつのことを言ってるんだ？」

「バルカンの子どもと一緒にいたときのことだ。どうしてクロゼットに隠れた？　どうして女を救ってやらなかった？」

「おれは八十二だぞ。なにができる？」

「言ってみただけだ」

「おれは選んだんだ。おれに力が残ってるとしたら、それを少年のために使おうってな。人生は選択の連続だ。どう選ぶか、おれにはわかっている」

「これからどうする？」

「あらゆる道は川上に通じる。話はそれからだ」

〝ジョウナス（ヘブライの預言者ヨナの英語読み）〟と書かれた名札をつけた若い案内人が、親切そうな顔でシェルドンのほうに身を屈め、ノルウェー語でなにか言った。

「なんだ？」

ジョウナスは英語で言った。「眠ってらしたようですね。映画は終わりましたよ」

「男の子はどこだ？」

場内はあかるくなっており、スクリーン上ではクレジットが流れ終わっていた。

シェルドンが背筋に痛みを覚えながら通路を歩いてロビーに出ると、アイスクリームを持つポールの姿があった――売店業者の好意だろう。

「探したぞ」シェルドンは言う。

ポールはシェルドンを見ても笑わない。出会ったときから一度も表情を崩していなかった。

シェルドンは手を差し出す。

ポールは応じない。

そこでシェルドンは少年の肩にそっと手を置いた。

「さあ、出よう。着替えなくちゃな。そのズボンを穿きっぱなしってわけにもいかんだろ。もっと前に着替えさせればよかった。頭がぼうっとしてたもんだからな。いまははっきりしてる」

シーグリッドがコンピュータのスクリーンと睨めっこしていると、ペッテルがそっと肩を叩いた。「クロゼットに小便の跡がありました」

もう八時を回っているのに太陽はまだ高い。オフィスの気温は二十五度を超している。建物にはセントラル空調が設置されていなかった。建てられた当時は必要なかったが、地球温暖化のせいで室内はむっとする暑さだ。

　おなじオフィスにいる男性たち――エネルギーがあり余っている連中――とはちがって、シーグリッドは制服の第一ボタンをはずしたりしない。オフィスの雰囲気は堅苦しいものではないし、ボタンをはずしてもかまわないのだが、彼女はそうするのがいやだった。理由は自分でも説明がつかない。

「あたらしいものです。数時間前にはまだ濡れてましたから」

「現場にいた警官の仕業じゃないのでしょうね」シーグリッドは皮肉めかして言う。

「死んだ女のＤＮＡ検査をしてるところですが、彼女のではない。ズボンが濡れてなかったから。失踪した少年のじゃないかと思います」

「クロゼットに隠れていて、母親が殺されるのを聞いていた？　むごい話ね」

　ペッテルはなにも言わない。

「検査結果が出るのにどれぐらいかかる？」

「通常では？　六カ月」

「今回にかぎると？」

「あすの朝までには。インガが残業してます。ボーイフレンドと別れたばかりで。忙しくしてるほうがいいんでしょう。こっちの検査を最優先にしてもらうために、法律を六つ破りました」

「彼女は犬を飼ってないの？」

「猫」

「ヴィクターって名前？」

「シーザー」

「そう。おかげで助かったわね」

「現場に行くつもりですか？」ペッテルが尋ねる。

「いい仕事をしようと思わないの？」

ペッテルは口を尖らせた。

「まあ、おいおいね」シーグリッドが言う。「家主から被害者の名前と息子の名前、それにできたら犯人の名前も聞き出しましょう。まず犯人を捕まえて、ほかの心配はそれから」

「終わったらペペズにピザを食べに行きましょう」

「なにが終わったら？」と、シーグリッド。

「気持ちのいい晩だし。まずは一杯」

「そんな気分になれない」

「女の殺害死体って見たことがなかったもんで」

シーグリッドはコンピュータ・スクリーンを見つめたまま、きっぱりと言った。「そんな甘っちょろいこと言わないで」

シェルドンはチェックイン・カウンターに立っていた。「お名前をどうぞ」受付の女が言う。

シェルドン自身にも、受付のスウェーデン女にも見当がつかない訛りで彼は言った。「C・K・デクスター・ヘイヴン」

「C・K・デクスター・ヘイヴンですね」

「〝殿〟を付けてくれたまえ」シェルドンは視線を下げて言う。「それから孫のポール。ポール・ヘイヴン」

「パスポートのご提示をお願いします」

シェルドンはポールに向かって言った。「彼女がパスポートを見せてくれだと。われわれの名前が載っているやつだ」

受付に顔を戻す。「実を言うと、お譲さん、悪いニュースとよいニュースがあるんだ。悪いニュースというのは、バッグを盗まれたことだ。パスポートもいっさいがっさい。一時間と経ってないな。空港からこじゃれた電車でここに着いたとたんだ。孫はよほどショックだったとみえて、漏らしてしまった。だが、このことはあんたの胸ひとつにおさめといてくれたまえ――孫にばつの悪い思いはさせたくない。まだ子どもだとはいえ。だが、よいニュースもある。ファックスするようオフィスの連中に頼んでおいたから。出立までにはコピーが手元に届くって寸法だ。できたら二部コピーしてもらえまいか。あすの朝、警察と大使館に持って行くつもりだから。帰国するのにあたらしいパスポートを用意してもらわんとな。まったく、行きはよいよい帰りはなんとか、だよ」

そこでどちらも黙り込んだ。

好感度抜群の細身でお洒落な女が口を開こうとするのを、C・K・デクスター・ヘイヴンは手を挙げて黙らせ、こう言った。「だが、いますぐでなくていい。気持ちだけ受け取っておく。きょうは長い一日で、くたびれきっている——歳を考えてくれたまえ、八十二だぞ——その件はあすの朝話し合うということで、部屋代はいま現金で支払う。それで手を打とう。それから、ベルボーイを呼んでくれ。ちかくの店でわたしたちの洋服を調達してきてもらいたいんだ。靴下にスニーカー、ズボンと下着、シャツ、森を散歩するのに適したジャケット。部屋代に上乗せしてくれればいいから。できるだけ早く持ってきてくれたまえ」

女はなにか言おうとし、身ぶり手ぶりも交えた。人が会話に参加しようとするときにこういう仕草をする。手を動かし、ときおり口を開き、目を細め、見開き、強調するように頭を傾げる。だが、相手はシェルドンだ。象にささやきかけるようなもので、まるっきり通用しない。

「ヘイヴンさん、残念ですが——」

「むろん、わたしも残念に思っている。癌の副作用を鎮める薬も一緒に取られてしまった。だが、荷物を盗まれたのが、あんたみたいな親切な人で満ち溢れている国でよかったよ。アメリカじゃみんなそう言ってるんだ。ノルウェー人は世界一親切な人たちだってね。もし無事に国に帰れたら、そのことを触れ回るとしよう。たとえ祖国の土を踏む前におれの命が絶えようとも、孫息子が代わりにそうしてくれるだろう」

快適な部屋に通された。

ノルウェー語の漫画をやっているチャンネルを探し出してやると、ポールはコークの瓶を手におとなしくベッドに座り、トムがジェリーを追い掛けるのを見ていた。シェルドンも並んで座っておなじことをした。

「その昔、テレビのコマーシャルを考えたことがあったな。こんなふうだ。まずは金色に輝く小麦畑を映し出す。野草も群れ咲いている。昆虫の鳴き声を流す。暑さを肌で感じられるようにな。場面は変わって、やさしい波紋が広がる池だ。まるで夢のような光景。そこへ、ドボン！　犬が飛び込む。左から右へと必死に泳ぐ犬の姿をカメラは捉える。そこへ画面の右端からコークの空瓶がゆらゆらと流れてくる。犬——ゴールデン・レトリバー——が空瓶を咥え、ヒーハーヒーハー言いながら戻って行くと、漂う雲の下で少年がのんびりと寝そべっている。少年はろくに見もせず空瓶を取り上げ、もう一回池に放る。そこでナレーションが入る。『夏の日の、コカ・コーラ』

やられたって感じだろ。降参、降参。心の琴線に触れるっていうあれだ！　だが、考えたって宝の持ち腐れだ。どこかに送るとする。アイディアを盗まれて終わり。自分でソフトドリンクの会社を持ってれば話はべつだがな」

ポールはなにも言わない。出会ってからただのひと言も発していなかった。笑いもしない。だが、子どもだから沈黙の扱い方を知らない。大人なら、悲劇を喜劇にちかづけようとする。ペーソスで通用するぎりぎりの笑いなり言葉なりを悲劇に混ぜ込むことで、死者の声を締め出そうとする。だが、彼はほんの子どもだ。恐怖に満ちた沈黙に包み込まれるだけだ。木の葉から滴る雨粒のように、現実世界から滴り落ちる言葉は、そこではなんの意味も持たない。ゲームをやって気を紛らわせられるほど大きくないし、対話やドラマに慰めを見出せるほど成熟してもいない。まるで無力だ。母親を亡くした。だから、彼を一人にしてはおけない。

「神は世界を創り、はなはだよいと言った」シェルドンは大声で言う。「いいだろう。だが、神はそれを見直したことがあるか？」彼が問うあいだも、テレビの中ではトムがジェリーを追い掛けていた。

「いいだろう、おまえがなにを考えているのかわかる。おまえはこう考えているんだろう。神は洪水の前に見直した、と。ノアがヒッコリーの樹皮で方舟を造る前だ。だが、それははるか昔のことだ。それに、世界を創造する前の、製図板に向かっているころに立ち戻ったわけではない。方舟を除いたすべてを黒く塗りつぶしただけだ。おれたちはもう一度考えるべきときにきてるんじゃないか。だが、子どもっぽいやり方はだめだ。描きそこなった絵をくしゃくしゃにして、なにもなかったふりをするんじゃだめだ。ノアは疑問を抱いたままだ。『どうしてわたしだけが選ばれたのか？』答が見つからないから、ノアは酒浸りになった。おれ個人としては、神にもっと大人になって欲しい。神の中に円熟味を見出したい。責任感もだ。罪を認めて欲しい。自らの怠慢を公の場で証言すべきだ。だが、それはできない。神はひとりぼっちだからな。誰も言い返さない。彼の過ちを糺す者はいない。神はひとり者だ。こんなことを考えたのは、なにもおれがはじめてじゃないがね。

おまえは言うだろう。なにしろおまえは聖ペテロだからな。神学者にして哲学者、歴史上もっとも興味深い人物と言ってもいい聖ペテロだから、神に悔い改めさせるのは無理だ、と言うだろう。自分が誤りを犯したとは思っていないのだから。だが、全知全能の中には己を知ることも含まれているんじゃないのか？　神がすべての大本だとしたら、己の行いを否定したり、非を認めたりするだろうか？　誰に対して非を認めるんだ？　神自身以外に判断の基準があるのか？

おれには答がわかった。問いかけてみるもんだ。答は聖書に書かれた自慰の物語の中にある。おまえの年のころにはこんなことは口にしなかった。だが、おまえは英語がしゃべれないようだし、きょうは大変な目に遭った。だから、こういう話をしたって、いまさら毒にはならんだろう。

オナンの話だ。種を地に洩らした男、初代マスかき男だ。だが、それでどうなった？　オナンには兄がいて、兄嫁には子ができなかった。どういうわけだか、神はこの家族には子どもが必要だと思った。兄がだめなら弟にやらせればいい、という時代だった。神はオナンに、兄のテントに入り込んで兄嫁とやれと言った。だが、それは悪いことだ、とオナンは思った。彼はテントに入り込む。神にはテントの中までは見えないだろうと思い、兄嫁とやる代わりにマスタベーションを行った。種を撒き散らしたんだな。彼はテントから出ると、終わりました、と神に言って歩み去った。さすがは神だ、オナンのしたことに憤慨した。ユダヤ教とキリスト教、どちらの聖職者たちも、この逸話から学んだことはおなじだ。すなわち、マスタベーションは神の忌み嫌うことであるから、みだりにチンポに触れてはならない。だが、おれはかねがね疑問に思っている。神の指示がかならずしも道徳的だとはかぎらない、という考えをオナンはどこで教わったのか？　ようするに、人間の魂の奥底には、善悪の区別をきっちりつけることのできる道徳観、人間を人間たらしめる道徳観があるのではないか？そういう道徳観なり規範なりがあるから、人間はもっとも強大な権威をも否定することができる。それは進むべき道を示してくれるナビゲーターなんだ。

そこでおれ自身の問題に立ち帰るとだ、どうしておれは、そういう道徳観を息子に植え付けることができなかったのか、という疑問が湧いてくる。根底にそれがあれば、息子はおれに立ち向かい、おれの誤りを指摘し、無意味な戦争に行くことを拒否する勇気を持てたんじゃないか、戦争で死ぬこともなかったんじゃないか？　おれよりも長生きできたはずなのに。どうしておれは息子に……そういうものを……与えてやれなかったんだろう」

シェルドンはポールに目をやる。あいかわらずじっとテレビを見ている。

「さあ、こっちにおいで。ウェリントンのブーツを脱ごうな」

六

警察署を出たリアとラーシュは、シェルドンを探して市内を何時間も走り回った。最初のうちこそ行き当たりばったりな捜索だった。町の中心街の人が集まる通りを行ったり来たりしたのだ。カール・ヨハン通り、クリスチャン四世通り。あたらしい文学館のちかくを走るヴェルゲラン通り。ヘグデハウグ通りからボグスタッド通りへ、そしてマヨールストゥーエン駅をぐるっと回った。フログネル公園に戻ってフログネル通りを抜け、ヴィカ通りをくだって港まで行ってみた。

つぎにシェルドンが行きそうな場所に足を伸ばした。まずはシナゴーグ。シェルドンの姿はなし。昼間からやっているトップレス・バー。シェルドンの姿はなし。書店。シェルドンの姿はなし。

今夜は町中に泊まろう、とラーシュが提案した。居心地のいい場所。高くてもかまわない。グランド・ホテルなんてどうかな？

だが、グランド・ホテルは満室だったので、ちかくのホテル・コンチネンタルに部屋をとった。

ラーシュは熟睡した。疲れていたのだ。

リアはまんじりともせずに天井を眺め、これまでの人生を反芻した。

ホテル・コンチネンタルの朝食はおいしかったが、リアは空腹を感じなかった。熱い紅茶に指先を浸し、水のグラスの縁を指先でなぞった。もう一方の手でグラスを押さえ、何度もなぞると低い音が発生した。まるで迷子の鯨の赤ちゃんの悲しい鳴き声のようだ。

「ぼくがやったら、きっと文句を言われるだろうな」ラーシュが言う。

「いまなにか言った？」

「よく眠れた？」

「うちに帰りたい」

「それはやめたほうがいい」

「部屋で女の人が殺されたとわかっているのに、よくも帰れるものだって？　いつまでホテル暮らしをしなきゃならないの？」

「ぼくらより悲惨な状況の人もいる」

「それはそうだけど。そういう人がいまここにいたら申し訳ないと思うけど、でも、ここにはいない。だったら、あたしたちのことを話しましょうよ」

ラーシュはほほえんだ。ここにチェックインしてからはじめて浮かべる笑みだった。リアもほほえみ返した。

「きみはときどきおじいさんみたいな話し方をするね。とくに彼がそばにいないとき」

「育ての親だもの」

「彼のことが心配?」

「心配している自分にすごく驚いてる」

「ホテルに泊まらなくてもいいんだよ。サマーハウスに行こう。休みをもらうから」

「歯ブラシしか持ってないわよ」

「あっちにもなにかしら揃えてある。必要な物はここで買って、それから出掛けよう」

「町を出てもいいの？」

「シーグリッド・ウーデゴルに電話で行き先を知らせておけばいい。警察がホテル代を払ってくれるっていうならべつだけど」

「けさの朝刊に事件のことが出てた。うちの写真が一面に載ってたわよ」

ラーシュはブラックコーヒーを飲み、卵を載せたトーストを食べた。白い半袖のドレスシャツにファッショナブルなジーンズ、足元は革靴だ。

「よく食べる気になれるわね」

「朝食だもの」

「なんの影響も受けないの？　混乱しないの？　自分が空っぽになった気がしないの？」

ラーシュはコーヒーのカップを置き、テーブルを指で数度叩いた。「考えないようにしてる。これからどうするか、そのことだけ考えるようにしてるんだ」

「ビデオゲームみたいなものね」

「ビデオゲームほど公正ではないし、すばらしくもない」

「ずいぶん客観的なのね。そのことで頭の中がいっぱいになったりしないの？　恐ろしくないの？　あたしは恐ろしくてしかたない。祖父はいつだって敵意を胸に秘めていた。鬱屈する怒りを抱えていた。あたしが小さかったころのことだけど、さっきまであたしを愛情たっぷりのやさしい目で見ていた祖父が、突然怒り出すことがよくあった。あたしに対する怒りじゃない。あたしに腹をたてたことは一度もなかった。憤っていたのよ。祖父は年がら年じゅう憤っていた。両手を空に向かってあげて、いまなにを考えているんだ、ってあたしに尋ねた。『それがいい考えだと、どうして思うんだ？』祖父はそう言うの。

祖父は世界そのものに毒づいていた。あたしが大きくなると、祖父はこんな話をしてくれた。おまえの顔を見ていると、人間性の無限の深みを見ている気がする。人の命がひとつ奪われるたびに、それは失われていくんだ。子どもの顔を見つめながら、その子どもを傷つけることのできる人間がこの世にはいる。それに対抗するにはどうすればいいか、考えずにいられない。祖父はそう言った。

それから、ホロコーストの話をしてくれたの。ナチは親が見ている前で子どもの頭を撃ち抜いた。自分たちが人間のつまらない情を超越した、ヒトラーが言うところの超人（スーパーマン）であることを証明するために。ドナウ川沿いにいくつもの家族をピアノ線で数珠つなぎにして、中の一人だけを撃ち殺す。するとほかの人たちも引き摺られて川に落ちてゆく。あるいはガスで殺す。穴に投げ落として生き埋めにして、石灰を撒いて……」

「やめろ」ラーシュがささやいた。

「あたしにやめろって？」リアはテーブルをバシンと叩いた。

シェルドンは目を覚ましたが、ひげ剃りも入浴もしなかった。ドアを開けると足元に〈アフテンポステン〉紙が置いてあった。ノルウェー語は読めないが、あの事件の記事が載っていないかと目を通し、見つけた。

ノルウェー語で殺人は〝モルド〟と言うのだとわかった。現場となったアパートの写真が載っており、入口には警察のテープが張られていた。周囲に人垣ができている。彼女はほんとうに死んだのだ。世の中が承認してくれたことによって、経験が二重の意味で現実のものとなった感じだ。認知症のなせる技かもしれない。あなたは認知症なのよ、とメイベルは繰り返し言った。

認知症である証拠を見せろよ。

いいわよ。証拠ね。いいわよ、見せてあげる。覚悟はいい？

「おれは救急車を呼ぶことすらしなかった」誰にともなく言う。「犬畜生以下だ。どうして思いつかなかったんだ？　おれが戦っていれば、彼女は生きられただろうか？　大声で助けを呼んでいれば、彼女は死なずにすんだのか？」

そしてここに少年がいる。いま、バスルームで小便をしている。まわりを汚さないように、便器の縁より上を狙おうと一所懸命だ。水を流し、蛇口をひねる。母親に教わったとおり、小さな手を洗い、蛇口を力いっぱい締め、タオルで手を拭い、ベルトのバックルを留めながらバスルームから出て来る。

彼女の名前がヴェラではなくセンカだったことを、シェルドンは新聞記事で知った。少年のことは書いてないようだ。もしそうなら、わざと伏せるように、誰かが手を回したのだろう。

シェルドンはシャワーを浴び、ひげを剃り、ポーターが買ってきてくれた服に着替え、ポールの着替えを手伝った。ベッドの下からバスルームの中、抽斗を調べ、ベッドや椅子の隙間に手を突っ込んで、身元を示すようなものが残っていないことを確認する。一九五五年以来、勘定を踏み倒したことはただの一度もなかったが、やり方を知らないわけではない。そんなことで足がついたらたまったものではない。ただでさえ大変な状況なのだ。

部屋を出る準備を終えると、シェルドンはベッドの縁に腰をおろして考えた。落ち着いて、じっくり考える。

警察が女の死体を見つけた以上、女に子どもがいたことも調べ上げているだろう。しかもシェルドンはゆうべ戻らなかった。リアがいまごろ大騒ぎしているはずだ。リアがなにも知らずに帰宅して、女の死体を見つけたということもありうる。シェルドンの仕業だと思ったかもしれない。流産した翌日に、またなんということだ。

〝この生活？　この生活についておれの意見を聞きたいのか？〟

新聞を掲げ持ち、建物の写真を見る。警察は犯人を捜している。少年のことも捜しているだろう。もしかしたらシェルドンのことも捜しているかもしれない。犯人が少年を狙っているとわかれば、警察は飛行機や電車やバスを調べ、出口を封鎖するだろう。

「海軍のやり方と同じだ」声に出して言う。「交通の要衝を押さえる。ジブラルタル海峡とかボスポラス海峡、パナマ運河にスエズ運河、おなじことだ。そこを押さえ、敵がやって来るのを待つ。優位に立てる。警察がやるのはそれだ。おれがやるのもそれだ。ノルウェー人にはある種の強引さが欠けているが、馬鹿ではない。罠を仕掛け、おれたちが引っ掛かるのを待っている」

ポールはと見ると、ノルウェー語の漫画を観ていた。

「おまえがなにを考えているかわかる。たしかにおまえを警察に引き渡せばすむことだ。だが、もし警察があの怪物を怪しいと思わなかったら？　おまえをあいつに引き渡してしまったら？　おれは頭のネジがゆるんだ老人で、おれの証言など屁のつっぱりにもならないと警察が考えたら？　それに、おれはあいつの顔を見ていない。リアは警察に、おれのことを認知症だと言うにきまってる。だったら、どうする？

いいか、警察があいつを逮捕するまで、おれはおまえを引き渡さない。それでいいな？　あとは、どうやってここから出るか、だ」

シェルドンはこの町を思い浮かべてみる。青い川が流れるエメラルドグリーンの森の真ん中に、突如として出現したクリスタルだ。飛行機と電車とタクシーと車を思い浮かべる。クリスタル・シティの両端に警察と怪物を配置する。どちらも老人と少年を捜している。

「川だ」口に出して言う。つまりはオスロのフィヨルドだ。

新聞を置いて顔を擦る。

「なにも川遊びをしようってんじゃない」

ラーシュは膝のナプキンを掴んでテーブルの皿の横に置いた。椅子の背にもたれる。リアは開いた両手に顎を乗せてぼんやりしている。たがいに口をきかない時間がつづいていた。

「きょうはなにをするつもりだった？」リアが業を煮やして言う。

「事件が起きていなければ、という意味？」

「なにか話して」

マンハッタンで祖父母と暮らしていた子ども時代、彼女は祖父から聞かされたニューイングランドにあこがれていた。濡れた落ち葉に覆われたバークシアヒルズは、ゴツゴツとうねり、層を重ねている。落ち葉の海に浮かぶ巨大なドールハウスがある。そこでは朝食の最中で、ブルーベリーパンケーキがテーブルの上を行き交う。パンケーキが自分の前に来ると、シェルドンはひと口食べてリアのほうへ滑らす。リアもひと口食べる。あいだに座るメイベルが、搾り立てのリンゴジュースをこぼさないようにカップに注ごうとしている。

彼女の背後の食器棚に置かれたテディベアが、食器棚の揺れに身を任せ、ブルーの蝶ネクタイを蝶々のように揺らしている。

ドールハウスでは、朝食の席でお話をすることになっている。

サマーハウスがいまや彼女のドールハウスだ。ヘードマルク県が彼女にとってのバークシアヒルズだ。人生は思いどおりにならず、夢は思いもかけぬ形で実現する。

ラーシュは彼女の理想だ。二人のドールハウスで、彼がお話をしてくれる。夏には草の上に寝そべり、冬には羽毛布団にくるまり、すばらしくて悲しい世界を一緒に飛び回る。

けさ——二日目のけさ——彼はここでないどこかにいたかった。

だからお話をする。アーケル・ブリッゲのテラスのある本屋の話や、ボグスタッド通りで開かれるミッドサマーセール、グリーネルロッカ地区のアイスクリーム屋、王宮にちかいあたらしい文学館の向かいにあるパン屋、オープントト・バケリのシナモンバンズ。リアは頭の中に入り組んだ地図を思い浮かべ、乳母車を押す自分の姿を想像した。

乳母車の中には生後三、四カ月の彼女の赤ん坊がいる。男の子で、すやすや眠っている。通りをすいすい進む乳母車の中で、彼は揺れている。歩道にできている水溜まりを乳母車が横切っても、彼は目を覚まさない。それがこの町のリズムの一部、彼はこの町で生まれた。彼女の故郷からこんなに遠く離れたこの町で生まれた。彼はこの町の一部でありながら、けっして一部にはなりきれないのだろう。

ラーシュの話に耳を傾けながら、この町の馴染みの場所とそうでない場所を頭の中で整理してみる。着ている服はこの町に合わせたものだ。シェルドンがこの町をニューヨークと比較して語ったことを思い出す。

「フログネルはセントラル・パークだな。グリーネルロッカ地区はブルックリン。トイエンはブロンクス。ガムレビエンはクイーンズ。あの半島は——ノルウェー語でなんと言う?」

「ビグドイ」

「だったらロング・アイランドだな」

「スタテン・アイランドはどうなの?」

「どうなのって?」

息子の名前はダニエルだ。玩具屋の前で足を止め、ウィンドウを覗き込む。血の滴るナイフを持ったシェルドンがそこに立っている姿が不意に脳裏をかすめた。

「それじゃお勘定をして、サマーハウスに行きましょうか」リアは唐突に言った。

窓の外、ホテルの向かい側に停めた白いメルセデスの中で、エンヴェルは、黒いビニールで覆われたハンドルに載せた指を、誰にも聞こえないリズムに合わせて丸めたり伸ばしたりしていた。人差し指は旧ユーゴスラヴィアの煙草のせいで黄色く変色している。しゃがれ声の歌手がジプシー・ギターを掻き鳴らしながら歌う歌がCDから流れる。

エンジンは切ってある。直射日光の下でボンネットがチリチリいう。

彼が見張っている女は建物の中にいて、両手に顔を埋めた。男のほうは椅子の上で伸びをしている。彼らがそこで時間を潰していた一時間余りのあいだ、エンヴェルは朝の熱い日射しに顔を焼かれていた。この地では太陽がなかなか沈まず、やけに朝早くに昇る。

エンヴェルはアヴィエイター・サングラスをかけ、大きく息をついた。

異郷の生活ももうじき終わる。戦争のあと――コソボがまだセルビアの一部だったころ――彼は逃げ出した。お尋ね者の追われる身だった。だが、事情が変わった。コソボは独立を宣言し、世界中の国から承認された。新生コソボでは、彼は指名手配された戦争犯罪人ではない。新生コソボにはあたらしい法律とあたらしい記憶が生み出されるから、彼は寡黙な英雄に戻れる。新生コソボは、近代的な政権の衣裳をまとうだろう。むろんそれはいいことだ。コソボは国際法と国際条約を遵守するだろう。存続する権利を認めてくれた親切な国々の支援に感謝するだろう。だが、コソボはずる賢くもあった。なによりも自国の利害を優先する。だから、エンヴェルとその仲間を守ってくれるだろう。彼をあたたかな懐に抱き寄せてくれるだろう。あらゆる国が自国の兵士を褒め称えるように、新生コソボは、彼の過去の所業を正当化してくれるだろう。

　だが、その前にここ、北欧の国でやるべきことがあった。なによりもまず息子を探し出さねばならない。

　コソボの独立は歓呼して――踊って飲んで女とやって――迎えられるべきである。セルビアのクズどもを相手にした十年におよぶコソボ解放軍（KLA）の戦いは、ついにその正しさが裏付けられた。彼の仲間たちは、極悪な環境で、光から逃げるネズミのようにこそこそと暮らしてきた。自分たちの政府が存在しない国のために戦っても、誰も守ってくれない。だが、いまやコソボは解放された。支援してくれた者たちのことを、あたらしい政府は忘れない。戻って来る息子たちに、国はよくしてくれるだろう。

一九九八年三月、ＫＬＡの指導者、アデム・ヤシャリの家が警察による二度目の襲撃を受けたとき、彼はその場にいて、防弾ベストを着た大柄な警官の肋骨のあいだにナイフを突き立て、命が流れ出してゆくのを、その顔に最期の感情が刻まれるのを眺めた。

憎しみ。それは憎しみだった。悔恨ではない。人生が終わることを悔やむのでも、消えゆく命の美しさを悼むのでもなかった。

もしそこに悲しみを――愛も生活もすべてが中途半端に終わる悲しみを――見ていたら、この亡命生活はまったくちがったものになっていたかもしれない。だが、そうはならなかった。突き刺した敵の胸から流れ出たのは、憎悪それだけだった。憎悪はナイフから滴り、殺人を是認する。

白いハンカチで額を拭った。ここの夏がこんなに暑いなんて、誰も言ってくれなかった。

戦時中、セルビア人たちは、彼を、彼の家族を、彼の一族を、コソボに住むアルバニア人を追い出そうとした。西側諸国が言う〝民族浄化〟だ。だが、ＮＡＴＯが爆弾を落としはじめると、コソボ治安維持部隊(KFOR)の兵士たちが入って来て流れが変わった。エンヴェルは早速仲間たちと民兵を組織した。彼らの報復は行き当たりばったりではなかった。自分たちの家族や仲間を恐怖に陥れた男たちの家族を標的にした。戦争が終わっても、正義は行われねばならない。

彼がオスロに来ることになった事の発端は、グラッコにあった。焼け付くような日射しのその日、セルビア人の男や少年たちは畑に出ていた。エンヴェルは淀んだ小川のほとりに伏せ、銃身を拳に載せて照準器を覗いていた。髪や顔にとまるハエが煩くて、農夫にうまく照準を合わせられない。

彼を含めて十二人の仲間たちは、畑に接する森に陣取っていた。エンヴェルは標的を決めた。これは使命だ。引き金を引いた瞬間から殺戮がはじまる。

彼は引き金を引いた。だが、農夫は倒れない。それどころか、小さな爆音の源を見つけようと左を向いた。車がバックファイアを起こしたのか？　石が石にぶつかったのか？　斧の刃が土に埋まった煉瓦に当たったのか？　まさか銃声だとは思わない。戦争は終わったのだから、そうだろう？

そこで農夫は倒れた。ほかの誰かのライフルによって、困惑と静寂の中で命を奪われた。おそらく最後に思ったのは、平和と家族の安全だったろう。そうであって欲しい。来世で己のうかつさを恥じるために。自らを恥じるそれが最初のときだ。そうしてはじめて、この世で自分たちがほかの民族に対してなにをしたか理解できる。

エンヴェルは射撃がへただった。彼が標的と定めた男たちが、チームのほかのメンバーによってつぎつぎに撃ち倒されてゆき、彼の怒りは燃え盛った。標的に一発も命中させられないのか。役割をちゃんと果たさなかったと、あとで仲間に責められるだろう。手柄をたてるどころではない。仲間たちは陰で彼の腰ぬけぶりを笑うだろう――掠奪者に復讐もできないのか。

ハエのせいだ。ハエに邪魔された。

弾が尽きるとライフルを捨て、畑に向かって駆け出した。誰でもいいから素手と歯で殺してやる。

畑の土は乾いていた。足元で土がひび割れ、胸の中で心臓がばくばくいっていた。襲い掛かるエンヴェルに、十四、五の少年が熊手を握り締め、立ち竦む。まるでパニックに陥った態だ。洩らした小便がズボンの左脚を汚した。だが、エンヴェルが摑みかかる前に、喉を掻き切る前に、一発の弾薬が首に命中して金色の畑に血を撒き散らした。

少年は母の名を呼びながらドサッと倒れた。エンヴェルは熊手を取り上げ農家に向かって走った。

セルビア人にどんな権利があるんだ？　ヴシュトリで、セルビア人はおなじことをやった。おなじ瞬間を作り出した。恨みは自然に湧いてはこない。他人の行いの産物だ。人はみな、自分がやったことの責任を取らねばならない。畑に出ていた農夫たち――かつての殺戮者たち――にはその覚悟がなかった。愚か者め。いま、慈悲深い神、全能の神が彼らの命を奪う。

ヴシュトリ。その日、エンヴェルの家族は畑に出ていた。きょうとおなじようなすばらしい日だった。あたりまえの日常が繰り返されていた。ちょっと喉が渇いた。手にまめができた。聞き流されるへたな冗談。抜くに抜けない根っこ。制服姿のセルビア人がゆっくりとちかづいて来た。急ぐこともない。政府の仕事をするまでだ。アルバニア人を恐怖におののかせる仕事。追い出す仕事。エデンの園からネズミを追い出すように。

エンヴェルの家族はセルビア人に取り囲まれた。

姉はレイプされた。耳を切り落とされた。片目を抉られた。そんな状態で置き去りにされた。エンヴェルは子どもだった。おもてから姉の悲鳴が聞こえると、クロゼットに逃げ込んだ。恐ろしくて止めに入ることもできない。すべてを聞いていた。あとから台所に行くと、誰かの笑い声が聞こえた。悪魔の笑い声だったと、彼はいまも信じている。

数年後のいま、彼らはここにいる。殺戮者として。拷問を行うために。この農場の家族も、あたりまえの日常を送っていたのだろう。水筒の水を飲み、女房が運んでくるビールで日盛りに喉を潤したのだろう。殺戮者のくせに。寄生虫のくせに。人の情がわかるようなふりをして。だが、魂のない空っぽな奴らだ。罪の意識も信仰も持たぬ連中。

倒れた少年を置きざりにしたままエンヴェルは走り出し、農家に入り込んだ。蛇口から水が流れっぱなしだ。外から小口径ライフルの発射音が聞こえる。それにくぐもった悲鳴。だが、室内はしんと静まり返っていた。

家の者は隠れている。

空家にも音がある。空家の息遣いが聞こえるものだ。この家は息を詰めている。

彼は熊手を置き、シンクから厚刃のナイフを取り上げた。鼓動を制御しなければ。

「出て来い。運命と向き合え」

リビング・ルームに入る。つけっぱなしのテレビでは、セルビア語の吹き替えの西部劇をやっていた。銃を持った黒人警官が泥棒を追って通りを走っている。ニューヨークの通りだ。泥棒は真っ赤なハンドバッグを抱え、車列を縫って走る。

「出て来い！」エンヴェルは大声をあげた。ドスがきいていたのだろう。クロゼットから小さな悲鳴が聞こえた。

もし相手が銃を持っていたら、おれは撃たれて死ぬ。それもいい。名誉の戦死だ。覚悟を決めてクロゼットのドアを開き、暗がりを覗き込んだ。

おもてでは、殺戮が粛々と行われていた。農場を包囲する鉄の輪が狭まる。やられたらやり返せ、だ。逃げ出す者がいないように、スナイパーが三方をかためている。

クロゼットの暗さに目が慣れると、金色の斑点が見えた。まるで神その人が、彼のためにそれをそこに置いたかのようだ。

二十歳そこそこの女がいた。花柄のスカートに裸足だ。その首に小さな女の子がしがみついている。十二歳ぐらいか。

まさに天与の贈り物だ。復讐を遂げつつ、道徳的にこちらがまさっていることを示してやれるチャンスだ。一石二鳥。贈物の汚れのなさに宇宙のバランスを感じ、泣きたくなる。

女のほうに声をかける。

「出て来い。両手と両膝をついて、おれを受け入れる支度をしろ。さもないと妹の喉を掻き切る。いずれにしてもおまえはいただく」

両手で尻に触れたときの感触を、背中にまくりあげた花柄のスカートの動きをいまも憶えている。恐怖と苦痛と歓びの声をあげて、彼女は困惑していた。そのときが来ると、彼は天を仰いだ。この行為が神を冒瀆するものかどうかわからず、大声で叫んだ。神は真に偉大なり、と。

ことは終わった。だが、その瞬間に終わりはなかった。あっさりと消え去るような瞬間ではない。記憶の隅に漂い流れて——ほかのさまざまなものと同様——現在と想像の未来とに覆い隠されることもなかった。ときにそれは甦り、ときにそれは大きく膨らんだ。それは成熟を重ねて世界を席巻し、あたらしい現実を生み出す。その現実はわれわれを動かし、服従させ、自分が何者でなにをしでかしたかを自覚させる。だから、この女、センカが妊娠し、己の恥を隠すために北欧へ逃げたことを知ったとき、エンヴェルは思いがけない感情に呑み込まれた。上からまっすぐに射して影を作らぬまぶしい光を浴びたようで、自らが作り出したあたらしい世界から逃げも隠れもできなくなった。

エンヴェルは父親になったのだ。

車の中で目を開けた。年寄りみたいにうつらうつらしていたとは。煙草を探したが見つからない。曲げた指や口の端といった所定の位置に煙草がないのは困る。ティッシュで顔を拭くとこめかみに白いものが残り、アヴィエイター・サングラスに引っかかって破れた。

ホテルにいる二人は紙にサインして席を立った。さてどうしたものか、とエンヴェルは頭を振る。きのう彼とセンカが言い争ったアパートの郵便受けを見て、二人が一緒に住んでいることはわかっていた。おなじ郵便受けを使うほど長く一緒に暮らしているのに——おそらく結婚している——よくもあれだけおしゃべりするネタがあるものだ。あの男にはなんでも話せる親しい友人がいないから、あの女と何時間でもおしゃべりするのか？

ノルウェーとはまったくおかしな国だ。住んでいる人間もおかしい。

CDが終わったのでラジオをつける。携帯をチェックしたがメールは入っていない。ラジオからは五〇年代のアメリカのロックンロールが流れてきたので、つけっぱなしにする。バックミラーを調整しながら、きょうはなにか食う時間があるだろうかと思った。朝食をとるのを忘れた。あの老人――カドリが裏道で見かけた老人――を見つけるために二人を尾行しなければならないから、いつ食事にありつけるかわからない。

アイスクリームぐらい食べられるかもしれない。この国のアイスクリームはうまい。ストロベリーにするか、それともミント。この国はミントもうまい。コーンにするか、カップにするか。

やっぱりコーンだ。

セブン－イレブンが目に入る。おいしいアイスクリームは売ってないが、フルーティーなアイスキャンディーならある。レジの列が短いから、どうだろう、四分で買って出て来られる。

いや、四分は長すぎる。ついてない。二人がスーツケース二個を持ってホテルから出て来た。革のジャケットを羽織り、ヘルメットをぶらさげている。角を曲がり、大型のオフロード・バイクにまたがった。厄介なことになったぞ。オートバイを追跡するのは難しい。たとえ相手に尾行を気付かれていなくても、オートバイなら車のあいだを巧みに縫って、信号待ちの車の先頭に出ることができるし、急に道を折れ森に消えることも可能だ。

男のほうが携帯を耳に当て、ひと言ふた言しゃべって携帯をジャケットに戻した。

白いメルセデスは目立つ。ここでは誰も白いメルセデスなんて運転しない。友達が買ってくれた車だ。愚か者め。自分が属さないあたらしい場所に、独自の考えをもってやって来る外国人が乗る車だ。

アウディのA6ワゴン、それもシルバーがここにはふさわしい。オスロで誰も気に留めない車ナンバーワンだ。町のあちこちで見かける。ところが、いま彼が乗っているのはギャング御用達の白いメルセデス、エアコンはついてないし、CDはたった一枚しかない。それでBMWのオートバイを追跡しろだって。そのオートバイはいましも東へ向かって出発した。

CDをもう一度かける。ぶつくさ言いながらもエンヴェルはほほえんだ。

狩りがはじまったのだから、いいとしよう。

七

ＢＭＷ１２００ＧＳは軽快な走りをみせる。ボクサーエンジンの音もやさしい。時速六十五キロで滑るように走るバイクは、青いフィヨルドを背に白く輝くあたらしいオペラ・ハウスを通り過ぎ、またたく間にオスロ郊外へと抜け出す。リアは革ジャケットの通気孔のチャックを開き、あたたかな風を入れた。

〝五十九度線のリバーラッツ〟

認知症の人の戯言ではない。意味するところはひとつ——シェルドンはグロンマ川沿いを北東に向かったのだ。給湯設備もない人里離れたサマーハウスには、二挺のライフルが隠してある。彼はそのことをきのう知ったばかりだ。

ホテル・コンチネンタルの朝食の席で、ラーシュがその話を蒸し返した。

「ぼくらの予想がはずれたら、こっちに戻って彼を探そう。四、五時間もあれば帰って来られるから。でも、帰って来ることがいいのかどうか。うちには戻れないんだから、あっちにいたほうがいいのかもしれない。ぼくらの読みどおりなら、先回りできるから、ライフルをもっと安全な場所にしまって彼を待つ。彼を病院に連れて行くか、警察に連れて行くか決めるのはそれからの話だ」

　リアはバイク用の手袋を布巾みたいに絞った。

「ライフルは鍵のかかる場所に保管してあるんでしょ?」

「ああ、それはそうだけど、彼なら取り出せる」

「どうしてわかるの?」

「彼は時計職人だ」ラーシュは肩をすくめた。「鍵を開けるぐらい苦もない。そう思わない?」

「なんだか心配になってきた」

「そうだね。彼はほんとうに朝鮮戦争でスナイパーだったんじゃないかな」

　リアは頭を振った。「あたしはちがうと思う。祖母によると、祖父がそういうことを言いはじめたのは、あたしの父さんが死んだあとだって。一種の夢だと祖母は思ってたみたい」

「復讐をしたかったとか?」

「どうかな。祖父はいつだって自分を責めていた。復讐するって言ったって相手がいない」

　こんな会話のあと、二人はオートバイに乗って出発した。

　コングスビンゲルまで二時間以上かかる。小さな町をひとつ抜けてスウェーデン国境沿いの森の中にサマーハウスはある。シェルドンの知る世界の果てのその先だ。

「あなたが一緒に住むようになってからよ」祖母が前に言ったことがある。「頭のネジがちょっとずつゆるんでいった。しばらくして、すっかりゆるんでしまったけど、あの人はなんでもないふりをしつづけたの」メイベルはリアのせいだとはけっして言わなかったが、ちょうどあのころからだった、とは言っていた。

アメリカが建国二百年で浮かれていた一九七六年七月、彼女はまだ三歳だった。目が片方しかない青いウサギのぬいぐるみひとつだけ持って、目をまん丸にして怯えていた彼女は、祖父母のもとに送られた。初対面も同然だった。

母親は？　姿を消した。ある日、彼女は出掛けたきり戻らなかった。ソールが死んで数年経っていた。飲むと大声を張りあげた。そこらじゅうに国旗がたなびくようになったころから、よく出歩くようになった。そこらへんが限界だったのだろう。

シェルドンもメイベルも、妊娠中から彼女に支援の手を差し伸べようとした。彼女は親から勘当され、助けが必要だった。彼女自身にとっても、子どもにとっても、まわりのすべての人にとっても不幸なことに、彼女は手に負えない人間だった。どうしてそうなったかわかるほど、ホロヴィッツ夫妻は彼女をよく知らなかった。原因は彼女が抱える怒りだろう、と彼らは結論づけた。怒りに駆られるとまわりが見えなくなるのだろう。なぜソールがそんな女に惹かれたのかは、永遠に解けない謎だ。体に惹かれたとか、彼女のほうから誘いをかけたとかいう以上に、ソールは消えてなくなりたいと思っていたのではないか、とメイベルは推察した。ひとりぼっちにならずにそうする唯一の方法は、相手をまったく理解しようとしない女を見つけることだ。

だが、そんなことはどうでもいい。大事なのは残された子どもだ。

リアは祖父に尋ねた。ママはどこに行ったの？　少し大きくなっていた。五歳のころだ。祖父の店にいて、紫色の箱の中にあった真鍮（しんちゅう）の六分儀で遊んでいた。シェルドンは小さくて複雑なものを相手に作業の真っ最中だった。

彼女が尋ねると、シェルドンは作業の手を止めた。持っていたものを置き、こう言った。「おまえの母親か。おまえの母親ね、おまえの母親っと。おまえの母親は……ある日、翼が生えて飛んで行った。ドラゴンの一族の王女さまになるために」

そう答えると、彼はアイルーペをつけ作業に戻った。

リアは革のエプロンを引っ張った。

「なんだ？」

「ママを探しに行ける？」

「行けない」

「どうして行けないの？」

「おれたちと一緒にいて、おまえは幸せじゃないのか？」

リアはどう答えたらいいかわからなかった。自分が口にした質問とどう関係するのかもわからなかった。

リアが納得していないことを、シェルドンは悲しそうに受け入れた。

「おまえには翼が生えているか?」

リアは顔をしかめ、背中を見ようとしたが見えなかった。

「くるっと回ってごらん」

リアは回った。シェルドンは彼女の服をめくり、赤いパンツと青白い背中を剝き出しにし、それから服をおろした。

「翼は生えてない。おまえは行けない。残念だな。いつかそのうち」

「いつかそのうち、翼が生えるの?」

「さあ、おれにはわからん。どうして人が突然飛び立ってしまうのか、おれにはわからん。だが、そうするんだ。ある日、翼が生えて飛んで行く」彼女の表情を見て、シェルドンは言い添えた。「心配するな。おれには翼は生えない。おれは飛べない鳥なんだ」

記憶があるのは五歳ごろからだ。祖父母と暮らしはじめたころの記憶はない。幼すぎた。あちこちで国旗がはためいていたことも憶えていない。吹流しも通りで演奏するバンドも。政治家たちの演説も。あらたに鋳造された硬貨も玩具の太鼓も。大統領が弾劾されかかってから二年。ベトナム戦争の失敗から一年。市民権運動真っ只中、大胆不敵になるソ連、不況にオイルショック、迷える知識人、巨大ザメが人を喰う映画。アメリカが建国を祝うころ、少女はあたらしい生活をはじめるためによそへ移り、死者と失踪者の影の中で生きることになった。

花火があがり、航空隊がアクロバット飛行を見せる空の下、親指をしゃぶり、ウサギのぬいぐるみを引き摺るリアは、シアーズ・デパートちかくの駐車場で、ソーシャル・ワーカーから祖父母へと引き渡された。お休みの時間はとっくに過ぎていた。彼女は置き去りにされてから二日間泣きつづけ、泣く子を誰もあやさないことに気付いた近所の人が警察に通報したのだった。

メイベルは借り物のシボレー・ワゴンの後部座席に彼女を座らせ、分厚い黒のシートベルトをカチッと留めた。空が爆発して雲が緑に、赤に、オレンジに変わるのを、リアは見上げていた。

だが、その日のことはなにも憶えていない。メイベルから話に聞いただけだ。シェルドンが正気の坂を滑り落ちてスナイパーになった話と一緒に。

「あのときなにを話したか憶えているわよ。家に帰って、あなたにソールのベビー服を着せたの。それしかなかったから。そのとき、あなたのおじいさんが言ったのよ。『さて。おれたちは最初の子を死なせてしまったが、その償いをしろと神さまが二度目のチャンスをお与えくださった。この子がちゃんと大人になれたら、償いができたってことだな』ひどいことを言う、と思ったわよ。ふつうはそんなこと考えもしない。そんなことを言うなんて、正気の沙汰とは思えない。おじいさんが戦争のことで、ありもしない話をするようになったのはそれからよ」

オートバイのバックシートにまたがり、リアは思いを巡らす。人が正気の境を越えるのはいつなのだろう。天才と呼ばれる人が正気を失うのはどのタイミングだろう。正気を失って、その先にあるのは？　正気でなくなると、なにになるのか。正気だけがなくなり、ほかはすべておなじなのか。正気でない状態を的確に表す言葉はない。

シェルドンが言いそうなことを想像したら、笑いたくなった。「正気？　正気とはなにか知りたいだと？　正気とは気晴らしを煮詰めた濃いスープだ。そこに浸っていれば、自分が食いつこうとしていることを忘れていられる。黄色のマスタードじゃなく茶色のマスタードを選ぶという選択肢も好みもきまりも、そのことを考えないでいるための方便だ。そういう気を紛らわす能力のことを、人は正気と呼ぶ。人が切羽詰まって、茶色のマスタードと黄色のマスタードのどちらを好きだったか忘れてしまうと、あいつはおかしくなった、と言われるようになる。だが、実際はそうじゃない。実際にどうなっているかと言うとだ、そこに至る前の瞬間に、頭は茶色と黄色のあいだを行ったり来たりしてるんだ。テニスの試合をもっと高速にしたようなものだ。そして急に立ち止まる。もう迷っていない自分に気付く。そういうことなんだ。ほかの連中が茶色か黄色かどちらかを選ぼうとしているときに、ネットの向こうをまっすぐに見る。そこに彼がいる！　センターコートの真ん中の席に！　死神が！　彼は最初からずっとそこにいたんだ！　左のコートと右のコートのマスタード、あっちにもこっちにも気晴らしはある。そして真正面にいるのが死神だ。オニオンスープが入った揺れる大桶にぶち当たるようなもんだ」

道は険しくなる。フィヨルドの静穏な青い水をはるか彼方に置き去りにし、松と楓と樺の芳香に包まれてわれを忘れる。大型トラックや不慣れな都会人ドライバーを避けようと、ラーシュは二級道路にバイクを入れた。ゆるやかな起伏の丘を越え、曲がりくねった谷間の道を進む。一二〇〇ccのオフロード・バイクは、輓馬（ばんば）並みのパワーで楽々と坂道をのぼった。

ひどいことが起こった。まったくひどい話だ。ギアを四速に切り替えながら、ラーシュはこの状況を受け入れようと思っていた。シェルドンは行方不明だ。アパートで女の人が殺された。それでも、殺人犯は捕まり、シェルドンも見つかると信じていた。身の危険はないのだ。シーグリッド・ウーデゴルがそう言っていた。家庭内暴力はえてして悲劇的な最後を迎える。たしかに目を背けたくなる話だが、無差別殺人とはちがう。リアもそのあたりを理解すべきだ。なにも戦争や大量虐殺や、リアがその肩に背負う民族の歴史になぞらえる必要はない。彼女は前世で戦場にいたのではないか、とラーシュは思うことがあった。彼女の話は真に迫りすぎている。

ユダヤ人は歴史の生き証人を自負しているが、そのことを強調されすぎると、ラーシュは落ち着かない気分になる。彼らは証人の立場から語る。エジプト文明が栄えたころから。西洋文明の黎明期、エルサレムやアテネから西に向かって光が射し、ローマとその後に残ったものをすべて覆い尽くした。ユダヤ人は西洋の人種と帝国の盛衰を――バビロニア人からガリア人まで、イスラム帝国から神聖ローマ帝国、オスマン帝国まで――目撃し、唯一生き残った民族だ。彼らはすべてを見てきた。ユダヤ人以外の者たちは、いまだに審判が下されるのを待っている。

道がまた狭くなった。ギアを二速に落とし、回転数を四千まであげ、ハンドルを軽く握って体重を心持ちうしろに移動し、路肩の砂を乗り越える。

流産はたしかに辛い。だが、誰が悪いわけでもない。リアは体調管理をしっかりやっていた。よく食べ、ワインは一滴も飲まず、ツナもブルーチーズも口にしなかった。こんなことになるとは誰が予想するだろう。彼女は思ったより気丈に事態を受け止めたが、内心ではそうとうまいっていたのだ。彼女のことをわかっているつもりだったが、そうではなかったのだろう。

だが、いまを楽しんでなにが悪いんだ？　彼女の革パンツに包まれた腿が腰を包み込むあたたかな感触を感じてなにが悪い？　妊娠したとわかってから、二人はオートバイに乗らなくなっていた。一緒に乗ろうと彼女を説き伏せるのにどれだけの言葉を費やしたことか。夜はやめとくから。ビールを飲んだら乗らない。雨に濡れないように気をつける。轢き殺せるものならやってみろ、と乱暴なトラック運転手に怒鳴ったりもしない。

スウェーデン人にむかついたりもしないから。

なにはともあれ、彼女がそばにいてくれて嬉しい。思いもよらない騒動の最中に。これぞよい結婚というものじゃないのか？　これぞ人生、そうじゃないか？

このあたりの森は深い。二〇世紀になってもこの道は未舗装のままで、深い谷間を縫って辿り着く先は野生動物が生息できる北限の荒野だった。舗装されたのは第二次大戦後のことだ。ノルウェーはここからさらに北へと広がっていった。スカンジナビア半島の国々の形成は風任せだ。逆にフィン人は南下して定住した。スウェーデン人は人口の増加で外へ流れ出た。北方人種はそれぞれ遊牧民のように彷徨い、辺境の地へと伸び広がってそこに前哨基地を築いた。

　ラーシュはオートバイのスピードをさらに落として未舗装の細い道へと入った。冬になると、彼はこのあたりをスキーでトラバースする。道端に駐めた車のトランクには、バッテリーの充電器と電気毛布とガソリンを詰めた石油缶が入っている。彼を含めて哀れな人間が緊急避難する場合に備え、車のドアはロックしない。指がかじかんで車のドアを開けられず、電気毛布に潜り込めない夢を見てうなされたことがあったからだ。

　バイクは砂利を踏みならして曲がりくねった道をのぼってゆく。やがて広々とした野原に出ると、前方の地平線に重なるように、くっきりと青空に映える頑丈な赤い家が見えてくる。ラーシュはエンジンをふかして草原を横切る。カーボンファイバーで裏打ちしたヘルメットを通してリアの声を聞き、彼女もおなじ気持ちなのだとわかった。

「彼はここにいない」

　言葉で説明できないが、気配でわかる。家の左手の丈高い草とタンクの横にバイクを駐めると、エンジンを切った。

　エンジンのファンがウイーンといって止まった。

　ラーシュはヘルメットを脱ぎ、玄関に行ってドアの取っ手を動かした。鍵がかかっている。窓ガラスに顔を押し付け、きちんと片付いた素朴なキッチンを覗いた。なにも変わった様子はない。コーヒーミルは彼が置いた場所にある。プロパンガスのタンクとコンロは接続されていない。まな板も使用されていないし、四脚の椅子はテーブルに入れた位置のままだ。手回しのトランジスタラジオも、戸棚の上で静かにしている。

バイクに戻る途中でタンクを覗くと、水が溜まっていないのがわかった。しばらく雨は降っていない。熱い日射しの下で野原の草も黄色くなっていた。ラーシュは家の裏手に回った。壁には斧や鍬や熊手が立て掛けてある。窓に顔をくっつけて中を覗き込むと、こっちもやはり異常なしだった。本に雑誌、パズルやゲーム、オイルランプに毛布、炉端の乾いた薪、北側の壁際の食器棚に並ぶ青と白の皿もコップも、ウィンドウベンチの上のクッションもすべて前に来たときのままだ。

停電のとき用の発電機と通信設備が加えられたことを除けば、この丸太小屋は一世紀以上前に建てられたときのままだ。彼も父親もそこが気に入っている。ニューヨークっ子のリアは当初、ここを趣があるというより陳腐だと思っていたが、ここでなら騒音に妨げられることなく自然の音に耳を傾けられることに気付いた。ここがセンチメンタルな遺物にならずにすんだのはそのおかげだ。彼女にとってここは、浸食しつづける世界からの避難場所だった。

今夜はここに泊まることにする。すでに午後の四時をすぎているが、北の大地では太陽は真上にある。シェルドンはおそらくこっちに向かっているだろう。そう考えるのが妥当だ。オスロからグラムリアまでは鉄道とバスが通っているし、その先で幹線道路がつきて田舎道に変われば、気転のきくシェルドンのことだからヒッチハイクをするだろう。ここの住所は知らなくても、草原のはずれの丘の上の赤い家だということは知っている。そういう家はこのあたりに一軒しかない。それに家の持ち主が誰か、地元の人間ならみんな知っているから、問題なくここまで辿り着けるはずだ。

リアの考えが正しいなら。シェルドンが見当識を失い、トロンヘイムあたりをうろうろしていなければ。あるいは警察に捕まっていなければ。それとも、彼の身にすでになにか起きていなければ。

ラーシュが家をひと回りして戻ると、リアはバイクから数メートル離れた場所で、草原の向こうの森を見つめていた。革ジャンパーのジッパーを上まであげたままで、ヘルメットを脇に抱えている。黒髪を肩に垂らし、彫像のように微動だにしない。

ラーシュが背後からちかづくと、リアは無言のまま腿に当てた手を横にずらして手のひらを広げ、止まってと合図をよこした。

それからおなじ手で森を指差し、彼のほうに振り向いた。低い声で言う。

「あそこに誰かいるみたい」

八

「まずは見ることだ」シェルドンは静かに言う。「相手の様子を窺う。どんな動きをするか。どんなものを着ているか。仕草を真似て溶け込む。一部になる。その文化に馴染んでその国の人間になりきる。そうなってはじめて」彼は双眼鏡を目に当てながら、ポールに言う。「行動を起こすことができる」

二人がいるのはフィヨルドに臨むアーケシュフース城だ。丸石敷きの道端の草の上であぐらをかき、アメリカのカーニバル・クルーズラインの船から降りて来る、尋常でない太り方の観光客たちを見下ろしていた。タラップをぞろぞろ歩く姿は、手負いの白鯨から切り取られた分厚い脂肪の塊のようだ。城の下の道を行くとその先には市庁舎やアーケル・ブリッゲがあり、オスロの中心街へと通じている。

「ほら、見てみろ、あそこ。大きな帆船が見えるだろう。クリスチャン・ラディック号だ。その横に小さな船が何隻かある。十二フィートの船外モーター付きのやつ。もう何年もほっぽらかしに見える」

シェルドンは双眼鏡を置き、『ロンリー・プラネット』をぱらぱらとめくった。町歩きにはもってこいのガイドブックで、いまどこにいてなにを見ているのかがわかる。

　北朝鮮でああいう船が手に入っていたら、偵察活動がさぞやりやすかっただろう。

「あの太っちょの一団に紛れ込み、ボートを一隻失敬して、それから南へ向かう。目的地は北なんだが、それには車が必要だ」

　シェルドンは上体を伸ばしてポールの服装に目をやった。いまだに赤い帽子抜きのくまのパディントンみたいに見える。

「カモフラージュする必要があるな。おいで。彼らも永遠に街をほっつき歩いてるわけじゃあない。彼らを隠れ蓑として利用できるのは十五分が限度だ。そのあいだにボートを失敬するってわけだ」

　シェルドンはポールを連れて老朽化した大砲の横を通り、城のはずれまで行って道をくだった。ずんぐりした石塔があり、さらに行くと港に出られた。

　水際まで行って右に折れ、ぶらぶらとクルーズ船のほうへ向かった。派手な服の太った観光客が数人ずつかたまり、シェルドンが目指す方向へと漂って行くところだ。

「よく見ておけ」彼はポールに言う。

　シェルドンは、ひときわ太った人たちの一団に目をつけると、そのうちの一人にぶつかり、柄にもなく優雅な手つきで、口が開いたままのバックパックから派手なオレンジ色の薄いゴアテックスのジャケットを引っ張り出し、悪びれることなく腕を通した。上天気だが気にしない。

「肝心なのは周囲に溶け込むことだ。まわりが派手だから目立たない」彼はポールに言う。「それじゃ、あそこを見てみろ。あの桟橋だ」

シェルドンとポールは派手でラフななりの連中に混じり、川面に浮かぶ落ち葉のように流されていった。シェルドンのおしゃべりはやまない。

「母体の中で育つ胎児の大きさを食べ物にたとえるのはなぜなんだろう？　豆粒ぐらいとか、サクランボの大きさとか。はたまたバナナぐらいとかな。それってなんだか気味が悪い。なあ、そう思わないか？」

ポールはずっと下を向いたままだ。クロゼットに隠れたときから、まだ二十四時間経っていない。シェルドンはそのことに気付いてはいたが、どうしたらいいのかわからなかった。

「誰も言わないだろ。小銭入れぐらいの大きさなのよ、とか、駐車券ぐらいの長さ、とか。この世に生まれてくる前から、赤ん坊を食べるつもりでいるみたいじゃないか。ほら、見てみろ。あそこ。あれだ。これからどうするかって言うと、いかにも目的があって歩いているように見せるんだ」

シェルドンとポールは、三本マストの鋼船を通り過ぎて岸壁にちかづくと、派手な観光客の一団から離れた。港湾管理委員会の建物の裏手に回り、罪人みたいにこそこそと短い桟橋に通じる短い階段をおりた。シェルドンが目をつけたボートの真向かいで、誰も乗っていない警察の船が、おだやかな波に揺れている。

ずっと昔にノルウェーの国旗の色、鮮やかな赤と白と青に塗り分けられた船は、打ち捨てられてげっそりやつれて見える。大きめの手漕ぎボートで、船尾に小さな船外モーターがついている。

シェルドンはボートをじっと見つめ、ポールに向かって頭を振った。

「ユダヤ人は貝を食べない。われわれが船乗りに向いていないことを、神さまはそういうやり方で教えてくれたんだろう。さて、やるべきことをやろうじゃないか」

シェルドンは係留索を摑んでボートを岸に寄せた。慎重に片足だけ船に移し、ポールに両手を差し伸べた。

「さあ来い。大丈夫だから」

ポールは動こうとしない。

「ほんとうに大丈夫だから。おれは前にもボートに乗ったことがある。そいつにはエンジンがついてなかった。この手のボートだって扱える。問題ない。まったく問題ないから。大丈夫。なんとかなる」

子どもが抱く衝動や心の動きが、シェルドンにわかるわけもない。二歳にならないソールが、乳母車から飛び出し、小さな酔っ払いみたいにヨタヨタと、赤ん坊用ブランコに向かって行ったことがあった。

あちょこ、あちょこ、とソールは言った。

「あそこ？　あそこに行きたいんだな？　よし。わかった」

シェルドンはソールを抱き上げてブランコに乗せた。するとソールは体を激しくよじり、わっと泣き出した。

「無理に乗せたわけじゃないだろ。おまえが乗りたがったんだろ。おれはただ〝人間フォークリフト〟の役目を果たしただけじゃないか。持ち上げて、乗せた。おまえがそうしたいと言うから、そうしてやった。だったら、おりるんだな？　わかった」

そんなわけでブランコからおろすと、ソールはさらに怒った。赤ん坊がこういう行動をとるのは、ひとえに女の影響だ、とシェルドンは結論づけた。

尻込みしていたポールが、つぎの瞬間、さっとボートに乗ったのはどういう心境の変化だろう。

誰にもわからない。まったく、子どもと女の考えることといったら。

シェルドンはボートに乗り込むとすぐに作業にかかった。〝ホットワイヤー〟と呼ばれる方法でモーターを動かすのは、朝鮮に向かう前に受けた訓練のとき以来だ。偵察訓練の最中に、知っていて損はない技能として教わった。伝授してくれたのは練兵係軍曹で、生きる知恵というのは、えてしてこんなふうにして伝えられるものだ。

「集合場所にやってきたおまえらが、鍵を忘れたからといって、ライフルで小突いて飛行機から落としたり、共産軍や野生動物を避けながらの二十マイルの行軍をさせたりはしない。そういう場合に備えて、鍵なしで生き抜く術を教えてやる。レッスン一、ハンマーを使って……」

レッスン十（かそれぐらい）で、より複雑な技能が登場した。ようするに、鍵を使わずに、点火装置をショートさせてモーターを起動させる技能だ。単純な構造のモーターなら造作もない。このボートのモーターがそうだった。

ポンプの吸い込み管をたぐっていくと、後部シートの下にプラスチックのタンクが見つかったので燃料レベルをチェックする。タンクの外側の表示器によれば十リットルほどの燃料が入っているらしい。四サイクルエンジンだから——昔の二サイクルエンジンより航行距離が長い——四、五時間は航海できる勘定だ。それで充分。どこに辿り着くか心許ないが、いまはそこまで考えないでおこう。

スパークプラグが腐食していないかチェックしていると、警官が一人、桟橋に通じる階段をおりてこっちに向かって来るのが見えた。

シェルドンがエンジンのプラスチックカバーをはずしていると、警官はこちらを見ることもなく通り過ぎて行った。

「おまえの考えていることぐらいお見通しだ」シェルドンは手を動かしながらポールに言う。「おれたちはいかにも怪しげに見えるんじゃないか、だろ。そうじゃないんだな、これが。派手なオレンジ色のジャケットを着た八十代の老人が、警察の船の隣につながれたボートを盗んだなんて話、聞いたことあるか？　ないだろ。想像すらできない！　悪事をうまくやりおおすコツだな、それが。みんなに見られているところで、想像もつかないことをやる。まさか悪いことをしてるなんて、誰も思わない」

エンジンが咳込みながらもかかると、シェルドンは索留めから係留索をはずして桟橋に投げた。

「こういうことはニューヨークでやるほうが大変だ。知ったかぶりがちかづいて来て、エンジンの修理の仕方について講釈を垂れようとしたり、ヤンキースがレッドソックスに負けた試合についてどう思うか尋ねたりする。おれがどう思うって？　すばらしいことだと思う——ほんとうにそう思うんだから。ヤンキースは負けて当然だ。ノルウェーでは誰もちかづいて来ないことを願おう」

舵柄を左舷に切り、ゆっくりとスロットルをひねると、ボートは桟橋を離れてフィヨルドへと滑り出した。クリスチャン・ラディック号の輝く白い船体に沿って進んだ先は、深く青い海峡だ。見知らぬ国、ノルウェーのオスロははるか後方へ遠ざかっていく。

第二部　リバーラッツ

九

シェルドンはきょうまで、空想の中だけでボートに乗ってきた。その光景をメイベルに話したのは、一九七五年のことだった。想像のもととなったのは真に迫った手紙で、簡潔なのが救いだった。ソールが負傷したときそばにいた戦友、ハーマン・ウィリアムズが寄越した手紙だ。ソールの死の全容が記されていた。

そんなわけで、シェルドンの空想は事実から派生したのだが、そこには誇張が加えられていた。リアが一緒に暮らすようになったころには、空想は恐ろしくも生々しく、情け容赦もなく拡大しはじめていた。

空想の中で、シェルドンはソールとハーマン・ウィリアムズ、リッチー・ジェイムソン、トレヴァー・エヴァンズ、それに〝ザ・モンク〟と呼ばれる大尉と共にメコンデルタの偵察任務についている。

空想はつねに、あっけらかんとした楽天主義のもとにはじまる。

シェルドンはロイター通信社の特派員だ。彼の有名な写真集が売りにしていたのが、ロイターの求める傍若無人なリアリズムだったからだ。朝鮮戦争で手柄をたてたおかげで若者から信頼され、彼らの戦争への貢献を記録したいという彼の要望はすんなり受け入れられた。彼はまだ四十代で、アスリート並みとはいかずとも、それなりにスリムで機敏だった。電話があったのは夜も遅い時間で、ちょうど『ザ・トゥナイト・ショー・スターリング・ジョニー・カーソン』を観ていた。その晩のゲスト、ディック・カヴェットとカーソンの丁々発止のやりとりに、彼もメイベルも腹を抱えて笑った。

「こちらはロイター通信です。あなたが必要なんです。行ってもらえますか？」

「テト攻勢以来、荷物は詰めたままだ」

「それはよかった。明朝、出発できますか？」

「明朝？　朝まで待つ必要がどこにある？　いまからでどうだ？」

一時間でサイゴンに着き、そこからは象に乗ってわずか三分でソールのいる基地に到着した。荷物はネパール人のシェルパが運んでくれる。指揮にあたる大佐が親指を立てたので、ドニーはウィンクで返した。男たちとふたたび前線に立つのはいい気分だ。兵士たちのなんと若いことか！　彼の時代とは大ちがいだ。彼もこんなに若かったのか？　いや、まさか。朝鮮戦争は男の戦いだったが、男なら誰でもいいというわけではなかった。音楽の趣味がいい男にかぎられた。

元海兵隊員が兵舎に入ると、全員が「ウーラー」と掛け声をかけてきた。階級が低いにもかかわらず、全員が彼に敬礼し、彼も敬礼で応えた。年長者を敬え、だ。彼は自分たちの仲間で、〈星条旗新聞〉が派遣するへなちょこ記者などではなく、ここへは高級将校たちが考え出したプロパガンダを広めるため実戦も辞さぬ覚悟で来ていると、彼らもわかっている。それに彼は、ジェーン・フォンダの男を惑わす尻に濡れたナニを押し付けることを夢見るヒッピーではない。断じてちがう。川に漕ぎ出して命を写真におさめようとしている、ほんものの男だ。ここの昆虫はベトナムの子どもをさらって行けるほどでっかく、空気は緊張を孕(はら)んで濃く、唯一のルールは死体を食わないことだ。

ドニーは作り付け寝台の上の段にダッフル・バッグを投げ入れ、ひらりと飛び乗った。今夜はよく眠っておかないと。なにしろあすは息子と一緒にボートに乗る日だ。仲間の前で息子に恥をかかせたくない。

うとうとしながらつぶやいた。「なあ、ハーマン？　起きてるか？」

「ええ、ドニー。どうしました？」

「どうして大尉を〝ザ・モンク〟と呼ぶんだ？」

「ああ、それね。彼はここにいたくないから」

「いたい奴なんているか？」

「あっ、ぼくが言いたいのは、彼は本気でここにいたくないと思ってるってこと」

オスロのフィヨルドがボートの船体の下をやさしく流れ、二十馬力のモーターが南へと二人を運ぶ。シェルドンは船尾にちかい白いプラスチックのベンチに腰を据え、舵柄を握っていた。盗んだゴアテックスのジャケットは着たままで、ポケットに入っていたレイバンのアヴィエイター・サングラスをかけている。ポールが座っているのは船首にちかい三列目のベンチだ。この子はボートに乗ったことがあるのだろうか、とシェルドンは思った。

『ロンリー・プラネット』にはフィヨルドの地図も載っているので、それを頼りにボートを進めた。北へ向かう広い水路はデンマークのフェリーやクルーズ船が航行しているので――ぶつからないともかぎらない――避け、ホーフダヤ島とブレイコイヤ島のあいだを通り、リンドイヤ島とグレスホルムン島のあいだを抜けた。ノルウェーの沿岸警備隊が必要以上に神経質でないといいのだが。質問攻めにされたらかなわない。

夏の南行きをするボートはほかにもあった。二本マストのケッチにカヤック、二連小舟、モーターボート、大型平底船、一本マストの小帆船。乗っている人がシェルドンとポールに手を振る。知ってる人に会うわけがないから、シェルドンも安心して手を振り返す。

レジャー用の小型船の多くが、大きな半島の先端を回り込んで南下するつもりのようだ。シェルドンが操縦するボートはそのあとにつき、ゆっくりと安定した速度で陸沿いを進んだ。彼とボートと少年は前日の恐怖から逃れて青緑色の世界を漂う。ここなら二人が誰でどこから来たのか知る者はいない。

穏やかな風と煌めく波とはうらはらに、シェルドンとポールは逃亡の身だ。港とオペラ・ハウスと市庁舎が見えなくなるとともに都会の緊張が和らぐと、前日の朝と、それ以前のすべての朝の、顧みられることのない叫びを伴って静寂が戻ってきた。

センカの苦しげな息遣いを、シェルドンはクロゼットの中で聞いた。彼女が息を詰まらせ、彼女の腕が目的も優雅さも戦う気概も失いながら、命にしがみつこうと空を打つのを、彼は耳にした。殺人者の手を持つ憎しみを耳にした。生きるチャンスを奪われる恐怖に襲われ、彼女が目を大きく見開く様を、シェルドンは想像してみる。

船首に座って身を乗り出し、喫水の浅い船の下を通り過ぎる水に手を触れているポールを見つめながら、シェルドンは思わずにいられない。母親の命が絶えてゆくおぞましい音を聞きながら、この子はなにを想像していたのだろう。ベトナムの川を遡る旅を繰り返し脳裏に思い描かずにいられない自分に比べて、この少年の想像力がそれほど豊かでないことを願わずにいられない。

「認知症が進んできた証拠よ、ドニー」メイベルは言った。

彼女は理解してくれなかった。彼女には正気を保つためのべつの錨があった。それでも、おまえはまちがっているよ、と訂正したくてたまらなかった。

「人生の終わりに、過去が一度に甦ることのどこが認知症だと言うんだ？　闇に足を踏み入れることを必死に理解しようとする、理性の最後の働きなんじゃないか？　破綻を来す前の、最後の筋の通った行いなのでは？　それを認知症で片付けるのか？」

「三、四時間で行って帰ってこられる」ハーマンがチームの面々に言った。「F－4が撃ち落とされたのはここから七キロ先で、パイロットは脱出したと司令部は考えている。だから、命があるうちに救助しなければならない」

〝ザ・モンク〟はいつもながら黙ったままで、ほかの者たちはボートに必需品を積み込んだ。雨が降っていた。ソールの復役を祝って三日間ドンチャン騒ぎを繰り広げたので、みんな二日酔いだった。

ソールは用事があるとき以外、父親に話しかけなかった。「ロープをこっちに」とか「煙草をもらっていいかな？」とか言うだけだ。シェルドンはべつにかまわなかった。若者たちのやることを間近で見ていられればそれでいい。邪魔になりたくなかった。だが、この光景の中で――行ったことのない場所の記憶の中で――彼は一瞬でも見逃すことを恐れた。ユダヤ人特有の、記録したい衝動に駆られていた。記憶したい衝動に。その日の光の最後の一筋まで捉え、ちゃんと見ていることをほかの者たちに知っておいて欲しかった。かつて存在していたのに、いまはもう存在しないものをしっかり記録に留めたかった。

〝ザ・モンク〟は慎重な水先案内人だった。シェルドンは舵輪（だりん）を握る彼の両手を写真に撮り、日射しが彼の肩にかかるとその横顔にシャッターを切った。写ったのは彼の顔と体の輪郭と、川を背景にした彼の佇まいだけだ。

彼の物腰には暗さがつきまとっていた。隠された苦痛。なにがしかの計画。シェルドンはレンズを通してすべてを見ていた。

ハーマンの細くて繊細な黒い指も写した。べつの星に生まれていたら、腕のいい時計職人になっていただろう。

トレヴァーがライフルの手入れをするのを、シェルドンは眺めた。まるで祖父から譲り受けた猟銃を手入れするように、念には念を入れている。

笑顔のリッチーの写真を撮りながら、名は体を表すとはよく言ったものだと思わずにいられなかった。

ボートに乗るのはいいものだ。定期的に彼らと旅をするようになってから、ソールの心配をすることもなくなった。彼の最期を知っているのに。父親として、戦友として、悲しい目で息子を見ることはなかった。すべてを受け入れ、そこにいる。仲間意識と命のぬくもりに浸るだけだ。

息子を男として見ることを楽しんだ。彼が望んでいたことなんだから、とシェルドンは自分に言い聞かせた。そうだろう？　息子は男になりたかった。アメリカ軍兵士になりたかった。

F－4ファントム戦闘機は、ソ連が提供した地対空ミサイルに撃ち落とされた。パイロットに非がないのは当然だ。だが、パイロットは気楽なものだ、とみんな思っていた。エアコン付きのテントで大事な爪をやすりで磨き、トニックを飲み、カードをやり、暇つぶしに雑誌の最新号を読んでいる。出撃のベルが鳴ると、女の子たちがキャーキャー言うスマートな軍服に身を包み、取り巻きがせっせと磨いておいたピカピカの戦闘機のコックピットに乗り込み、十五分ほど飛び回って、小屋や人や家畜や作物に憚ることなくナパーム弾を落とす。親指が疲れてくると基地に戻り、額に一滴流れた汗を拭うところを報道写真に撮られ、赤十字のヘザーやらニッキーやらに凝った肩を揉ませながら、武勇伝のひとつも披露しつつ、やりかけだったカードを再開する。

　パイロットの気楽な生活を考えれば、ボート・ボーイが彼らの肩を持つ気になれないのもいたしかたない。ＳＡＭが、ソ連が開発したうちでは一番性能のよい赤外線追尾式ミサイルで、ファントム戦闘機が低空飛行中に爆撃され、胴体の左半分を失うまでに一・七秒の余裕しかなかったことなど、ボート・ボーイにとってはどうでもいいことだった。パイロットが捨て身の攻撃をしたかどうかも、彼らには関係ない。パイロットは無事救出されてもそこで安心してはならない。ボート・ボーイたちが手ぐすね引いて待っているのだから。

　捜索救難任務の要は、ベトコンより先に墜落した戦闘機まで辿り着くことだ。ベトコンは残忍な連中だし、なんといってもここは彼らの国で土地勘があるから、墜落した場所に向かう道順を知っている。一方の機動河川部隊は、まず道を探さねばならない。

　それは隊長である〝ザ・モンク〟の仕事だ。みんなは川を行くあいだ、Ｍ60機関銃の狙いをつける以外にすることもないから、冗談を考えたり、夢の中はべつにして一度もセックスしたことのない女の子のことを考えたりする。

　雨は絶え間なく降り、ボートは二十メートルほどの幅の入り江をモーター音をあげながら進んだ。彼らが構える機関銃の下を潜るようにして、地元民が乗る船がすれちがってゆくが、誰も船を止めないし、顔をあげもしなかった。

　〝ザ・モンク〟の背後に座るトレヴァーは、緊張感を漲（みなぎ）らせていた。いまにも飛び出す構えだが、警戒しようにも、なにが起きるか予想がつかない。船から飛び降りるつもりか？　それとも、〝ザ・モンク〟に飛びかかる？

シェルドンはボートの船尾に座り、写真を撮っていた。ジャングルを捉える。この地域を、人間を、この戦争を理解しようとする。朝鮮とはまるでちがう。朝鮮では、ソ連の後ろ盾を得た共産主義者が南を攻撃し、国連安全保障理事会は、ソ連大使がトイレに立った隙に決議案を採択した。つまり、単純明快な戦争だった。この戦争はそこまで単純ではない。それに、ここが肝心要な部分で、朝鮮では、アメリカ軍がそこにいることを南側が望んでいた。ここでは、南側は必ずしもそれを望んでいない。

偵察をはじめて三時間が経ち、小さな桟橋に停泊して休むことになった。〝ザ・モンク〟は動かない。無線をソールに投げ渡し、ハーマンを見た。二人より位が上のリッチーが言った。「ウィッツィーとウィリアムズ。行け」

彼らはソールをそう呼んでいた。ウィッツィー。〝ホロヴィッツ〟は長すぎるし〝ソール〟は時代遅れだから。

どうしてこの二人なんだ？　ウィッツィーとウィリアムズなんだ？　語呂がいいからついロにせずにいられない、だからだ。

「おれも行く」シェルドンは言った。誰も返事をしない。まるでこの任務の最初から、シェルドンはそこに存在しなかったかのように。

ソールは自分が書いた手紙をリッチーに渡した。「ぼくにもしものことがあったら、そいつを投函してくれ」

リッチーはひと言、「オーケー」と言った。

ソールは片手に機関銃を、もう一方の手に無線を持って桟橋にあがってからリッチーに言った。「彼女が妊娠したんだ。すごいことだと思わないか？」

「なんとしても国に帰らなくちゃな」リッチーが言う。

「そうだな」ソールは言い、ウィリアムズと一緒に桟橋を歩いて行った。

二人は廃墟と思しき小さな村を抜けた。ぬかるむ土の上に茅葺の小屋が四つ、もたれ合うように立っていた。雨で錆びた自転車の車輪。テーブルの上には、腐った野菜の入った籠が転がっていた。シェルドンはそれらを写真に撮り、歩きつづけた。

ソールが指をさし、ウィリアムズとシェルドンがあとにつづいた。ソールは優秀な兵士だ。注意深く、ささいな事で集中を途切らせない。それに、歩きながらおしゃべりをしない。だが、二十歳そこそこだから、ゆっくり歩くことを知らず、注意深いといっても限界があり、話をするときの声の加減がわからなかった。

ジャングルが開けた先に小さな水田があり、ソールは方位磁石で位置をたしかめ、左手を指さした。振り返り、シェルドンの肩越しにうしろを見る。背後の地勢を頭に入れようとしているのだ。これはシェルドンが朝鮮戦争で学んだ貴重な教訓だ。またしても練兵係軍曹の声が聞こえた。「来た道を引き返すとき、まわりの景色が見慣れないものに思えたら、それは見たことがないからだ。その方向から見たことがないからだ。ちがうか？　振り返って見なければ、逆から見たらどんなふうに見えるかわからない。そうだろ？　おい、そこのボケナス！　どうなんだ、言ってみろ」

そのとき矢面に立たされたのはべつの兵士だったが、シェルドンであってもおかしくなかった。インチョンで戦場に立ったとき、この教訓が役に立った。事前に教えておいてもらってよかったと思った。

目で見るより先に臭いがした。Ｆ－４は爆撃任務の途中で撃墜されたので、燃料はまだ充分に残っていた。それが燃える臭いは、ナパーム弾や水田や家畜や人間の臭いとはべつだった。ハーマンによれば、燃料が燃える臭いは〝吐き気を催す臭い度〟の〝二〟にすぎない。炎天下で子どもの死体が腐る臭いは〝九〟だ。

〝十〟に相当するのは、役所から届く手紙の臭い。

臭いがどの方向からしているのか、ソールには判断がつかなかった。だが、じきに爆撃機の破片が目に入った。最初はボルトやねじ曲がった金属片といった小さなものだったが、現場にちかづいていることはそれでわかった。

シェルドンは腕時計を見た。ジャングルに入って十五分しか経っていない。

ソールは小さな丘へと彼らを誘導した。いい考えだ。視界が開ける。丘のてっぺんまで行く前に、ウィリアムズが歯のあいだから口笛を吹き、言った。「あそこ。ほら、見ろよ」

ソールとシェルドンは左を向き、五百メートルほど先に戦闘機の大きな塊を見つけた。そこまでなだらかな土地がつづいている。

「くそったれパイロットの姿は見えるか？」ウィリアムズが尋ねた。

ソールが左のほうを指差した。「あれはパラシュートじゃないか」

「そうだ。よし、だったら、コックピットをまず調べて、ピンクの肉片が残ってるかたしかめよう」

　戦闘機に向かって丘をおりるとき、その場に不釣り合いな人物が、歩道のかたわらの木にもたれかかるように座っているのを、シェルドンは見つけた。ソールはなにも目に入らなかったようにすたすたと通り過ぎて行った。ウィリアムズがその人物にちかづいたので、シェルドンは叫んだ。「ハーマン、右を見ろ」

「ああ、あれはビルですよ。彼のことはほっとけばいい。年じゅう出て来るけど、なんの役にも立たないから」

　ちかくで見るとたしかにビル・ハーモンだった。ニューヨーク時代の友達だ。ビルはくしゃくしゃのズボンにペニーローファーを履き、ブルーのボタンダウンのシャツの上からハリスツイードのジャケットを羽織っていた。一九七五年から一九八〇年まで、何度も行ったこの旅に、ビルが出て来たことはついぞなかった。彼がひょっこり出て来て相槌を打つようになったのは、死んでからだ。ほんもののビルなのかどうか、シェルドンにもわからない。ビルのように見える。ビルとおなじように馬鹿なことを言うが、なんだかしっくりこない。その存在は漠然としていて、しかも若く見える。生きていたころのビルは、シェルドンを不安にさせたりしなかったのに、この男はちがった。

「ここでなにしてるんだ、ビル？」

「骨董品漁り」

「なんだって?」

「ここは長いことフランスの植民地だっただろ。インドシナにはあっと驚く埋蔵物がごっそりあるんだ。店に出せば最高値がつく」

「おまえ、酔ってるのか? 午後の二時だぞ。しかもベトナムだ。酔ってるにきまってるじゃないか。おまえも飲むか?」

「おれは行かないと。パイロットを捜し出すんだ」

「パイロットは死んだ。パラシュートが地面に着く前に撃たれた。まったくもってフェアじゃない。捜しに行く必要はないんだよ」

「だったら、引き返そうと二人に言う」

「おまえの言うことなんか信じやしない」

「どうして? おまえは過去のクリスマスの幽霊なのか?」ドニーは返事を待たずに叫んだ。

「おい、ウィリアムズ。ちょっと待て。パイロットは死んだ。ボートに戻ろう」

「どうして知ってるんですか?」

「ビルがそう言ってる。彼にはわかるんだ」

「ビルを信じちゃだめですよ、ドニー」

「だが、彼もたまには正しいことを言う」

「だろうけど、それがいつかわからないでしょ？　だいいち、おれには決められない」

「だったらソールにそう言ってくれ」

「わかりました」

ハーマンがそのことを伝えると、ソールは肩をすくめただけでそのまま歩きつづけた。だが、数分後、考え込んで足を止めた。今回の旅ではじめて、彼は振り返って直接父親に話しかけた。

「なにをしてるの、父さん？」

「一緒にうちに帰りたいんだ。おまえが人生を築くところを見たい」

「ぼくをここに送り込む前に、そう思ってくれればよかったのに」

「そうだな。すまない。だが、戦場に戻れとはひと言も言わなかったぞ。戻ると決めたのはおまえだ」

「二人で話したこと、憶えてないんだね？」

「アメリカが戦争をやっているというようなことを言ったかもしれない。だが、戻るべきだと言った覚えはないぞ。おまえは義務を果たした。誰よりもよく果たした」

「ぼくをここに来させたのはあなたの考えだ。このままではボートに戻れない。ビル・ハーモンが森に現れて、パイロットの居場所をリークしてくれたなんて、報告書に書けない」

「おまえはビルのことが好きだったな」

「いまでも好きだよ。でも、報告書に書く情報源としては適切じゃない、そうでしょ？」

「めちゃくちゃじゃないか！」

「めちゃくちゃなのは父さんだろ。それで、この話はどうなるのさ。父さんは戻りたいの？　それとも、ここにいてどうなるか見届けたいの？」

「おれはおまえと一緒にいたい」

「だったら行こう。ただし、静かにしててよ。このあたりにはベトコンがいるんだから」

そんなわけで、ビルを残し、また歩きつづけた。

あっという間に爆撃機へと辿り着いた。機首から突っ込んだのでも、なんとか胴体着陸したのでもなかった。空中で被弾し、隕石のように落下したのだ。

コックピットがほぼ無傷なのは偶然のなせる業だろう。シェルドンは写真に撮った。

ソールがふと思いついたように言った。「ハーマン――コックピットを調べてくれ。ぼくはパラシュートを見てくる」

ソールは父親に向かって言った。「それで？　父さんはどうする？」

「おまえと一緒にいたい」

ソールが望むのは、クソッタレのパイロットを連れて帰ることだ。そのためにここに送り込まれたのであり、そのための訓練を受けてきた。彼が望んだことだ。アメリカ人はアジアの腐葉土の中で腐り果てるべきではない。家族のもとに戻るべきだ。

パラシュートは湿地帯のはずれの高い木にぶらさがっていたので、ソールとシェルドンはその湿地帯を横切らねばならなかった。パイロットが黒人なので二人とも驚いた。その当時、黒人パイロットは数えるほどしかいなかったからだ。ビルが言ったとおり、パイロットは死んでいた。哀れな男は土を踏むチャンスを与えられなかった。ベトナム人には黒人という概念がない。アフリカから来た人間を見たことがないからだ。白人がカモフラージュのために顔を黒く塗っているのだと思っている。ベトコンが正体を暴こうと金属ブラシで黒人の顔を擦ったという記録があるほどだ。

「さあ、いいだろ。行こう」シェルドンは言った。

「彼をおろさないと」と、ソール。

「その必要はない」

「いや、やる」

「その必要はないって言っただろ！」

「父さんだってマリオを連れ帰った。彼の両親に会いに行った。彼の父親はあなたを抱き締めて泣いた」

「おれは安全な浜にいた。おまえはジャングルに一人だ。この哀れな男は……」

「さあ。彼をおろすの手伝ってよ」

「ソール、冷静になれ。おまえがパイロットを助けに来ることを、ベトコンは知っている。知ってるんだ。おまえが彼をおろす前にベトコンがやって来る可能性は五分と五分だ」

「だったら彼らはなぜぼくを撃たなかったんだ？」

「負傷した人間は運ばなきゃならない。そうなると、二、三人の人手が必要だ」

「どうしてぼくを捕虜にしないんだ?」

「そんなことおれにわかるか」

そこでソールは怒り出した。状況は切迫している。「黒人が木にぶらさがっている。その黒人はアメリカ軍兵士だ。彼をこのままにしておけると思う? ほっぽらかしにして立ち去れると思う? このまま立ち去ってそれでもあなたの息子でいられると思う? いられると言うなら理由を説明してよ。そうしたら立ち去る。立ち去ると約束する」

この貴重な瞬間、シェルドンはなにも言えなかった。まったくなにも言えなかった。

ソールは機関銃を弓のように胸に斜め掛けし、木に登りはじめた。

充分な高さにまで登ると枝を掴み、ナイフでパラシュートの紐と布地を切った。パイロットの足先から地上まで六フィートほどだ。それほど長い落下ではない。だが、どういうわけか落下のスピードがゆっくりに見えた。パイロットが地面にくずれ落ちたとき、シェルドンは吐き気を覚えた。

諦観が波となって全身を駆け巡る。繰り返しこの場所に立ってきた。その光景を何度も目にしているから、恐怖がいつどのように襲ってくるかわかっていた。それはじきに起きる。ソールが爆撃機のほうに戻ろうと一歩を踏み出し、ハーマンがこちらに向かってやって来る。ハーマンはそれまでに、敵の手に渡るとまずい地図や書類を燃やしている。

シェルドンにはこれからどうなるかわかっていた。それでも、いまこの瞬間は、まだなにも起きていない。彼は知識と現実のはざまにいる。それは、悲劇の予言者カッサンドラの立場とおなじだ。そんなかけがえのない瞬間を長引かせるために、シェルドンはなにが起きるか知っていながら毎晩眠りについた。

この瞬間――ソールが木からおりてナイフをしまい、パイロットの認識票をはずしてシャツの左胸ポケットにしまう――シェルドンは息子が男になるのを見守った。

華々しい瞬間ではなかった。見届けた人間はいない。英雄的な行為ではない。一人の男とべつの男とのあいだに交わされた、威厳と尊敬を示す小さな仕草だ。シェルドンはそこによりよい世界が生まれる可能性を見た。人類がそれまでに成し遂げてきたもののすべてが――いかに小さなものであれ――エリ・ジョンソン中尉の亡骸を回収するソール・ホロヴィッツ伍長の、誰にも認められぬまま忘れ去られる仕草の中に表現されていた。

最後のときが訪れる前の、それは恩寵に満ちた瞬間だった。

そのとき、シェルドンはカメラを構えて二人の写真を撮った。

シャッターが切られ、止まっていた時間が動き出す。ソールが仕掛け線を踏み、地雷が、彼の一人息子を殺すことになる地雷が爆発するのを、シェルドンは見つめる。ソールとエリ・ジョンソンの左側の小道をちょっとはずれた位置から、眺めている。

爆発が起きると、ハーマンが駆け寄って来る。

ベトコンは爆弾と一緒に釘やボールベアリングや――なにを思ったのか――前の戦闘で手に入れたアメリカ軍の自動小銃の薬莢を詰め込んでいた。

それらすべてが、ソールの脚と股間と下半身を切り裂いた。

苦痛が顔に出る前に彼はくずおれた。体をつなぎとめる骨も筋肉も靭帯も吹き飛んでいたからだ。ジョンソン中尉の遺体は小道の脇に落ちたが、収容されることはなかった。ソールの胸ポケットに入っていた認識票だけが両親のもとに届けられ、棺におさめられた。

ハーマンは叫び出すと同時に泣き出した。ソールのシャツを摑んで持ち上げ、恐怖に駆られた者の馬鹿力で背中に背負った。ソールがジョンソンを背負ったように、ドニーがマリオを背負ったように。それは歴史の中で繰り返し行われたことだ。

ハーマンが走り出すと同時に銃撃がはじまった。

誰もシェルドンのほうを見ない。彼に注意を払わない。ビル・ハーモンも姿を消していた。ハーマンは全速力でジャングルを抜け、小さな村を抜け、ボートへと戻った。リッチーが下生えめがけて援護射撃を行ったが、敵がどこに隠れているのかも、いるかどうかもわからなかった。

トレヴァーは〝ザ・モンク〟の背後のベンチに座ったままだった。

三人が乗船するやいなやボートは動きはじめ、陸から離れた。

だが、それで終わりではなかった。

〝ザ・モンク〟はボートの向きを変えた。川を下ることで茂みに隠れている者たちとの距離を開けるためだ。

ハーマンはソールの気道を確保し、頸動脈にモルフィネを注射し、大腿動脈に大きなガーゼをあてがった。

この処置のおかげでソールは帰港後も三日間生き延びることになるのだが、意識が戻ることはなかった。

シェルドンはトレヴァーと並んでベンチに座っていた。ソールのためにしてやれることはなにもない。その昔、彼の膝の上に立ち、科学者の熱心さで彼の鼻を観察し、父の嬉し涙に指を浸した息子のために、できることはなにもなかった。

ボートが蛇行する川を下り、筏の列にちかづいてゆくのをおとなしく眺めていた。その筏から機関銃が火を噴き、ボートの船体に穴が開くと、彼はかっと目を見開いた。

弾が飛んでくると、〝ザ・モンク〟は舵輪から手を離した。

体を丸くしていたトレヴァーが舵輪に飛び付いて摑み、ボートのスピードをあげて先頭の筏に突っ込んで行った。

〝ザ・モンク〟は船首へと移動してそこに立ち、ブラジルの崖から飛び込む人のように、あるいは磔(はりつけ)になったイエスや罪人たちのように両手を広げた。

リッチーがM60で筏をハチの巣にすると、木端(こっぱ)や血飛沫(ちしぶき)が飛び散って小さな赤い雲となった。

ハーマンがソールの手当てをし、トレヴァーがボートを操縦し、〝ザ・モンク〟がかすり傷ひとつ負わずに立っているあいだ、ソールは血を流しつづけた。

これがシェルドンの夢の最後の場面だ。この場面でかならず目を覚まし、メイベルを起こして疑問をぶつけた。いまでも朝方、この場面で目を覚ます。あの日の出来事は、そこから先がはっきりしない。ボートが安全な場所に辿り着いたことは知っている。ソールはサイゴンに移送され、病院で死亡が確認された。手紙は約束どおり投函され、リアは名前を与えられた。トレヴァーとハーマンは任務期間が終わるまでボートで捜索救難をつづけ、無事に故郷に戻った。

〝ザ・モンク〟はけっして撃たれなかったが、ある日、べつの戦闘の最中、メコン川に飛び込んだまま姿を消したそうだ。

十

　左手にフラスケベックの村が見えてきたので、シェルドンはぎりぎりちかづけるところまでボートを寄せた。なにかあったらすぐに戻れるよう岸に沿って進む小舟に、沿岸警備隊が関心を持つとは思えない。天気は安定しており、潮の流れもきつくなかった。

　海面の下になにがあるかわかったものではないが、ボートのいいところは喫水が浅いことだ。荒波には弱くても操縦しやすい。

　彼が必要としているライフルは、大砲にちなんでモーセとアロンと名付けられた。ガイドブックによると、その大砲は、港からすぐのソンドレ・カホルメン島にあるオスカシュボルグ要塞に設置されている。一九四〇年四月九日、ドイツ軍は、首都を攻撃して国王を捕らえ、国が保有する金銀地金を盗む目的で一万四千トンの重巡洋艦ブリュッヒャー号をフィヨルドに送り込んだ。要塞の守りは手薄で、モーセとアロンそれにヨシュアと名付けられた二八口径のクルップ砲三門と、勝敗を度外視して戦う指揮官がいるだけだった。

　ドイツの戦艦がドラバックちかくの入り江に侵入してくると、ビルギュー・エリクセン大佐と部下数名は、千八百メートルの距離からモーセとアロンで砲撃した。放った砲弾は二発だけだったが、見事に命中した。一発目は船体に穴を穿って大砲と石油缶を破壊した。二発目が駄目押しとなり、敵の反撃を封じた。
島の秘密基地から魚雷も発射され、戦艦は燃え上がり、乗組員もろとも島から五百メートルのあたりで沈没した。

このオスカシュボルグ要塞の戦いで時間稼ぎができた政権が、亡命政府を樹立したおかげで、ノルウェーは正式に連合軍に迎え入れられた。もっとも、ノルウェーはじきにナチに占領され、傀儡政権のもと、七百七十二人のユダヤ人がドイツ軍とノルウェー警察に逮捕され、強制移送された。行き先はアウシュビッツだった。

生き残ったのはわずか三十四人だ。

戦争が終わり、ナチに協力したノルウェー警察にはなんの咎めもなく、定年まで勤め上げた者も多かった。ノルウェーの大学でホロコーストがカリキュラムに組み込まれたのは、戦後何十年も経ってからだ。ホロコーストの記念碑が建てられるまでに五十年以上の年月を費やし、ホロコーストおよび大虐殺研究センターが開設されるまでには、さらに時間がかかっている。

シェルドンから見ると、すべてが関与者としてではなく、目撃者の立場から語られている。自分たちも犠牲者だったということにして、さっさと忘れてしまえという態度だ。

「問題は」オスカシュボルグ要塞に目をやりながら、シェルドンは声に出して言う。「あそこまで行けるだけのガソリンがあるかどうかだ」

昼間が延々とつづき、太陽はまったく動いていないように見える。時間が経つのがこれほどゆっくりに感じられたことは、ついぞなかった。オスロからドラバックまで距離にして十七海里、三十一キロだが、海の上では時間と距離は気の持ちようで変化する。

ガソリンは四時間ほどでなくなった。

上げ潮に乗ってさらに三十分ほど流されているうち、常緑樹に囲まれた岩の多い浜へ漂着した。

行き交う船の様子をじっくり眺めてから、人目につかない場所にボートをつないだ。

ボートが木製なら沈めていただろう。

彼にもっと力があれば、ボートを浜に引き上げて隠していただろう。

彼がもっと若かったら、襲撃者の心臓にナイフを突き立て、少年の母親を救っていただろう。

だが、物事はなるようにしかならない。

ボートにあるものをすべて持って浜におりると息が切れた。「なにか言いたいことがあるんじゃないのか？」シェルドンはポールに尋ねる。「おれを殴ったっていいんだぞ。殴られても仕方ない。そうさ。上の階で喧嘩がはじまったとき、すぐに警察に通報すべきだった。そんなこと考えもしなかったんだ。自分は誰よりもすぐれていると思っていた。なにがどうなってるのか理解しているつもりでいた。おまえの母さんは階段をおりて、おもてに飛び出すと思っていた。そうすりゃ誰かがなんとかしてくれるだろうと高を括っていたんだ。おまえの母さんのためにドアを開けたんじゃない。自分のために開けたんだ。腹いせにな。おまえたちがやるべきだったのはこういうことだ、とみんなにわからせるために。この歳になってもまだ、自分は世間から注目されてるって思ってるんだ。信じられるか？　五十年も前に死んじまった連中を相手にヒーローを気取ったんだ。警察に通報すべきだった。そうすりゃ、警察が駆けつけて止めに入ってくれたかもしれない」

シェルドンはむろん少年より背が高いが、聳え立つほどではない。それにいまは航海の疲れで背中が丸まっているから、頭の高さは同じぐらいだ。シェルドンは少年と目を合わせようとした。

「なにかの暗号だろうか。歳をとればとるほど、体がクエスチョンマークみたいになるってのは。つまりだ。申し訳なかった、と言いたいんだ。最善を尽くしたつもりでも、なかなかうまくいかない。自分でもでかしたと思ったことは、これまでに二度ばかりだな。チャンスは何度かあったんだから、二度は少ない。ついてないんだ。ソールの誕生にも立ち会えなかったぐらいだから。

おまえを人手に渡すつもりはまだないからな。あの男がおまえの父親だとしたらどうするって？　最近耳にした物音から察するに、あの男は夜になるとおまえのアパートに押しかけていた。何度も訪ねて来てたんだろう。おまえぐらいの歳の男の子が、急にしゃべらなくなるなんて変だ。きっとえらい目に遭ったんだろう。怖い思いばかりしてきたんだろう。おまえをここで手放したら、あの男がしゃしゃり出て来て言うだろう。『おれの息子だ。よく見つけてくれた』そう言われて、おれが手渡すと思うか？　相手はおまえの母さんを殺した男だぞ。そんな友達がどこにいる？」

ポールはじっと耳を傾けている。シェルドンには理由がわからない。

「腹がへってるか？　きっとぺこぺこだろう」シェルドンは手を差し出した。「さあ、食べ物を調達するとしよう」

ポールはその手を握らなかったが、おとなしくついて来た。シェルドンは長いこと座りづめで腰が痛く、ゆっくりしか歩けなかった。一歩踏み出すたびに左脚に鋭い痛みが走り、肩掛けカバンを担ぎ直した。

「きょうはこのぐらいにしておこう。あそこに行くぞ」

シェルドンが指差した先には、水辺に建つかわいらしい青い家があった。フィヨルドを右手に見ながら南に向かって歩いていた。岸辺には専用の栈橋があったが、ボートはつながれていない。

シェルドンは少年を連れて家の前側に回った。ドライヴウェイに車はなく、通りにも車は見当たらない。家は空っぽのようだ。

また家の裏手に戻る。両手で顔を挟むようにして窓の中を覗き込むやり方を、彼はポールに教えた。ポールは真似しなかったが、それでも知っておいて損はない、とシェルドンは思った。

家の中にあかりはついていなかった。テレビは切ってある。室内はきちんと片付いている。

動くものはない。

シェルドンはさらに数メートル歩いて裏口の前に立った。裏庭を抜けて桟橋に出るための出入り口だ。もう一度窓に顔をつけて中を覗き込んだ。やはり動きはないので、腹を決めた。

「ここでレッスン一が役に立つ」彼はポールに言った。

キッチンに通じる木のポーチに肩掛けカバンを置き、ハンマーを取り出すとなにも言わず、ドアの取っ手の横のガラスを叩き割った。

そこで手を止めて耳を澄ます。「アラームは鳴らない。ありがたいことだ。さあ、足元に気をつけろよ。ガラスが落ちてるからな」

スカンジナビアの洗練された家具と、イームズに代表される五〇年代アメリカの家具が混在するリビング・ルームには、マガジンラックに地図や地元のバスと電車の時刻表が並んでいた。シェルドンはそれらをごっそり摑んでキッチンに持って行き、パスタを茹でる湯を沸かすあいだ、ぱらぱらと眺めた。

詳しいエリアマップがあったのでテーブルに丁寧に広げ、木のスプーンの先を当てて道順を辿った。蛇行して流れるグロンマ川の青い線を辿って数センチ進んだ先がコングスビンゲルだ。

「おれたちが向かうのはここだ。行ったことはないが、オスロのうちの冷蔵庫の扉に写真が貼ってあったから、行けばわかる」シェルドンは陸路を辿る。「この国にこんなにたくさん湖があるとは思わなかった。どこもかしこも湖だらけじゃないか」

湯が沸いたので、自分用にとイケアのグラスにインスタントコーヒーを入れて湯を注いだ。シンクの左手の戸棚を開けるとフジッリの箱が見つかったので、鍋に中身をそっくり開けた。腹をすかせた子どもが、どれぐらいの量を食べるのか見当もつかない。トマトの缶詰と塩、コショウにガーリックパウダーも見つかった。それらを目分量で適当に混ぜてできあがったのは、料理をしたことのないじいさんが孫のために作りました、という代物だ。大人はまず食べない。

自分のコーヒーに砂糖をスプーンに山盛り三杯入れてテーブルに戻ると、ポールは地図に見入っていた。

「目指すはそこだ」シェルドンは指差した。「問題はどうやって行くか。この時刻表はまったくちんぷんかんぷんだが、ひとつだけはっきりしていることがある。ドラバックからコングスビンゲルに行くバスはすべてオスロを通るってことだ。だが、オスロには行きたくない。オスロは避けたい。オスロってのは、おれたちがいた場所だ。さて困った。ヒッチハイクという手もあるが、おれたちが目立たないわけがない。通りがかりのパトカーに職務質問されないともかぎらない。レンタカーを借りることはできない。拝借できないことはないが、まあそれは最後の手段にとっておこう。ようするに、ちゃんと考えたほうがいいってことだ」

シェルドンがパスタの皿二枚をテーブルに置くと、ポールは妙になめらかな動きでむさぼった。

これまでの出来事がトマトソースの中に融けてゆく。ポールはにこりともしない。それでも、母親が殺されてからはじめて、ばらばらだった少年の体と心がここでひとつになったようだ。シェルドンにはそう思えた。

「腹が膨れたか。よし。それじゃ服を脱いでベッドに潜り込もう」

ポールが体を洗い、バスルームにある歯ブラシで歯を磨き終わると、二人で小さいほうのベッドルームに行き、服探しをはじめた。長めの白いTシャツはパジャマ代わりになりそうだ。ベッドは整えられていて、上に掛かっている分厚いウールの毛布がシェルドンに子ども時代を思い出させた。マサチューセッツ州西部に住んでいたころ、虫喰い痕も懐かしい、こういうウールの毛布を使っていた。その昔は、この毛布一枚手に入れるのに、ビーバーの毛皮が何枚も必要だったんだから、と母は言っていたが、彼にはぴんとこなかった。それがぼったくりと言えるのかどうか。

考えてみれば、息子の子ども時代ばかりを思い出していたから、自分の子ども時代はすっかり忘れていた。彼の歳になると、昔を思い出すと郷愁を駆り立てられ、なんともせつなくなっていてもたってもいられなくなる。だからなるべく思い出さないようにしている。メイベルは晩年になって、音楽を聴くのをやめてしまった。十代のころに聴いた曲は、当時の人たちや感情を甦らせる。それは二度と会えない人たちであり、もう抱くことのできない感情だ。それが彼女には辛すぎた。うまくやり過ごせる人も中にはいる。もう歩くことができなくなっても、目を閉じて、夏に野原をハイキングしたことや、素足に触れる冷たい草の感触や、みんなのほほえみを思い出すことのできる人たちだ。過去を抱き締める勇気がある人たち、それをいまの生活の糧にできる人たち。だが、メイベルはそうではなかった。メイベルには勇気がなかった。あるいは、彼女の心が複雑で広すぎるため、記憶の中から甦る愛も大きすぎて、それに押し潰されるのが怖かったのかもしれない。なくした愛に自らを晒す勇気がある人間、それを恐れない人間――死にゆく子どもに最後の日まで喜びを与えられる人間、逃げずに向き合える人間――は聖人だ。殉教者ではない。断じてちがう。

少年を寝かせる支度をしながら、シェルドンは分厚い毛布に顔を埋め、手に余らないだけの過去を取り込んだ。すると涙が込み上げてきたので、思い出すことをそこで打ち切った。気を持ち直し、バスルームに行って顔を洗う。鏡に映る男の顔にはまったく見覚えがなかった。そのことに彼は感謝した。

一方オスロの警察署では、シーグリッドがネクタイを心持ちゆるめた。滞っている血の巡りをよくするためで、プレッシャーにやられているわけではない。彼女のチームはよく頑張っていた。時間も遅い。みんな疲れている。この十二時間で彼女が出した指示は、この十二週間で出した指示を上回る。仕事に押し潰されているわけではないが、休息は必要だ。

仲間意識を示すためもあるが、便利だからという理由で、彼女は自分のオフィスではなく大部屋で仕事をしていた。オフィスには自分用の端末以外に専用の機器はないし、リーナのデスクの端末を使えば充分に用はたせる。そのリーナはいま、元コソボ解放軍の男の仲間に話を聞くため難民受入センターに出掛けていた。出入国管理事務所は――それが最善の策と考えて――彼らに入国を許し、「自立を助けるために」税金から支払われる給付金を与えていた。

受入センターの責任者の名前を訊こうと出入国管理事務所に電話を入れたのに、担当者とのやりとりは不愉快なものに終始し、しかも当初の目的も果たせず終わった。

「彼らは身ひとつでやって来てるんですよ」電話の相手は理想論を振りかざすばかりだ。「なんらかの援助をしてやらなければ、この国にうまく溶け込めるはずがないじゃありませんか」

「彼らを郊外のセンターに隔離しているから徒党を組むんですよ」シーグリッドは言った。「それが彼らを援助することになりますか？　ノルウェーを強くすることになりますか？」

「一時的な措置です」相手は言う。「コソボ人はひどい戦争を経験しました。セルビア人にひどい目に遭わされ、それがトラウマになっている。彼らに必要な社会心理的カウンセリングを提供するいちばんよい方法が、集団でやることなんです。ニュースで見たことがあるでしょう。強制収容所のようなものです」

シーグリッドはため息をついた。この連中が避けてきたことのしわ寄せが、こっちに来ている。この国の人間は、国内問題だろうが国際問題だろうが、取り組み方はおなじだ。協力的かつ楽観的で善意に満ちた取り組み。それこそノルウェー人らしいやり方だから安心できる。そうやってノルウェー人ができあがってきたのかもしれない。

彼女がうんざりするのは、ノルウェー人が無理にいい人でいようとすることではない。そのこと自体はすばらしいと思う。彼女がうんざりするのは、どんな問題でもおなじやり方で解決しようとするところだ。それでうまくいくわけがない。問題をきちんと分析しなければ、解決策など見つかるわけがない。そうでなければ、現実離れした理想論にすぎなくなる。もっとも、警察はそれでは回らない。

彼女の父親は——それに、父の世代の人はおそらくみんな——自らの善意にこの手の自己満足的な信頼を置いてはいない。彼らの中には、いまの世相とは相いれないものがある。それは彼女もおなじだった。

それにシーグリッドは、なんでも自分の胸ひとつにしまっておけない質だ。

「ヨーロッパに出回っているヘロインの大部分が、バルカン半島経由だってご存じでした？」彼女は電話の相手に尋ねた。「しかもほとんどがコソボ経由なんですよ。あなたがやっているのは、彼らがこの国に溶け込むのを助けることじゃない。麻薬密売のあらたなルートを作り出してるんです」

「そいつは心外だ」

「事実ですから」シーグリッドは言った。これ以上話しても埒があかないので、こう言い添えて電話を切った。「お手間をとらせて申し訳ありませんでした」

太陽がようやく地平線に沈み、彼女はオフィスに戻ってデスクランプのスイッチを入れた。するとポッと音がしてランプが切れた。

エンヴェル・バルドシュ・ベリシャ、またの名をミフタール・ビシャイ。薄れゆく光の中で、シーグリッドは彼のファイルを取り上げ、椅子の背にもたれた。この男、この殺人者はここにいる。オスロに。彼のファイルはあるが、告発されてはいない。逮捕状も出ておらず、セルビアから犯罪者引き渡し要請も来ていない。ノルウェー政府の入国許可をえて、税金から支給された金で路面電車に乗り、煙草を買っている。ファイルに事実がこれほど明確に記載されていなければ、彼女もこれほど頭にこなかっただろう。出入国管理事務所は、彼がコソボ解放軍のメンバーだったことを知っている。暗殺隊のメンバーだったことを知っている。セルビア政府から追われていることも知っている。どういうわけか、そういった情報が彼の亡命に有利に働いた。つまるところ、自分には生命が危険に晒されていた正当な理由があると訴えたのでは？　あたらしいＤＮＡ鑑定のおかげで、この国に彼の息子がいることが証明され、ノルウェー政府の力を借りて子どもを取り戻そうとしたのだろう。

セルビア政府はなぜ彼を捕らえようとしないのだろう。あくまでも想像の域を出ないが、おそらく捕らえようとしたのだろう。こっそり殺そうとしていたのかもしれない。セルビアでは二〇〇二年に死刑が廃止されたからだ。あるいは、彼がいなくなってせいせいしているのかもしれない。彼の家族がどんな目に遭ったかわかっているから、へたに彼を処刑して自分たちの罪が暴かれるのを恐れたのかもしれない。

多くのことが見過ごされてきた。法の下での平等というベールは、国際舞台で政治的現実主義をとる者たちによって破られてきた。犯罪とその犠牲者から遠く離れれば離れるほど、ご都合主義が幅をきかせて正義はないがしろにされる。そんなわけだから、どんな理由があったにせよ、彼はこの地にいて、われわれとおなじようにグラスマガシネットでカップの受皿を買い、アントン・スポーツで冬物の靴下を買っている。

家族。なんと曖昧な言葉だろう。シーグリッドは女のファイルを手に取る。生い立ち、生年月日、受けた教育、入国した日付――彼女のためのあたらしいファイルにすべて綴じてある。殺された日付、場所、死因。むろんまだ捜査中の事案だ。情報がつぎつぎに書き込まれてゆく。

所持品のリストもあった。ありふれた物ばかりだ。パルサーの腕時計。オスロのアーツ・アンド・クラフツで売っている安物の装飾品。衣類。小さな鍵――おそらく日記かメールボックスの鍵だろう。ブルーサファイアが一粒嵌まったホワイトゴールドのかわいらしい指輪。贈物か思い出の品だろう。イヤリングはなし。現金もなし。

大部屋のざわめきの中でシーグリッドの耳に聞こえるのは、エンヴェルが女の首にコードを巻き付けて締めたときの静寂だけだった。

「少年のファイルはどこ？」彼女は声を張り上げた。

まだ届いてません、と警官の一人が叫び返す。シーグリッドは頭を振る。なんでこんなに手間がかかるのだろう。

「ホロヴィッツに関する情報は？」

「海兵隊時代の記録はアーカイブに入ってるけど、デジタル化されてないって。あまりにも古い記録だから、海兵隊員が懐中電灯片手に保管庫を探索しているそうですよ」

「どういう人間を相手にしてるのか知りたいだけなの、わかる？」

スナイパーだろうが事務官だろうが、シェルドン・ホロヴィッツが海兵隊にいたことはたしかだ。これは元海兵隊員を巻き込んだ殺人事件だから、外務省を通じて情報提供を求めればいい、とシーグリッドは考えた。ノルウェーとアメリカ合衆国はおなじNATOの同盟国だから、試しに当たってみた。驚いたことに、彼らはただちに調査をはじめてくれた。

オスロのヘンリック・イプセン・ゲートにある要塞みたいなアメリカ大使館の職員は、よほど退屈していたとみえる。そう、ノルウェーはたしかにNATOの一員だし、ここには魚と石油と天然ガスが大量にある。それにしても……まったく。ほかに仕事はないんだろうか。

「ええ。わかってますよ。情報のありかは突き止めたんだから」部下の一人が言う。「まだこっちに届いていないだけで」

「ターミナルから連絡は？」

「ありません」べつの一人が答えた。「路線バスも列車もタクシーも、空港も、観光案内所も調べましたが、利用した形跡はなし。パトカーからも連絡なし。自転車で見回りしている警官からも。現場アパートの見張りの警官からもなにも言ってきてません。病院からも通報はなし」

「孫娘のほうは？」

「グレムリアのサマーハウスにいます」またべつの一人が声をあげる。「彼らは携帯を持って行ってて、こっちの指示どおりに電話してきました」

「老人の行き先もそこかも」と、シーグリッド。

誰も返事をしない。

どうやって行くんだ、と心の中で思っているのだ。

だが、口には出さない。そのうち一人が言い出した。「それならそれで、電話してくるんじゃないですか。そうしてくれるよう頼んでおいたから」同意の声が何人かからあがった。

ほかの連中はもごもごご言うだけだ。

「地元警察に連絡して、あすの朝、誰かを見に行かせるよう頼んで。面倒なことになっていると、孫夫婦に知らせておく必要がある。レンタカー会社のほうは？」

「ファックスが届きました。収穫なし」

手掛かりがなにもなくてもそれはそれで仕方がないと、シーグリッドは思うようにしていた。何事も期待しすぎてはならない。だが、オスロはそれほど大きな都市ではないのだから、老人と若い男と少年を捜索すればなにか出てくるはずだ。

出入国管理事務所の担当者とのやりとりで、神経を逆撫でされたことはたしかだった。いまはそんな暇がないのについ考えてしまう。関係当局は外国人の心配をする前に、ノルウェー人――市民であり、選挙民であり、民主主義のために闘っている人びと――の安全と幸福を守るのが筋ではないのか。外国人を犠牲にしてまで、自国民の安全な生活を守れと言っているのではない。ただ、外国人を優先するなと言いたいのだ。

よきノルウェー人であろうとするのはいいが、データを隠すのはいただけない。確実なデータを。ナチに占領されてから六十年しか経っていないのに、どうしてこうまで楽観的になれるのだろう？

あるいはこれは世代の問題かもしれない。だから年配の人びとは、より保守的な政党に票を入れるのだろう。

そしてみんな、ワイン・モノポリー（ビール以外の酒を売る専売公社）に日参するのだ。

シーグリッドは政治にとくに関心があるほうではない——政治家に腹をたてたとき以外は——が、行動の仕方にはふたつあると思っている。信念を基にするか、証拠を基にするか、だ。信念を基にするなら、自由主義者も保守主義者もおなじ陣営にいることになる。頭ではなく心で治めるからだ。物事を決める基準は、その考えが人をあたたかな気持ちにするかどうかだ。その対極にいるのが、物事のあるがままの姿を理解したうえで、そこからよりよいものを作っていこうとする人びとだ。政治家に比べて、医者やエンジニアが激しく言い争わないのは、偶然ではないとシーグリッドは思っている。

エンヴェル・バルドシュ・ベリシャ。コソボ解放軍の戦闘員。セルビアにいれば生命が危険に晒されるし、この国には息子が住んでいるという正当な理由で、出入国管理事務所から入国を許可された男だ。

コソボ解放軍は、セルビアの民族浄化政策に対抗する武力闘争によって、当初は西側諸国やＮＡＴＯの支援を受けたが、麻薬密売や処刑、大量殺人などの残虐行為があかるみに出て、西側の支持を得られなくなった。ヨーロッパの国々は困惑し、どっちがいいか悪いかの判断をやめて、そっぽを向いてしまった。

シーグリッドはファイルを置き、瞼を揉み、怒鳴った。「あたしのデスクランプが切れた」するとなぜだか部下たちが笑った。「あたらしいランプを持ってきて」部下たちはいっそう笑った。

軍人には階級がついてまわる。まわりはその人を階級で判断する。部隊が解体すれば、兵士は反乱の最中にもっとも大事だったものを失う。尊敬だ。

エンヴェルのような男――戦争の名のもとに人殺しを認められていた上級兵士で、家族も金も故郷もない男――が、自分の階級と名声に背を向け、突然戦場から逃げ出し、平穏な家庭人になるためにスカンジナビアに来たりするだろうか？　そういう男を虜にしたのは、どんな女だったのだろう？

シーグリッドの思いは署を離れ、実家のキッチン・テーブルへと飛んで行った。親子の会話の中で父が役に立つことを言った。彼女はそれを人に説明しようとするのだが、うまくできたためしがなかった。

「すべては細工物にすぎない」父は珍しく大まじめに言った。

「つまり意味がないって言いたいの？」

「いや。おれが言いたいのはそういうことじゃない」父はそこで長い間(ま)をとった。気取り屋ではないから、芝居がかったことをしているわけではない。なんにでも正確を期する人なのだ。ときには考えをまとめるのに時間がかかることもある、と彼は言う。待たされることに苛立って席を立つとしたら、その人はその先に語られることに興味がないのだ。

「おれが言いたいのは」父はつづけた。「建物もデスクも偉大な建造物もすべて、人のアイディアの産物だ。つまり、問題なのは建物ではない。アイディアのほうだ。建物は目立つし高価だ。アイディアは捉えどころがない。だから人は建物のほうに魅了されやすい。立派な建物の階段に立つと、中に入るまえに畏怖の念を抱く。なぜだ？　そこにアイディアの出る幕はない。おれが歴史を読むのは、立派な建物のことを知りたいからではない。帝国のアイディアを知りたいんだ。帝国をたばねた者たちが抱いた疑問はおなじだが、出された答はそれぞれだ。比較をするということは、ちがいを見つけるということだ。

興味深いのはここだ。世界がひとつにまとまるためには、アイディアを共有しなければならない。おれが知りたいのはその共有されたアイディアだ。誰が関わっているか？　彼らはなにを考えているか？　そのアイディアはどうすれば実現できるか？　彼らにとって、なにが明白で、なにが想像を超えているのか？　なにが許され、なにが許されないのか？

アイディアが隠されていて、そこからはじめられない場合は、あることを成し遂げるために誰が誰に話をしているのかを見ることだ。そこにパターンが見つかる。成し遂げられたものにはかならずパターンがある。それはただの動機以上のものだ。そこには……会話をまとめるロジックが存在する」

シーグリッドはうなずき、父の言ったことをじっくり考えてみた。

しばらくして、彼女は言った。「お父さんは農場に住んで家畜とばかり話をしている。あたしはこの話をどう受け取ればいいの？」

「ああ」父が言った。「そうだな。どの家畜と話をするかによるな。それに、なにを話すかによる」

十一

シェルドンは殺された女の夢を見なかった。それに息子の夢も見なかった。ついぞなかったことだ。夢に出て来たのは幼い少年で、こちらに背を向けて彩色された積み木で遊んでいた。積み木を出鱈目にどんどん積んでいくので、いつ崩れるかわからない。

シェルドンがこの家にいても捕まる心配はないから、ぐっすり眠れた。というのもちょうどミレニアムのころ、七十三歳になったころから、常識を覆すようなことが起きはじめた。なにをしても咎められない。認知症の人のしたことだ、ですまされるようになったのだ。

ここはおれの家じゃないって？　冗談ぬかすな！

だから心配する必要がどこにある？

それより現実問題に意識を向けたほうがいい。公共交通機関もタクシーも使わず、ヒッチハイクもしないで、どうやったらグレムリアに辿り着けるか。

ポールはなかなか起きなかった。だが、ゆうべは九時には眠っていたし、八時間も眠れば誰だって寝足りるだろう。

「おはよう」ベッドに身を乗り出し、ポールに声をかけた。

目を覚ましたポールは、子どもなら誰でもそうだが、自分がどこにいるのかわからず、光に目を慣らそうとぱちくりさせた。ようやくシェルドンの顔の上で目の焦点が合うと、無言のままシェルドンの首に腕を回してぎゅっと抱き締めた。

愛情のこもったハグではない。溺れる者が浮き荷にしがみつくのとおなじだ。

「おいで」シェルドンはポールに言う。「もう一度使い古しの歯ブラシの厄介になったら朝食だ。ちょっとこのあたりをぶらついて、それから考える。おれたちが丸太小屋に行くとは誰も思わない。そいつはありがたいことだが、さて、どうやってそこまで行けばいいか。あのちっぽけなボートでも、スウェーデンまでだって行こうと思えば行ける。ただ、おれは行きたくない。年寄りには船旅は一日で充分だ。なにしろトイレがちかいからな。おまえにはわかるまい。おまえの小便は競走馬並みだ。まだ若いから、すぐに落っこちてこようとする便座を、どうやって押さえつづければいいか考えたこともなかろう。コツがあるんだ。試行錯誤を繰り返さなくていいように教えといてやろう。要は便器の横に立つんだ。そして腿で便座を押さえる。ああ、なに考えてるかわかるぞ。おまえみたいな賢い子は、そんなことぐらい自分で考えつくって言いたいんだろ。時間はたっぷりあるものな。おそらくそうだろう。だが、その前にどれだけばつの悪い思いをすると思う？　イギリスに行ってみるといい。バスルームに絨毯が敷き詰められてるんだぞ。最高に垢ぬけてると本人たちは思ってるんだ。そういう家で新年を祝ってみろ。二度と裸足で歩くまいと思うから。いったいなんの話をしていたっけ？」

シェルドンはキッチンの戸棚に急襲をかけ、朝食を用意した。メニューはインスタントコーヒーと熱い紅茶と、チョコレートチップ・クッキーと冷凍のフライドフィッシュと、〈ヴァーサ〉のクリスプブレッドと、ヘラジカのジャーキーだ。

シェルドンは食事の最中に、歯に挟まったピスタチオのかけらをナイフの先でせせった。

「クロゼットを引っ掻き回して、おまえの着る物を探すとしよう」

男がやることだからいいかげんなものだが、それでもキッチンをざっと片付け、ポールを連れて主寝室に行き、クロゼットの捜索を開始した。

扉に鏡が付いたシーダー材の簡素な衣装箪笥の中には、オールシーズンの男物と女物の服がしまってあった。オスロのフィヨルド沿いに、たまに訪れるだけの家を構えることのできる人間用のベーシックな服ばかりだ。予備の服に大枚をはたくことをなんとも思わない連中だ。

「ロビン・フッドを気取るつもりはないし、取り繕うつもりもない。おれたちは盗みを働いてるんだ。ボートは一時的に拝借しただけだが、服はいただいておく。この家の主は、ツイードのジャケットが一枚なくなったって充分にやっていけるだろう。それに公正を期して、上等なオレンジのジャケットを置いていく。誰もが欲しがるやつだ」

ズボンは穿いたままで、下着と靴下だけ替えた。それに糊のきいた白いワイシャツも失敬した。家主に見捨てられたまま十年は経っているだろうという代物だ。シェルドンには大きすぎたので、裾をズボンにたくし込んでベルトをきつく締めた。

女物の服がしまってある方の一番上の抽斗に、思いがけずブロンドのかつらが入っていた。セックスがらみか、かなわぬ夢のごっこ遊びに使ったのか。だが、ツイードのジャケットも古いワイシャツも、そんな連想とはまるで結び付かない。

「癌だな」彼はひとりごちた。「どうりで誰もここを訪れないわけだ。そう考えると、ヘラジカのジャーキーがひどく硬かったのも納得がいく」

ポールがかつらに手を伸ばす。シェルドンはかつらから少年へと視線を移し、かつらを渡してやる。ポールはブロンドの髪を触り、カールを摘んでみる。かつらをひっくり返し、内側の白いメッシュをしげしげと見る。シェルドンはその手からかつらを取り戻し、頭に載せてやった。

ポールが目を輝かせる。いたずらっ子の顔だ。あるいは、そう信じたがっている老人の想像にすぎないのかもしれない。

「それじゃ、鏡に映してみるか」

シェルドンはかつらをポールの頭にちゃんとかぶせ、衣装箪笥の扉を閉めて鏡を指差した。

ポールが振り返る。

「ハックルベリー・フィンもジャクソン島を出る前に、女装して様子を窺いに行ったんだ。面倒なことになると、少年が女の子の格好をするのは文学ではよくある話だから、気にすることはない。そうだ、いいこと考えた。その白いロングシャツ、使えるぞ」

女物の衣類の中から細い茶色の革ベルトを見つけ出し、ポールの腰に巻いた。

りだな」シェルドンは茶色の帽子を取り出し、かつらの上からかぶせた。

「いいぞ、いいぞ。これで格好がついてきた。よし、帽子を返してくれ。細工をするから。必要なのはハンガーとアルミホイルだ。キッチンへ戻ろう！」

摂取したカフェインと砂糖で元気もりもりのシェルドンはキッチンに取って返し、戸棚を開けたり閉めたりした。あたかも神のくだされもののように、冷蔵庫の上の戸棚からアルミホイルが転がり落ちた。シェルドンは鼻歌交じりにペーパータオルのロールを摑み、すごい勢いで巻き取りはじめた。ペーパータオルがくるくる回る、回る。「手伝ってくれ」ポールにひと抱えのペーパータオルを渡す。

それを合図に、ポールはシェルドンの背後に来てペーパータオルを引っ張った。巨大なフリゲート艦の帆を張るほどの勢いだ。外来患者のような格好の二人は、協力してペーパータオルを残らず巻き取った。シェルドンはようやく満足した。

「さて、これからが腕の見せ所」

シェルドンはペーパータオルの芯と、ワイヤー・ハンガー、それに毛糸の帽子を材料に作業をはじめた。キッチンのテーブルが実験室に早変わりだ。シェルドンはステーキナイフで芯を真っ二つに切り、神経痛で痛む関節に鞭打ってハンガーをまっすぐに伸ばし、それを今度は大きな〝W〟の字に折り曲げた。ポールにウィンクし、ハンガーの片方の端を毛糸の帽子の編み目に潜らせた。もうひとつの端もおなじように潜らせる。ハンガーの真ん中にくるように帽子を整えると、子羊の角のできあがりだ。角のそれぞれにペーパータオルの芯をかぶせ、それにアルミホイルを丁寧に巻き付ける。

その昔、バイキングが海でかぶっていた兜もかくやと思われる出来栄えだ。

シェルドンは誇らしげに創造物をポールの頭にかぶせ、ひと目見せてやろうと鏡の前に連れて行く。妊婦にオートバイを売りつけようとする人のように特大の笑みを浮かべ、ポールを鏡の前に立たせた。

「ポール・ザ・バイキング！　老いぼれとノルウェーの荒野を逃げ回っているのではない、完璧に扮装したアルバニアの少年、ポール。どう思う？

おっと！　ちょっと待て！　あとひとつ。バイキング――ノルウェー語の発音だと〝ヴィーキング〟――には戦斧（せんぷ）が必要だ。そういった破壊的な武器がな。共和党の綱領が手元にあれば見せてやれるんだが、それがないから代わりに、と……そうだ、木のスプーン」

もう一度キッチンに戻ると、すてきに古びた木のスプーンが見つかったので、ポールの腰の革ベルトに差してやる。

一歩さがって仕上がりを見る。

「最後の仕上げだ」シェルドンはさきほどの捜索のときキッチンの抽斗で見た黒いマーカーを取り出し、ポールのバイキングの胸に古代のシンボルを描いた。

自分が誇らしい。

あらたに芽生えた目的意識に導かれるように、ポールは自分から鏡の前に行ってポーズをとった。もうパディントンにも密航者にも見えない。

シェルドンは保護者の務めを果たすべく、水のボトルとクラッカー、それにヘラジカのジャーキーの残りを肩掛けカバンに詰め込んだ。

裏口から庭に出て桟橋に向かい、オスロで拝借したボートがどうなったかチェックすることにした。まだ八時だというのに太陽は高く昇っている。朝の空気はひんやりしているが、きょうも一日晴れがつづきそうだ。テレビをつけて天気予報にチャンネルを合わせるのは造作もないことだが、殺人事件のことがニュースで流れないともかぎらない。ポールに母親の顔を見せたくなかった。現実世界から目を背け、気持ちをほかに向けていられる一瞬一瞬が祝福だから失いたくない。

腰に両手を当てて桟橋まで歩き、前夜にボートをつないだあたりに目を凝らす。そこはやわらかな光に溢れ、どこからも見られる心配のない場所、恋人とピクニックするのにうってつけの場所だった。草の上に毛布を広げ、水切り遊びをする。そういう光景が脳裡に浮かんだのは、視界を遮るボートがなかったからだ。

はあ?

どこかのティーンエージャーが持って行った可能性はある。あるいは潮に乗って流れて行ってしまったか。原因はどうであれ結果はおなじだ。これで選択肢がぐんと狭まった。

「それならそれで仕方ない」シェルドンは静かに言い、水辺にきっぱりと背を向けた。

桟橋から戻る途中、前夜には気付かなかったものが目に入った。老スナイパーの観察眼からこぼれ落ちていたものを、いま捉えた。水辺から家の横のガレージまでつづく、二本の大きなタイヤ跡だ。

シェルドンはなんのあてもなくタイヤ跡を辿った。ガレージはアメリカの小さな納屋に似た造りだ。ただ、アメリカの納屋なら赤に塗るものだが、それは癌を患う夫婦が所有する愛らしい家とおなじ鮮やかな青に塗ってあった。

ガレージのドアは白で、目の高さに窓がある。シェルドンはガラスに鼻をくっつけて中を覗き込んだ。反対側にもおなじような窓付きのドアが見えるが、中は暗かった。その暗い空間をなにか長くて大きなものが塞いでいる。

シェルドンはドアの取っ手を動かしてみて驚いた。鍵がかかっている。

練兵係軍曹のレッスン二がここで役に立つ。

「ハンマーを使えないときは、鍵をみつけろ」

どんなにわかりきっていることでも、合衆国海兵隊の公式レッスンをいちおう当てはめてみるにこしたことはない。

キッチンの黒いマーカーがしまってあった抽斗の中に、それぞれにラベルがついた鍵の束がはいっていた。ラベルの文字はノルウェー語だが、ガレージの通りに面した側のドアの南京錠に合う鍵があるかもしれない。ものは試しだ。

たいして期待をしていなかったのに、南京錠を開けることができた。南京錠を開けたままでドアに掛け、両開きドアを思い切り開けた。芝居がかった仕草になったのは、たんに気分がよかったからだ。

ガレージの中身を見て、腹の底から笑いが込み上げてきた。こんなふうに笑ったのは、リアに流産を告げられて以来はじめてだ。

ドアは開けたままにして、リビング・ルームに取って返すと、年代物の三人掛けソファーの下からバイキングの下半身がにょっきり出ているのが目に入った。その尻に向かって声をかける。

「ソファーの下でなにやってるんだ？」

シェルドンの声が聞こえると、ポールはソファーの下から這い出してきて、大きな埃と毛の塊を頭上に掲げた。

シェルドンは曲線が美しいデンマーク製の椅子を引き摺って来て、それに腰をおろした。まず少年に、それから、彼がトロフィーのように頭上に掲げる埃だらけのウサギに目をやる。

「こりゃまた。なんとも見事な毛玉だこと」

ポールは考え込んだ。

「こいつは幸先がいい。ハックとジムが旅立つ前に、ジムが毛玉占いをやったんだ。彼の毛玉はコインを下に入れると占いをしてくれる。だが、あいにくおれは小銭の持ち合わせがない。それに、この毛玉がしゃべるのはノルウェー語だろう。そろそろ出掛けようと思うんだが、どうかな」

シェルドンは寝室から枕カバーを取ってきて、埃だらけのウサギを真ん中に置き、カバーの四隅をまとめて縛った。廊下のクロゼットにあった箒の柄を抜き取り、それをカバーの結び目に通し、ポールの肩に掛けてやった。

「さあ、これでおまえはノルウェー人でアルバニア人の、埃まみれのウサギを持った放浪のバイキングだ。けさ起きたときには、こんなふうになるなんて思ってもみなかっただろう」

　ウェリントン・ブーツを履き、使った食器を洗って片付け、ベッドのシーツを剝がして床に積み重ね、念のためトイレを流すと、シェルドンは指を数回鳴らして出立の時を告げた。カバンを肩に掛けておさまりのいいように紐の位置を直し、ポールと一緒に朝の日射しの中に出た。すばらしい発見物を見せてやるためだ。

「さあ、さあ、こっちだ。そこに立ってろよ。動くんじゃないぞ。いいな？」

　シェルドンの話す言葉を、ポールはまったく理解しないが、それでも頭に角をつけた格好で気をつけをし、シェルドンがガレージに消えるのを見守った。

　長い沈黙がつづく。ポールはフィヨルドのほうを見る。冷たくて塩辛い海の上を美しい帆船が滑るように進む。朝の空にカモメが舞い踊る。それに……

　轟音に少年はぎょっとし、ガレージから数歩離れた。

　開いたドアから煙が渦巻いて流れ出てきた。窓は波打ち、小鳥は飛び去る。暗闇から現れたのは、巨大な黄色いトラクターに乗ったシェルドン・ホロヴィッツだった。トラクターが牽いているのは、二輪のボートトレーラーに載った大きなゴム製の筏だった。船尾でノルウェーの国旗がはためいている。

「リバーラッツ！」彼は叫び、地図を高々と掲げた。「いざ旅行かん！」

彼らを取り巻く世界は生き生きとして、いまが盛りだ。曲がりくねって延びる道、手を伸ばしたすぐ先にある手つかずの自然。ブナと松のあいだに、ひときわ高く聳える樺とトウヒ。長い夏を喜ぶ小鳥たちの満ち足りたさえずりが木々の葉を揺らし、やさしくそよぐ梢を渡ってゆく。

ゴム製ボートに乗るポールは、通りすがりの車に向かってスプーンを振り、ゴム靴を履いた脚をパタパタいわせる。まるでふつうの子どもみたいに。

シェルドンはトラクターのギアを何度も入れまちがった末、ようやく――ある程度まで――制御できるようになった。時速二十キロで安定走行ができるようになると、この旅もまんざら悪くないと思えてきた。

地図を正しく読み取っていると仮定して、ハスヴィク通りからI53、別名オスロ通りに曲がればいい。最初の目印はリクスヴェグ23だが、ちゃんと標識が出ていることを願うばかりだ。このままのペースで行けば、そこまで三十分ほどだ。旅に出たおかげで、見知らぬこの土地に少しは馴染めそうだ。

ところが、それほど見知らぬ感じはしなかった。まるでマサチューセッツ州西部のバークシアヒルズにいるみたいだ。黒や青や緑に塗られた鎧戸のあるソルトボックス・ハウス（前面が二階建て、後ろが一階建て、屋根は後ろが前より長くて低い家）を見守るように聳える、白い尖塔の教会があり、小学生は漫画の主人公が描かれたブリキのランチボックスをカタカタいわせ、メイン・ストリートでは、短いオレンジの肢に好奇心丸出しの顔をしたアヒルの親子が道を渡り切るまで、警官が車を停めている。

最後にバークシアヒルズに行ったのは一九六二年、ソールが十歳の年だった。家族で楽しむのにぴったりな紅葉狩りの季節だった。ニューイングランドの見事な錦秋を愛で、きたるべきハロウィーンに思いを馳せる。

一家が泊まったのは、シェルドンが生まれた町のちかくの朝食付き宿泊所だった。ソールは馬鹿みたいに早起きすると、朝食を腹いっぱい詰め込もうと絨毯敷きの階段を駆けおりて行った。彼とメイベルはやれやれと顔を見合わせ、こんな会話を交わした。

「これが女の子だったら、もっと楽ができたのかな」シェルドンは言った。

「あなたはね。わたしは母に厳しかったわよ」

「母と娘だもんな」

「そういうこと」

「だが、もっと遅くまで眠っていられた」

「そうね」

「おれが先におりて行こうか。あの子の相手をしてやらないと」シェルドンは言う。「きみはもう少し寝ていればいい」

そんなわけで、メイベルはそれから一時間余計に眠り、彼は、ソールが体の二倍ほどの量のクランベリーマフィンとブルーベリーパンケーキとホットチョコレートと、卵にベーコンにメープルシロップにバターをとり込むのを眺めていた。

十月半ばだった。シェルドンは〈ボストン・グローブ〉紙で、キューバ危機の記事を読んだ。キューバにミサイルを持ち込もうとするソ連に対し、ケネディは海上封鎖で応戦した。一触即発、すわ核戦争かの状況だ。ハロウィーンどころの騒ぎではない。

「もし敵が核爆弾を落としたら、おまえはどうすべきかわかってるな？」彼はソールに尋ねた。

「ラフ・アンド・ラバー」

「口にものを入れたまましゃべるな」

ソールは呑み込んでから言った。「机の下に潜り込んで体を丸くする（ダック・アンド・カバー）」

「そうだ」

シェルドンは父親の務めを果たすと、コーヒーのお代わりを注ぎ、きょうは天気がよさそうだから、果樹園にリンゴ狩りに行こうと決めた。それからひとりで地元のゴルフ場に行って、ハーフコースを回ろう。メイベルに子守りを任せ、息抜きだ。故郷の空気を胸いっぱいに吸い込み、ニューヨークの排気ガスを吐き出した。

リンゴ狩りは楽しかった。十セントで大きな籠を借りて、果樹園に繰り出す。

メイベルは赤いスカートに白いブラウスだった。彼女のウエストのなんと細かったことか。それに美しい曲線を描く体。足元が悪いのでよろよろ歩いていた。彼は後ろからついて歩き、ヒールが落ち葉を突き刺すのを見て笑った。落ち葉は領収書の束のようにヒールで綴じられ、なかなか取れなかった。

楽しい一日はあとから台無しになった。

午後になって、頭痛がするとメイベルが言い出したので、シェルドンはソールを連れてゴルフ場に出掛け、パターの持ち方を教えることにした。十歳の男の子なら喜んで親父のキャディを務めるだろう。

細長い平屋の白いコロニアル様式のカントリーハウスのある、古いクラブだ。クラブの裏手に広がるコースが、エメラルド色の水溜まりのようだった。空は抜けるように青く、カントリーハウスではパーティーが催され、テラスで弦楽四重奏が奏でられていた。気持ちのよい場所だ。

シェルドンとソールはロビーに足を踏み入れ、支配人らしき男にほほえみかけた。男もほほえみ返す。

「こんにちは。息子と一緒にハーフを回ろうと思って。アウトの九ホールだけ。息子がキャディをやる。ほかの人に迷惑はかけない」

「お名前をどうぞ」

「シェルドン・ホロヴィッツ、それに息子のソール」

「ミスター・ホロヴィッツ」

「そうだ。それで、誰と組めばいいかな。クラブはどこで借りられる？」

「申し訳ございませんが、当クラブは会員制でして」

シェルドンは顔をしかめた。「町でゴルフ場はここだけじゃないか。宿で聞いてきたんだ。誰でもプレイできると言われた」

「いいえ、まさか。どうやら誤解されているようで。当方は会員限定のクラブです」

「誤解のしようがないじゃないか。彼はここに住んでいて、旅行代理店をやってるんだ」

男は眉を吊り上げてお茶を濁すという昔からの手を使った。察してくださいよ、と言っているのだ。だが、シェルドンには通用しない。

「どうやらおれの言ったことが聞こえていないようだ。もう一度言おう。どうやったら誤解できるんだ？　彼はここに住んでいて、旅行代理店をやっている」

「さあ、手前どもにはわかりかねます」

「いいだろう。こっちに来る機会はこれからもある。会員権はいくらだね？」

「たいへんお高うございます。それに、選考基準がございまして。メンバー様の推薦が必要です」

シェルドンは、古代ギリシャ劇のコロスの流れを汲もうという身ぶり手ぶりで、身に降りかかった災難の証人はいないかとあたりを見回した。

「なんでそんなことを言うのかね？　メンバーが一人増える機会をみすみす棒に振る気か？」

身についた習慣はなかなか抜けるものではない。男はまたおなじ手を使おうとした。シェルドンはそれを見てこいつは少々頭が弱いと判断し、外国人や小さな動物を相手にするように、ゆっくりとしゃべった。

「おたくのクラブの会員権を売る気があるのかないのか、はっきり聞かせてもらおうじゃないか。おたくの輝くグリーンで白いボールを転がして、バーで酒を飲もうと思ってる人間がここに来てるんだから」

「ミスター・ホロヴィッツ」男は強調するように言った。「おわかりだとは思いますが、そんな大声を張り上げなくても充分に聞こえております。当方としては事を荒立てたくないのです」

シェルドンは目をすがめて男を見つめながら、頭の中で計算していた。心の支えが欲しかったのか、平常心を思い出したかったのか、ぽっちゃりした十歳の息子を見おろした。すると、前年のハヌカー祭のときにメイベルの妹が息子にくれた金色のダビデの星が目に留まった。

それから、男に顔を戻した。

「会員権をおれに売らないと言うのは、おれがユダヤ人だからなのか？」

男は左右を見て、声をひそめた。「お客さま、ここでそういう言葉を口にされては困ります」

「そういう言葉？」シェルドンはつい声を張り上げた。「おれは海兵隊員だ。この成り上がり者めが。おれは息子とハーフを回りたいんだ。そうできるようにしてくれ」

そうはいかなかった。シェルドンより体が大きくていかつい顔をした警備員がちかづいて来た。

その瞬間まで、シェルドンは心を決めかねており、ソールに顔を戻した。ここはおとなしく引くべきだ。世界は広く、変化は徐々に起きるものだと認めるべきだ。息子が怖がるようなことをしてはならない。心を掻き乱したり、傷つけたりしてはならない。逮捕でもされたら、メイベルが動揺する。ここは大人の智恵を働かせて、丸くおさめるべきだ。

だが、納得がいかなかった。息子の顔に浮かんでいたのが恥辱だったからだ。インテリではないシェルドンは、心を決めた。自分の感情に基づいて導き出したのは、恥ずべきことだけはしたくないという決心だった。自分がどういう人間で、息子にはどういう人間になって欲しいか、そこだけは曲げたくないと思った。その瞬間からベトナムでのソールの死につながる一本道は、シェルドンにとって絶対であり不変だった。

警備員がすぐそばまで来たとき、シェルドンはさっと前に飛び出し、パンチを繰り出すように右の肘を突き出して相手の顎を強打し、倒した。それから、おまけとばかり、支配人の鼻にジャブを見舞った。支配人はデスクの向こうに消えた。

シェルドンはソールの手を握り、ゴルフ場をあとにした。警備員に追いかけられることも、警察に捕まることもないと確信していた。反ユダヤ主義者にとって、ユダヤ人に殴り倒される以上の屈辱はないから、ぜったいに人に知られたくないはずだ。

騒ぎの現場から遠く離れてはじめて、シェルドンはソールを自分の方に向かせ、顔の前で指を振りながら言った。

「この国はそこに住む人間が作るんだ。わかるか？　それ以上でもそれ以下でもない。住む人間によって決まる。アメリカのたわごとの言い訳はできない。ナチや共産主義者は言い訳をした。父なる大地だの、母なる大地だのと言ってな。だが、アメリカはおまえの親じゃない。おまえの子どもだ。きょう、おれはアメリカを、ユダヤ人はゴルフをやるなと言う人間が鼻を折られる国にした」

ソールは目をまん丸にしていた。父親の言葉の重みをまったく理解していない顔だった。

だが、ソールにとって忘れられない瞬間だっただろう。

キューバ危機に関係なく、その日一日、台無しになってしまった。

十二

殺人事件が新聞に載って以来、シーグリッドのもとに電話がひっきりなしにかかってきた。いちいち受話器を取っていたのでは仕事に支障をきたすので、マイク付きのヘッドフォンをつけることにした。かかってくる電話の大半が、彼女の仕事に関係ないものだった。

ノルウェーでは、警察は検察と国家警察総局の両方の管轄下にある。つまり、シーグリッドのような人間は、同時に両方の頬っぺたを叩かれるわけだ。

実際に彼女の頬っぺたを叩くのは、警察署長だ。

「捜査のほうはどうなってる？」署長が尋ねる。

「順調です」シーグリッドは答える。

「応援は必要かね？」

「いいえ。事件が起きたのはきのうです。われわれだけで大丈夫です」

「政治がらみの事件だからな」

「はい、わかってます」

「容疑者はあがってるんだろう？　セルビア人だったたか？」

「コソボ人です。彼を疑っていますが、関与を示す直接証拠があがってません。それで、起訴できないんです。それに、まだ居所がわかってないので」

「イスラム教徒なんだろう？」

「おそらく。ですが、この事件に宗教は関係ないと思います。国籍は関係あるかもしれませんが。まだはっきりしません——動機を云々するのは時期尚早かと」

「ほかに容疑者は？」

シーグリッドは目を開け、あたりを見回し、また目を閉じた。こういう会話をつづけるなら、なにも見ないほうがいい。

「〝事件の関係者〟としてマークしている人物はいます」

「どういうことかね？」

「わたしが作ったあたらしいカテゴリーです」

「きみにそういうことができるのか？」

「たぶん」

「それで、何者だ？」

「名前はシェルドン・ホロヴィッツ」

「アルバニア人か？」

「ユダヤ人です」

電話の相手は間を置いた。

とても、長い、間を。

署長がつぶやく。「ユダヤ人？」

「ユダヤ人」シーグリッドはふつうの声で言う。

「イスラエルのスパイか？　モサド？」

「いいえ。イスラエル人ではありません。ユダヤ人。彼はアメリカ人です。元海兵隊員で、認知症を患っているかもしれません。あるいは悲しみを引き摺っているか、ほかのなにかかも。なんにしても八十を越えてますから」

「イスラエル政府はアメリカ人の年を食った元海兵隊員を雇っているのか？」

「この事件はイスラエルとなんの関係もありませんし、その質問の答はノーです」

「宗教は関係ないときみは言ったが、その舌の根も乾かぬうちに、彼の名前はユダヤ人の名前だと言う」

「はい、彼の名前はユダヤ人の名前です」

「ところがきみは、宗教は関係ない、だが、国籍は関係ある、と言った。だから、わたしはイスラエルと言ったんだ」

「彼はイスラエル人ではありません。アメリカ人です。アメリカの海兵隊員です」

「だが……ユダヤ人なんだろ？」

「それに……ユダヤ人です」

「どうしてユダヤ人はユダヤ系の名前を持ってるんだ？」

シーグリッドは切れたデスクランプに目をやった。

「それは引っ掛け問題ですか、署長？」

「いや、わたしが言いたいのは……ノルウェー人はルター派信徒の名前を持っていないということだ。われわれの名前はノルウェー人の名前だ。フランス人の名前もカトリック教徒の名前ではない。フランス人の名前だ。カトリック教徒にはカトリック名というのはない。イスラム教徒もイスラム名を持っていない。わたしの知るかぎりでは。もっとも、ムハンマドはイスラム名だがね。それなのに、ユダヤ人はなぜユダヤ名を名乗るんだ？」

「ムハンマドは名前です。姓ではなく」

「いいところを突いてきたな」

「わたしが思いますに」相手はすでに答がわかっているのに、なぜこんなことを言わなきゃならないのだろう、と彼女は思った。「つまりですね……ユダヤ人は、ノルウェー人やフランス人やカトリック教徒がこの世に誕生する千年以上も前から存在する民族だからじゃないかと。それぐらい古いものだから。その……バイキングと一緒で。もしバイキングがいまも存在していたら、いろいろな国に分かれて住んでいるとしても、バイキング名を名乗るんじゃないでしょうか」

「きみはユダヤ人のバイキングが存在すると思うかね？」

「ユダヤ人のバイキングが存在するとすれば、当然人の口にのぼってるんじゃないでしょうか」

「パレスチナ人は関係するのかね?」

「なににですか?」

「この殺人事件に」

シーグリッドは目を開けて天井を見上げ、この瞬間から救い出してくれる神の手を探した。見えるのは天井の割れ目と剝げたペンキだけだった。

「この犯罪にパレスチナ人は関わっていません。イスラエル人もです。アラブ人も。中東とはなんの関わりもありません。まったくなにも」

「だが、ユダヤ人はいる」

「たった一人だけ、独身で孤独で年老いて、おそらく頭が混乱してる、生粋のアメリカ人のユダヤ人がいるだけです。ご参考までに言っておきますが、彼はなにも悪いことをしていません」

「だが、きみは彼のことを心配している」

「みんなが心配してます」

「世界は広い」

「全体像は摑めています、署長」

「応援が必要なときは言ってくれたまえ」

「電話番号はちゃんと控えてあります」

「犯人を捕まえたまえ、シーグリッド」

「はい、署長」

ようやく——時間の感覚を失っていたので、どのくらいかかったかはっきり言えない——会話は終わりを告げた。

シーグリッドは瞼を揉みながらオフィスから大部屋に出て行く。朝の時間がこんなふうに過ぎるとは思っていなかった。ゆうべはろくなものを食べずベッドに入り、朝起きて冷蔵庫の上の戸棚を探ったら、カフェイン抜きのインスタントコーヒーしかなかった。三ブロック先のユナイテッド・ベイカリーまでコーヒーを買いに行く気力が出ない。列に並んで待つこと十分、二十七クローネを払って出てくるのは生ぬるいコーヒー——タートルネックを着たエリートのバリスタによれば、「そのくらいがコーヒーをいちばんおいしくする」——一杯だけだ。

どんなコーヒーがおいしいかは、客が決めることじゃないの。

でもきっと、こういう朝を迎えて当然なのだ。女が例のコソボ人に殺されたことは明々白々なのに、直接証拠がないせいで捜査員はみな苛立っている。玄関に靴跡が残っていたが、指紋は検出されなかった。女はコードで首を絞められていたので、体に指紋は残っていない。凶器は見つからず——ナイフは見つかったが——目撃者もいない。クロゼットに隠れていた人間が、なにか見ているはずだ。

シーグリッドは大部屋をさらに数歩進んだ。仲間の捜査員たちは彼女に気付きもしない。みな忙しそうで、いかにも捜査のプロという感じだ。

頼もしいかぎりだ。彼女自身はいまだに自分をプロだと思えない。

犯人の捜索はむろん行われているが、シーグリッドがいちばん気がかりなのは少年だ。それに老人。少年がクロゼットに隠れていたのなら、実の父親が母を殺したと知ったときの恐怖はどれほどのものだったろう。できることなら少年を保護し、ソーシャル・サービスに委ねたい。だが、ここに頭を悩ます問題がある。まずありえない話ではあるが、少年の父親を万が一殺人と結び付けるものがない場合、彼が少年の引き渡しを要求したら、誰にも止められないことだ。

そうならないようにするための証拠が必要だ。朝のこの時間に、血液中のカフェイン量が足りていないから、頭が回るわけがない。彼女の父親は、毎朝起きぬけにアクアビットを一杯ひっかけてから、納屋で乳搾りやらほかの作業をしていた。父はけっして飲兵衛ではないが、時代は変わった。オスロのインテリ連中は、寒くて暗い北国の朝に立ち向かうのに、そういう男っぽいやり方はけっしてしない。そのほうがいいにきまっている。早朝から酒を飲むなんて不健康だし時代遅れだ。自分の健康は自分で守らなければ。

やわな国になったと言えないこともないが。

「ちょっと、そこのきみ」彼女は新顔の若い警官に声をかけた。

「マッツです」彼女に声をかけられて驚いたようだ。

「マッツ、コーヒーを買ってきてちょうだい」

正直に言えば、アクアビットを一杯やるのも悪くないんじゃない？

「それじゃ、みんな、ちょっと聞いて欲しいの。椅子を持って集まってちょうだい」

一分もすると、大部屋の志気は高まり、椅子が円形にずらっと並んだ。シーグリッドは、カフェイン不足のまま椅子に座り、部下たちに向かって話をはじめた。

「骨身を惜しまず働いてくれて感謝してるわ。ゆうべは遅くまでご苦労さま。少年の居所を知る手掛かりはまだない。老人もそう。容疑者の足取りもわかっていない。防犯カメラの映像もいまのところ役に立たないし、よその署やパトロール警官からも報告はない。現場のアパートからも手掛かりは得られなかった。彼らがどうしてこれだけの捜査網を潜り抜けたのか、納得のいく説明は得られていない」

みんなうつむいて自分の靴を見つめている。彼女の要約が的を射ているということだろう。部下は全部で七人。眠たそうな〝七人の小人〟。彼女は長い眠りから覚めた白雪姫だ。コーヒーの一杯すら手に入らない。部屋いっぱいの毛むくじゃらの小人がいるだけだ。

「わかった。それじゃ、この事件からちょっと離れて考えてみましょう。オスロで最近なにが起きたか。想像力を働かせてみれば、それとこの事件との関連性がわかるかもしれない」

二十代のブロンドの女が手をあげた。

「わざわざ手をあげなくていいのよ。どんどん発言して」

「ええと。フログネル公園の噴水で、裸で泳いで逮捕されたカップルがいます」

「ほかには？」

「いません。二人だけです」女が言い添える。

「あたしが言いたいのはそういうことじゃないの」別の警官が手帳をめくりながら手をあげた。シーグリッドが指差す。

「男がキウィ・スーパーマーケットからカートを盗みました。ウルヴァル通りでそいつに乗って、友達に押してもらったら時速四十キロ出たそうです。スピード違反の切符を切られたとか」

シーグリッドは不満げな顔をした。

「この町でだって、もっとまともな事件は起きてるでしょう」

「きのうは起きてません」警官は言った端から後悔したようだ。

「わかった。ペッテルが見つけてくるような、あたしの注意を引くような事件はないの。なんでもいいから。ペッテルが見つけてくるような。わかるでしょ？」

みんなが黙り込んだので、シーグリッドはうなずいた。

四十代の男が発言する。「容疑者が友人の車で町を出たとは考えられませんか。それなら追跡のしようがない」

「そうね」と、シーグリッド。「あたしもそれは考えた。エンヴェルは自分名義の車を持っていたかどうか、わかる人は？」

「持ってません」おなじ警官が言う。

ペッテル・ハンセンが言う。「アーケシューストランダの桟橋からボートが盗まれました」

「どんなボート？」

「小さいボート」

「関係があると思う？」

「ミスター・ホロヴィッツが残したメモの言葉、『リバーラッツ』からの連想ですが、彼は歳をとってるし、足腰も弱ってる。小さな男の子を連れてボートを盗みますかね？」

　シーグリッドはうなずいた。関係がありそうな、なさそうな。だが、頭の中で父の声が聞こえ、べつの見方をしてみようと思った。それをみなに披露する。

「べつの見方もできるでしょ。朝鮮戦争を戦った元海兵隊員が、死んだ息子を思い出させる少年を守ることを最後の任務と考えた。異国の地にいるこの海兵隊員は、三十六時間以上も、われわれが張った捜査網を見事に掻い潜ってきている。そして誰一人――彼の家族ですら――彼の居所がわからない。だから、ここで事件の見方を変えてみましょう。あたしたちが追っているのは、足腰の弱った男じゃない。あたしたちが相手にしているのは、崇高な大義を掲げる狡猾な老ギツネだとしたら？　あたしたちはたんに的外れな捜査をしているだけじゃなく――ちがうと思いたいけど――彼と競い合っていて、彼がそれに勝ちつつあるとしたら？」

　みな黙って考え込んだ。やがてペッテルが言った。「彼はどうして少年を警察に引き渡さないんでしょうか。そのほうが安全なのに」

「どうしてかしらね。彼はそう思ってないのかも。あたしたちを信用していないのかも。信用できないと思わせるなにかを目撃したのかもしれない。なんとも言えないわね。もし彼があたしたちをうまくまくことができているんだとしたら、容疑者やその仲間もうまくまいていて欲しい。どうやら父親は息子を取り戻そうとしているようだから。ボートを見つけましょう。そう遠くへは行ってないはずよ」

オスロの文学館の向かいのオープント・バケリで、カドリは砂糖のかかったシナモンバンズを口いっぱいに頬張ったまましゃべっていた。元コソボ解放軍の仲間と若い新兵は、なんとか聞き取ろうと耳をそばだてる。

一人がさらに煙草に火をつけて目をすがめる。そのほうがよく聞こえる気がしたからだ。

カドリは口の中のものを呑み込んで、言う。「うまいぞ、食わないのか?」

「腹がへってない」煙草をふかしてるほうが言う。

カドリはまたバンズにかぶりつき、アルバニア語で言った。「腹がへってるかどうかは関係ないだろ」

もう一人が言う。「カドリ、おれたちここでなにしてるんだ?」

カドリは――エンヴェルからやめてくれと再三言われたが――首に金の鎖を巻き、七〇年代のディスコでよく見かけたような黒いシャツできめていた。カドリはテーブルの上にマルボロと並べて携帯を置き、大きな碗で供されるカフェラテを飲んでいた。

「カフェラテは好きじゃないのか?」彼は二人に向かって言った。

二人揃って頭を振る。

「腹でもくだすか？」

　二人はまた頭を振る。

「なあ。おれたちノルウェーにいるんだ。なんでも故郷みたいじゃないといやなのか？　だったら国に帰れ。ここにいたいんなら、ここにあるものを利用しなきゃ。ここにはカフェラテとシナモンバンズがある。洒落たブーツのかわい子ちゃんがいる。夏になると古いアメリカの車が現れる。そう悪くないぜ、ほんと」

「カドリ、おれたちにはやることがある。急がなくていいのか？」

「センカは死んだ」

「わかってる」

「子どもは行方がわからない」

　ブリムは椅子の上でギヨンより低く沈み、言う。「それもわかってる」

「エンヴェルは子どもを探している。つまり、おれたちも子どもを探さなきゃならない」

　ブリムは煙草をひとのみする。「子どもがどこにいるのか、おれは知らない」

　カドリはバンズの真ん中の柔らかい部分を舐めながら言う。「ここんとこがいちばんうまい。甘くてねとっとしてて。食べてみなきゃこのうまさはわかんないぞ。いいか、うすらトンチキ、おまえらが子どもの居場所を知ってりゃ世話ないんだ。『よお、うすらトンチキ、子どもはどこだ？』って尋ねるとする。するとこう答えるのか。『ああ、あの子ならポケットに入ってるよ。糸くずやチューインガムと一緒に』だが、おまえたちは知らない。おれもそのことは承知だ。だから、子どもを探さなきゃならないって言ってるんだ」

ブリムは顔をしかめる。「エンヴェルが夫婦のあとをつけてって年寄りに行きついたら、年寄りは子どもと一緒にいるんだから、おれたちはなにをすればいいんだ？　おれたちの出番なんてないじゃないか」

カドリは指を立てる。「なぜなら、おれたちはまちがってるかもしれないから。子どもは年寄りと一緒じゃないかもしれない。年寄りはアパートの所有者となんの関係もないかもしれない。彼はただの年金暮らしのノルウェー人で、たまたま車が行きすぎるのを見てただけかもしれない。エンヴェルが見たって言う年寄りはな。年寄りは夫婦に会いに来ないかもしれない。センカは子どもをべつの場所に隠したのかもしれない。それでおれたちを欺くためにべつの方向に逃げたのかもしれない。おれたちにはわからない。おれたちは……」彼は指を口に入れて吸った。それから濡れてべとつく指を風に当てた。「推測するしかない」

エスプレッソにたんまり砂糖を入れたのをすすっていたギヨンが、言った。「年寄りじゃなきゃ、誰が？　七歳の子だぞ。一人でいられるわけがない。警察にいるんじゃないか？」

カドリはナプキンで指を拭った。「かもしれない。そうじゃないかもしれない。尋ね人のニュースが流れたら安心できる」

「だったら、誰が？」

カドリは顔をあげない。肩をすくめ、さりげなく言う。「セルビア人かも」

ブリムとギヨンはうめき、椅子の上で体をくねらせた。

「いいか」カドリは言い、唇を舐める。「センカはセルビア人だ。セルビア人の友達がいる。子どもがエンヴェルと一緒にコソボに行くことを望んでいない。彼が息子を引き取りに来ることを、センカは知っていた。コソボはいまや自由の国だ。あたらしい国だ。あたらしいはじまり。一からやり直すときだ。息子を国に連れて帰る。おれたちの努力の成果を手に入れるんだ。三月にノルウェーがコソボを承認するとすぐ、すべてが終わった――彼女にとっては、世の中のすべてを敵にまわすことになった。だから、彼女は子どもを守ろうとセルビア人に預けた。それで理屈が通るだろ、な？　それじゃそろそろあの箱を回収しに行くとするか」

「どうしてゼザケに頼まないんだ？　彼に手伝ってもらえばいいじゃないか」

カドリは真顔になった。「ゼザケは殺人マシーンだからだ。彼は刑事コロンボじゃない。コロンボ、知らないか？　まあいい。ナイフをちらつかせる相手にはナイフで立ち向かう。ホームズを演じるときは拡大鏡を手に取る。ナイフと拡大鏡じゃ大ちがいだ。万能な道具なんてものはないんだよ。親父がそう言ってた」

あとの二人は出口を求め、すがるような目で見つめ合う。ブリムが言う。「そうだな。理屈が通る。だけど、どうするんだ？　セルビア人に電話するのか？　やあ、男の子を見なかったか？　彼が父親と一緒にコソボに帰ってもかまわないかな、なんせこっちは戦争に勝ったんだから。ところで、妹のことは残念だったな。そう言うのか？」

「人ってのはあんがいまわりから見られてるもんなんだ」カドリが言う。「まずは聞き込みだ。それもこっそりと、いいな？」

ブリムもギヨンもうなずいた。それから、ギヨンが言った。「どうやって？」

カドリはため息をつき、顔を擦った。「いちいち説明してやらなきゃなんないのか？」

「そうしてもらえるとありがたい」

「ロミオとジュリエットだ。敵対するふたつの勢力の男と女で、できちまった奴らを見つけ出すんだ。そういうセルビア人を捕まえて、子どもを匿ってるという噂を聞いてないか尋ねる。そのかわり、親には内緒にしてやるからって言う。そうすれば、二人は親に殺されない。理に適ってるだろ？」

ギヨンはブリムより年上だから、昔のことを思い出し、カドリの煙草を一本引き抜いて火をつけ、椅子にもたれて長々と煙草を吸った。「おれはどうなる？」

カドリは奥歯を指でぎゅっと押した。指を口から出し、しげしげと眺めてがっかりする。

「箱の中身を取り返せようがどうしようが、おれはどうでもいい」

「なにが入ってるんだ？」ギヨンが尋ねる。

「センカがコソボで集めてきたものだ。おれたちにとっちゃ、憶えていて欲しくないもの。いまこそ許して、忘れるとき、そうだろ。眠ってる獣を起こすことはない」

ギヨンが言う。「おれたちの手に負えなくなるんじゃないか。だって、ほら、人はあんがいまわりから見られてるもんだから」

カドリが言う。「ノルウェーでこの十年間に起きた殺人事件は四百件だ。人口五百万の国で、年に四十から五十件。たいした数じゃない。警察は事件の九十五パーセントを迅速に解決している。そのうちの八十パーセントは、三十代から四十代の男が女をナイフで殺した事件で、ほとんどが顔見知りの犯行だった。エンヴェルは女の首を絞めて殺した。それだけでも手に負えない。おれたちが助けてやらなきゃ、奴は早晩捕まる。おれたちがやるべきなのは、事をうまくおさめることだ。子どもを取り戻し、親子を国外に逃がす。船を調達してエストニアに逃がすとかな。そこから先は、ウクライナの売春婦のところに転がりこもうと知ったこっちゃない。なるべく深入りしないようにすれば、おれたちはずっとこの国にいられる」カドリが言った。「ねばっこいバンズとぼやっとしたブーツの女のそばにな」

ブリムは口を尖らせ、前歯を舌でしゃぶった。「エンヴェルはなんで彼女を殺したんだ？」

カドリは表情を引き締めた。指を一本立てる。眼差しがきつくなる。「エンヴェルはレジェンドだ。彼はしたいことをする。彼に尋ねてはいけない。彼に言われたことをやればいい。いいか、忘れるなよ。彼みたいな男がいたおかげで、おまえは祖国と呼べる国を持つことができたんだ。ここでぼやっとしたブーツの女と暮らすもよし、コソボに帰るもよし。だが、どっちかを選べるのは、エンヴェルがいたおかげだ。

いまも言ったように、彼女にとって世の中のすべてが敵にまわる時代になったんだ。彼女は交渉に失敗した。それが彼女の運命だった。おれたちだって、そうなっていたかもしれない」

彼は椅子の背にもたれ、握っていた手を開いた。

「おれは後始末をするつもりだ。おれはエンヴェルを好きだけど、彼がこの国からいなくなってもべつにかまわない。ノルウェーの警察のことは知ってるな？　腰抜けの集まりだ。イギリスとおなじで、銃を携帯しない。だが、こうと思ったら何年でも追いつづける。しつこいのなんの。ヘルペスみたいなもんだ。退治したと思っても、ちょっとでもストレスが溜まると、ドカン！　ぶり返す。そんなこんなで、奴らは殺人者をあらかた捕まえる。獲物をくたびれさせて服従させる。

だから、おれたちは団結しなきゃならない。おれたちは強大だ！　ええ？　ちがうか？　二十四時間以内にすべて片を付ける」

カドリは指を口の奥に突っ込む。手首まですっぽり突っ込む。口から出てきた手にはデンタル・フロスを握っていた。それを掲げ持つ。

「なぜなら、勝利はすばらしいからだ！」

ギヨンはうなずいたが、ブリムはなにも言わなかった。

十三

ブリムはトイエン・センターで地下鉄を降り、強い日射しの中を数ブロック歩いて家に帰り着いた。階段を五階分あがると息が切れた。廊下まで聞こえる音楽は、自分の部屋から流れている。

陽気な昔の音楽に合わせ、女がオペラ風の声で英語で歌っている。鍵を回してドアを開ける。考えることはたったひとつだ。

アドリアナが廊下に飛び出して来る。裸足で、ザラのあたらしいシャツを着て、英語で叫んだ。「ピンク・マルティーニがオスロにやって来るんですって!」

ブリムにものを言う隙を与えず、彼女がつづけた。「さあ、靴を脱いで」

彼の頰にキスし、キッチンに戻る。紅茶を淹れようと湯を沸かしているところだった。

ブリムは脱いだ靴を廊下の靴ラックの下に押し込み、ナップサックは玄関ドア横のフックに二本の傘と並べて掛けた。黒の地にニコちゃんマークがプリントされた傘と、世界自然保護基金からもらった緑の地にパンダが描かれた傘だ。

「この陽気に紅茶は熱いんじゃないか」ブリムは軽い訛りのある英語で尋ねた。

「アイスティーにする。イングリッシュ・ブレックファスト・ティーに蜂蜜をたんまり入れて、冷蔵庫で冷やすの」

彼はイケアのパイン材の椅子に腰をおろし、彼女が紅茶を淹れるのを眺めた。

「まずいことになった」彼は言う。

彼女が蜂蜜を紅茶に垂らしているあいだ、ブリムは前屈みになって膝に肘をついた。肩を掻き、顔を擦る。

大きく息を吸って止め、話す勇気を掻き集める。「カドリに会った」

まるでボタンを押されたように、アドリアナは彼が思っていたとおりの反応を示した。

まずくるっと振り向いて、言う。「彼とは関わりにならないと言ったわよね」

それから、九カ条の説教を垂れた。

「カドリは危険な男よ。いまもあの組織の一員。彼はギャングで、ふつうじゃない。あの連中とはもう付き合わないって約束したじゃない。彼らは友達でもなんでもないのよ。もしいまあっちの世界に引き摺り込まれたら、とくにいまそういうことになったら、井戸に落っこちて二度と這いあがれないわよ。そうなったら、わたし、出て行くから——ぜったいに」

「とくにいま」とははじめて聞く言葉だ。ブリムは尋ねてみることにした。

「とくにいまって、どういうことだ？」

「どういうことだって？　いい質問だわ。答が見つかるかどうか考えてみる」オスロ大学で法律を勉強するようになってから、アドリアナの追及はますます厳しくなった。もともと説得力があったが、大学に通い、筋の通った論議は弱者を解放する武器になりうることを学んだせいで、その説得力に磨きがかかった。

　発想の大転換を迎えたと言いたげに、彼女は口を大きく開いて、ティーポットから取り出したティーバッグを振り回した。飛沫が飛んでブリムのTシャツを汚す。

「ああ、わかった。つまりこういうことよ。わたしたちはいま一緒に住んでいて、わたしたちの未来は分かちがたく結び付いている。男であるあなたが二人の関係においてなすべきなのは、小さな譲歩、そうね……たとえば……わたしが洗濯をするから、その代わりにあなたはヘロインを密売してる連中や、三ブロック先で殺されたセルビア人の女とは関わり合わない。これでどう？」

「おれは関わり合っていない。きみだってわかってるだろ」

「いいえ。わたしにわかってるのは、関わり合っていないとあなたが言ったこと。それで、あなたを信じることにしたの。あなたがなにをしてるか、なにをしていないか、ほんとうのところはわからない」

「きみはおれのことをわかってる」

　アドリアナは口調をやわらげたが、追及の手はゆるめなかった。

「それに、彼らのこともわかってる。わたしは新聞を読んでるもの。彼らは殺された女の人と無関係だったと言ってちょうだい。頼むから」

　ブリムが両手を開く。アドリアナはがくんと肩を落とした。

「警察に行くべきだわ」

「エンヴェルはいとこだ。それに、警察はもう知ってるさ」

「どうしてわかるの？　ノルウェー語は読めないでしょ。新聞になんて書いてあるか、あなたにどうしてわかるの？」

「英語のサイトがある。それを見た」

アドリアナは頭を振る。「なぜ行ったりしたの？」

「怖いんだよ、わかるだろ？　彼らがなにを知ってるか聞いておく必要があった」

「知ってるかって、なにを？」

「おれたちのことだよ！」

「おれたちのことって？」

「きみはセルビア人だ」

「ノルウェー人です」

「ああ、頼むから。蒸し返すのはやめてくれ」

アドリアナは声を張り上げた。自分のアイデンティティや、自分が同一とみなしている人たちを守ろうとすると、彼女はいつもこうだった。

「わたしはノルウェー人。ノルウェーのパスポートを持ってる。八歳からこの国に住んでる。ノルウェー人の両親がいる。大学に通ってる。ノルウェー語でものを考えてる。わたしはセルビア人じゃない！」

ブリムも声を張り上げた。それがいかに取るに足りないことか、彼女はわかろうとしない。そのことがブリムには信じられなかった。

「きみはセルビアで生まれた。きみの名前はセルビアの名前だ。戦時中に逃げ出してこっちで養子に迎えられた。きみの母国語はセルビア語だ」

「だからなに？」彼女が怒鳴る。

「きみが自分をどう思うかは問題じゃない」ブリムも怒鳴り返す。「きみのことをまわりがどう見ているかが問題なんだ！」

「まわりって？」

「まわりのみんなだ！」

そこで二人とも黙り込む。

ピンク・マルティーニがメランコリーと悔恨を切々と歌いあげる。二人は睨み合う。それから――なんたる皮肉か――二人はほほえむ。

彼女が言う。「愛してる」

彼が言う。「おれも愛してる」

「あなたにはわからないかもしれないけど、わたしはほんとうにノルウェー人なのよ。この国の人たちを信頼している。常軌を逸した連中はわたしたち二人の関係を認めないだろうから、二人とも危険な立場になるってあなたが思ってるとしたら、そうならないようにわたしは訴えるから。警察に言いに行くから。ノルウェー人はそういうことを許さないもの。わたしが誰を愛そうとそれはわたしの自由よ。あなたはだらしないし、煙草を吸うし、ひどい連中と付き合ってる」

ブリムは顔をしかめ、顔をあげた。「でも」

「でも、なに？」

「おれの悪いところをすべて並べあげたうえで、きみは〝でも〟って言って、それから、きみがおれを愛する理由をすべて並べるんだ」

アドリアナは口を尖らした。「そんな話、聞いたことないわ」

紅茶を冷蔵庫にしまい、扉にマグネットで貼ってあるフラメンコ・ダンサーの白黒の絵葉書の位置を直した。

ブリムが言う。「だが、やっぱりおれは心配だ。カドリはおれたちのことを知ってる。そういうようなことを匂わせた。奴らは子どもを見つけ出そうとしている」彼は気を遣って彼女の様子を窺った。

アドリアナは表情を変えない。「子どもって？」

「殺された女の子ども」

「彼らがどうして子どもを見つけ出そうとするの？」

「言えない」彼は口ごもり、煙草を一本取り出す。アドリアナがすぐさまそれを取り上げ、水をかけてゴミ箱に捨てた。「きみはなにもわかってない」

「なんのこと？」

「きみの両親がおれたちのことを認めてくれると思ってるのか？」

「いいえ。わたしにはあなたよりもっとふさわしい人がいると、両親は思ってるでしょうね。さっきも言ったけど、あなたはだらしないし、煙草を吸うし、ろくな友達がいない。もっとまともな仕事をするべきだし、大学にも行って欲しい。でも、あなたがコソボ出身だからって、両親は駄目だとは言わない。あなたの言いたいのがそういうことなら」

「おれがイスラム教徒だってことは？」

「あなたは敬虔なイスラム教徒じゃないでしょ」

「おれの言いたいのはそういうことじゃない」

「両親は気にしないわよ」

「どうして？」

「あなたの国籍や宗教は関係ないのよ、ブリム。両親が気にしているのは、あなたがどういう人間か。あなたが愚かな振る舞いをしたら、両親はあなたを憎むでしょうね。でも、イスラム教徒だから、愚かな振る舞いをするというなら、それはあなたの問題。それで、子どもがどうしたの？」

「きみを信用しても大丈夫なのか？」

「だから、どういうこと？」

シーグリッドは車の修理工場からの電話を受けた。内容はこうだ。注文しておいたパーツが郵送中に壊れたので、修理が完了するまであと三日ほどかかりますが、そのあいだ、代車が必要ですか？ つぎの電話は署長からで、なにか自分にできることはないか、と尋ねてきた。そのころには、大部屋の朝のエネルギーも流れ出して雲散霧消してしまったのでタオルを投げ入れ、いささか大きすぎる声で宣言した。これから現場に――電話がかかってこない場所に――行ってくる。手掛かりを見つけに。

気分を上向きにしてくれるものなら、なんでも探しに行きたい気分だ。

表玄関を出るとまわれ右をし、警察の建物沿いに金網塀の駐車場へ向かう。そこには三台のパトカー――ボルボS60、サーブ9-5、パサート――とBMWの白バイ一台が駐まっていた。不思議な取り合わせだ。

シーグリッドは昼まぢかの空気を深く吸い込んだ。電話のベルも、上司の甘言も、半可通がまくしたてる推理も、事件はいつ解決するのかと迫るジャーナリストの声も聞こえないのはいいものだ。

女性ジャーナリストがスカイプを使ったビデオ・チャットを申し込んできたのは、ほんの前日のことだった。いまの時代、電話でのやりとりだけでは充分ではないのだ。

そのジャーナリストは若く見えた……それに、ノーブランドに見えた。

「捜査が終了しだい」シーグリッドはタブロイド紙〈スヴェンスカ・ダーグブラーデット〉の若いリベラルに向かって、できるだけ穏やかに言った。

「それはいつですか？」

「答がわかったときです」

「それじゃ堂々巡りでしょう。答をはぐらかしてるんですね」小者のくせに態度はでかい。

捜査の指揮を執るのも楽ではない。べつにルール——いたずらっ子にするように、ジャーナリストの耳を摑んで建物の外に連れ出してはならない、というルール——に拘っているのではないが、ほかの捜査官たちの手前がある。

なにかを成し遂げるためというより自分を落ち着かせるために、シーグリッドは子どものころに聞いたなぞなぞを持ち出した。

「失くし物が最後に探した場所にあるのはどうしてでしょう？」

こう言えば、ジャーナリストは自分がおちょくられていると気付くだろう。そばにいるペッテルも、会話を聞いていないふりをしている三人の捜査官もわかったはずだ。でも、ほかにどんな手がある？　質問を拒否する？　シーグリッドは警部だ。

「わかりません。どうしてですか？」

「見つかったらもう探すのをやめるから」

事件とじかに向き合いたいからビデオ・チャットをお願いします、と食い下がるジャーナリストに向かって、シーグリッドはウィンクした。

ああ、オートバイにまたがったらさぞスカッとするだろう！　白いヘルメットをかぶって、バイザーをあげて。松や刈られた草の香りを、夏の香りを胸いっぱいに吸い込む。世間から切り離された感覚を味わい、ひととき無限の世界に足を踏み入れる。

オートバイ免許を取るのもいいかも。運転を習う。男と出会えるはずはないし、家庭を持てるはずもないと現実を受け入れて、あたらしい趣味を持つのだ。

大人になって、自分の現実としっかり向き合う。

けっきょくボルボを選んだ。乗り心地がいいし、シートは革張りだ。窓を閉めてエアコンをオンにし、市の中心街にしてはいつになく混雑している通りに車を出した。無線がときおりガーガー言う以外、静かなものだ。きょうも雨が降る気配はなく、ボルボと青空のあいだには雲ひとつなかった。暇つぶしにラジオをつけ、道がすくのを待った。

流れていたのは『ドクトル』という番組で、国じゅうのリスナーから健康についての質問が寄せられていた。全国放送の番組だったので、質問に耳を傾けているうち思いはオスロから離れ農場へと向かった。

リスナーの一人、僻村に住む老人はひどい咳をしていた。独身で家族はいない。一緒に暮らす三匹の猫を溺愛している。唯一の友達だ。煙草をやめるべきだとわかっているがやめられない、と彼はドクターに訴えた。健康が衰えているのに、煙草をやめる強さが自分にはない。最近になって、猫の一匹が咳をするようになった。自分の責任だと言う老人の声は、自責の念に震えていた。彼の孤独が際立つ。なにか打つ手はないだろうか、と老人は医者にすがった。

シーグリッドはラジオを切り、ハンドルを手で撫でた。それからまたラジオのつまみに手を伸ばしたが、つけなかった。渋滞にはまってなす術もなく数分が過ぎる。

それから、父に電話した。

呼び出し音を十数回聞いたところで受話器が——古くて重い受話器が——架台からはずされ、父の耳まで行くあいだに数度なにかにぶつかった。父は挨拶抜きで言った。「シーグリッド。どうかしたか？」

「どうもしないわよ。電話したくなっただけ」

「なにを企んでる？」

「お父さんの無事を確認したかったの」

「おれの娘ときたら。情にもろい」

「お父さんの娘だもの、そんなやわじゃないわよ」

父の笑い声を聞いて、彼女はにんまりした。それから咳込む声がして、彼女の笑顔は消えた。

「つぎに帰って来るときに、頑丈な軍手を買ってきてくれ。ここらで売ってるのはしょうもないやつばかりだ。クラス・オールソンに行けばいいのが手に入る。それに本もな。〈アフテンポステン〉紙に載ってた中国の歴史。今年になって、フランス語から翻訳された。そいつを買ってきてくれ」

「わかった」

しばらく沈黙がつづいたが、どちらも気づまりには思わなかった。やがて父が言った。

「どうだ、いい男に出会ったか？」

シーグリッドはうなずく。「いつか言おうと思ってたんだけど。じつは結婚して三人の息子がいるの」

「そりゃめでたいこった」

「ヒューイとドューイとルーイ。あかるくていい子たちだけど、言葉が遅くて不細工なの」

「学校へ行くようになったら難儀だな」

また沈黙がつづき、シーグリッドはウィンカーを出して殺人現場のアパートのある通りに折れた。

「いまどこにいる?」父が尋ねる。

「現場に向かうところ」

「ほかに誰かいるのか?」

「いいえ。立ち入り禁止になってるから」

「それまでは人の出入りがあったのか? 現場に」

「ええ、たぶんね。事件について考え直す必要があると現場に戻るの。どうしてそんなこと訊くの?」

「銃は持ってるのか?」

「どうして銃が必要なの?」

「おれの言うことを聞いてくれ。警棒を持っていくんだ」

「情にもろいのはどっち?」

「いいから、持っていけ」

「どうして?」

「レポーターが銀行強盗に言う。『どうして銀行に押し入ったんですか?』銀行強盗は答える。『そこに金があるから』」

「ウィリー・サットン（アメリカの有名な銀行強盗）なら、そんなこと言わない」

「だからなんだ」

「じゃあね、お父さん」

「またな、シーグリッド」

シーグリッドはアパートから半ブロック行った先に空きスペースを見つけて車を駐め、トランクから警棒を取り出しドアをロックした。なにかあったのかとまわりに思わせないよう、警棒をぶらぶらさせながらゆっくりと歩く。

あの事件以外のなにか、という意味だが。

建物の玄関ドアを開け、現場の前を通り過ぎて階段をあがる。女が息子と住んでいた部屋は二階だ。テープを潜り、ドアのカギを開けて中に入った。靴を脱ぎ、ライトをつけ、なにか興味深いものが、報告書に記載されていないなにかが見つからないか、と部屋をひとつずつ見て回った。

アパートの仲介業者によると、アパートの広さは六十七平米で、玄関を入ると短い廊下があり、つきあたりがバスルームだ。廊下の左手のベッドルームをまずチェックする。

入口をテープで囲ったこのアパートは、捜査のうえで重要な現場だから、トマスという名の捜査官と、ヒルデという名の新人鑑識課員が入念に調べている。ヒルデは職権を笠にきてデータを振りかざし、人の仕事を邪魔しかねないきらいはあるものの、いまのところいい仕事をしていた。鑑識課員はあまり出しゃばらないほうがいいのだが。

シーグリッドはこの現場で撮られた写真をおさめたファイルと、すでにあがってきた報告書の概要を記した紙を持参していた。だが、自分の目でたしかめたかった。二人きりの家族が身を寄せ合い、くだらないおしゃべりをしたり、ささいなことで喜んだりしていた場所を体感したかった。

ベッドルームにはクイーンサイズのベッドがひとつ、奥の隅にくっつけて置かれ、反対側の隅にはシングルベッドがあった。ベッドは整えられていない。部屋は散らかっているが、掃除はしてある。廊下の右手は細長いキッチンで、設備は一九七〇年代のままだ。安っぽい戸棚、奥には二人用の小さなテーブル、ここで親子は食事をし、学校の話をしたのだろう。テーブルは薄っぺらな安物だが、きれいに拭いてあった。食器がシンクに重ねられたままだ。右手のふたつ目のドアはリビング・ルームに通じている。

部下たちは丁寧な仕事をしていた。カーペットに膝をつき、標準仕様のブーツの足跡が残っていないか丹念に調べたがなかった。ペッテルもほかの捜査官たちも、泥を室内に持ち込んでいない。部屋にあるいろいろな物に証拠番号がつけてあり、すべてが写真と一致する。

バスルームには女と子どもが使う物しか並んでいなかった。シャンプーも入浴剤もタルカムパウダーも、特大容器に入ったお買い得品だ。女性雑誌の付録のお試し用香水の小瓶が籠にいくつも入っている。

便座の奥にはわずかな汚れと埃が残っているだけだ。石鹸皿は使ったあとで濯いである。蓋を取ったままのプラスチック容器入りの綿棒、おろしたばかりの子ども用歯ブラシ。歯磨きのチューブは最後まで使いきろうと涙ぐましい努力がなされていた。

キッチンにキャンディの類は見当たらず、砂糖入りのコーンフレークの箱がひとつあるだけだ。ソフトドリンクもないが、果物のフレーバー入りシロップはたくさんある。パスタの箱と缶詰のトマトスープ。冷凍庫には、安いアイスクリームの大箱と、ハーゲンダッツのクッキー・アンド・クリームの一パイント容器がおさまっていた。

シーグリッドはその容器を取り出してみた。開封したばかりらしく、手慣れた感じで表面に五本の溝が掘られている。これが好物だが贅沢は許されないから、息子にべつのを食べさせておいて、自分は一回の量を決めてこっそり楽しんだのだろう。

容器を冷凍庫に戻す。

あなたは息子を愛するいい母親だったのね。それだけはたしかだ。

シーグリッドは靴を履き、ライトを消し、ドアを閉めた。だが、なにか忘れているような気がしてならない。

階段は処理木材でできている。一九六二年に協同組合住宅（コーポラティブハウス）から分譲アパートに切り替わったとき改装されて以来、何百人もの人が何千回ものぼりおりしたせいで、階段の角は擦り減っていた。

シーグリッドは踊り場で向きを変えて階段をおりきり、犯罪現場へと向かう。ドアベルの上に〝リア・ホロヴィッツ〟と〝ラーシュ・ビョルンソン〟と並べて書かれた黒いプラスチックの表札が出ている。

警察が貼ったシールが破られていた。シーグリッドはドアのノブにかけた手をさげ、ノブをじっと見つめる。しばらくそうしていた。

ドアは鍵がかかっているはずだ。中に警官を配置したなら、報告があがっていなければならない。

戸口に見張りを立てるよう指示を出したはずでは？　あたり一帯を見張るための警官を乗せたヴァンが、おもてに駐まっていたが、戸口には誰もいない。あとから考えれば、そのほうがよかったのかもしれない。

ドアの鍵が空いている理由をいくつか考えてみる。

老人が戻ってきたのかもしれない。鍵を持っているのだろう。あるいは若夫婦が戻ってきたのかも。まさかとは思うが、突拍子もないことをするのが人間だ。あんなことが起きたのだから、わからないこともない。褒められることではないが。あるいは、家族以外の人間が中に入ったのかもしれない。

いまも中にいるかもしれない。

シーグリッドは頭を振った。父親がここにいたらやめろと言うにきまっている。行動そのものだけでなく、行動を裏付けるロジックにも異を唱えるだろう。

ここの大家がいる可能性だってある。女物の下着をまとって。あるいは、麻薬常習者が中で宝石を物色しているかもしれない。移住してきたばかりの中国人が、家にテレビがないので大挙してここに詰めかけ、ビールを賭けてロシア対フィンランドのホッケーの試合を観ているかもしれない。

ドアの向こうになにが待っているかわからない。思いつくことだけで判断してはいけない。思いもよらないことが起きるのが現実だ。ありそうなことの中から絞っていくのがやっとだ。だが、いくら推理したところで、起きることは起きる。愚かだったり、運が悪かったりすれば、一発の弾薬で命を落とす。だから、愚かな真似だけはするな。

父親ならそう言うだろう。

無線機をベルトからはずし、不法侵入を通報する。小声で。無線がガーガーいい、静かになった。

ドアに耳を押し当てて聞き耳をたてる。

中に人がいるかどうかわからない。ユーティリティベルトについている用具を手で探りながら、しばらくドアの前に立っていた。ユーティリティベルトは重いが、腰にしっくりおさまる。

催涙ガスの缶のノズルボタンには、無駄押し防止のクリックがついている。手錠は黒いポーチに入っているのでガチャガチャいわない。すべてがうまくデザインされている。感謝されることはないが、世の中をほんの少しよくするための小さな道具だ。

これに拳銃が加わるとバランスが崩れる。カウボーイが六連発拳銃を腿に縛りつけているのはそのせいだろう。

「よし。行こう」

シーグリッドはドアをぱっと開けた。

この犯罪現場の間取りは頭に入っている。へたくそな字で書かれた報告書を読んだし、写真や、導入されたばかりのウォークスルー動画でも見た。技術研修生の一人が臨場感溢れる3D画像も作ってくれたので、警官は被害者や犯人の足取りを追い、様々なシナリオを組み立てることができる。

だが、彼女がほんものの殺人現場に足を踏み入れるのははじめてだった。聞くと見るとでは大ちがいだとよく言われる。たしかにそうだ。前にフィレンツェに旅したことがある。ダビデの像は絵や映像で見て知ってはいたが、実物を前にすると言葉を失った。

床は幅広のデンマークからの輸入材で張り直してある。仕切りの壁は取り払われ、リビングからキッチンまでひとつづきの広々としたスペースが生まれていた。ステンレススチールとカエデ材で統一された趣味のよいしつらえだ。キッチンには大きなアメリカ製の冷蔵庫がでんと構え、グリルが組み込まれたアイランドカウンターがある。レンジには天然ガスが引かれている。オスロには天然ガスの施設がないから、ラーシュが数カ月おきに遠くまで買いに出掛けているのだろう。

シーグリッドは中に入らない。開いたドアの前で一歩さがり、ナイフを持った人間が潜んでいないか、部屋全体を見回した。

腕時計に目をやる。廊下に立って八分が経過した。もういいだろう。

シーグリッドは中に入る。打ち明けたいことがあるの、という死者のささやきに引き込まれたような気がした。

靴は廊下で脱いだ。すべての照明をつけて回りながら、室内に視線を走らせる。世慣れた国際人が暮らす、さわやかであかるい部屋で、異国情緒も感じられる。ワインラックには二十本ほどのワインが並ぶ。赤が上段を占め、白は下段だ。レンジの脇には種類の異なるオリーブオイルが四本。シンクの横のマグネットボードには、イケアの調理器具や高価な日本製やドイツ製の刃物類が掛けてあった。キッチンウェアで売っているアメリカの器具もある。大きな深皿にリンゴやナシやレモン、それにライムが盛られているが、じきに腐ってしまうだろう。

シンクの横に〈ペントハウス〉のコーヒーマグがあった。使い古されたもので洗ってない。二階の部屋よりずっと広い。百二十平米はありそうだ。右手に主寝室があり、ドアと冷蔵庫のあいだの短い階段は、老人が暮らしていた部屋に通じている。小便のしみがあったクロゼットもそこにある。

ファイルを開いて写真を取り出す。写っている場所をひとつひとつたしかめ、カメラが捉えたものと自分の目で見ているものを比較し、場違いなものが置かれていないか、ここに侵入した人間がなにをしたかわかるようなものはないか見比べる。

バスルームも調べた。並んでいる化粧品は、二階にあったものより香りがほのかな高級品だ。天然ヘチマのボディウォッシュボールもあった。シンクの下の戸棚を開けると〝アダルトグッズ〟が出てきたので、シーグリッドは敬意を表し、それに嫉妬も感じながら戸棚を閉めた。

聞いたことのない作家の小説が何冊か。フィリップ・ロス、ジェイムズ・ソルター、マーク・ヘルプリン、リチャード・フォード。〈パリ・レビュー〉という題の定期刊行物もあった。

奇妙とは言えないまでも、シーグリッドには理解できないものばかりだ。ここに住む三人は、それぞれがたがいにとっての異質な存在を造り出していたのではないか。

その努力と結果は驚くべきものだ。

シンクの上の鏡に映るシャワーカーテンは閉じている。

警棒を取り出しながら振り返る。ここに入ってきたときと、シャワーカーテンの位置がちがう。

援護の警官はこちらに向かっているはずだ。警察署までそう遠くない。

シーグリッドはベルトから懐中電灯をはずし、カーテンを開けるかわりにドアのほうへあとじさり、ライトを消し、懐中電灯をつけてバスタブの上の白い天井に向け、シャワーカーテンを浮き上がらせた。

影は射さない。誰も中にいない。

ライトをつけ、念のためにカーテンを引き、バスタブが空っぽなことを確認し、バスルームを出しなにライトを消した。

リビング・ルームは部下の刑事たちの手できちんと保存されていた。揉み合った跡がいたるところにある。暴力の現場ちかくに壊れやすい物の破片が散乱している。女は首を絞められ、ナイフを胸に突き立てられ、ソファーの前のコーヒーテーブルに仰向けに倒れて息絶えた。テーブルから滴り落ちた血が白い床板に染み込んだ。

犯人はここで犯行に及んだ。彼女が仰向けに倒れると、犯人は膝をついてのしかかった。よほどの恨みがあったのだろう。

この建物は傾斜地に建っているので、階段の下の部屋も地下室ではない。

部屋は整頓されていた。ベッドも整えられている。赤い椅子の上に黒いスーツと白いシャツ、それにグレーのネクタイが畳んであった。葬式に出掛ける人の装いだ。木の箪笥の中にはセーターが数枚、ズボン二本、下着が数組おさまっていた。

ベッド脇のナイトスタンドの上には、ランプとアンティークの銀の写真立てがある。二枚のフレームを小さな蝶番でつないだ開閉式の写真立てだ。左のフレームにはおそらく五十年ほど前に撮られた白黒写真がおさまっている。シーグリッドの年頃の、黒っぽい髪の小柄な女の写真だ。こういう目つきは、五〇年代の女に特有のものだ。石壁の上に片脚をあげて座っている。足元の壁にくっつくようにベンチがあり、その上に片方だけの白いスニーカーがあった。女は笑っている。季節は秋だろう。おそらく彼の妻——彼女がアメリカで亡くなったことが、老人にノルウェーへの移住を決意させたのだ。

右のフレームにおさまっているのは、十代の若者の写真だ。ほっそりとして、女とよく似た目をしている。こちらはカラー写真で、わずかにピントがぼけている。急いで撮ったか、安物のカメラだったのだろう。ポラロイドのランドか古いミノックスあたり。若者は腕と脚を組み、一九六八年型マスタングにもたれかかっている。車の色はベビーブルーだ。まるでこの車は自分がデザインして組み立てたと言わんばかりの笑顔を浮かべている。

ナイトスタンドの上にはジャケット・ワッペンもあり、ランプの台にもたせかけて置いてある。赤い縁取りのあるくすんだグリーンのワッペンで、ずいぶん使い込んだようだ。合衆国海兵隊のモットーが縫い込んである。〝センパー・フィデイリス〟

常なる忠誠。

「あなた、いまどこにいるの、ミスター・ホロヴィッツ?」シーグリッドは声に出して言う。「どうして姿を消したの? なにをしてるの?」

シェルドンの部屋を出る前に、膝をついてベッドの下を覗いてみた。そこではじめて、場違いな物を見つけた。

銀色の錠がついた大きなピンクの宝石箱だ。昼の光が床に照り返し、はっきり見えた。

手を伸ばして引っ張り出す。

シーグリッドはいま一度写真立ての女に目をやる——白いスニーカー、腕時計、Vネックのセーターから覗くシャツの白い襟。満面の笑み。彼女の宇宙は可能性で満ちている。一九五〇年代の後半に撮られたものだろう。シェルドンは朝鮮戦争から戻っていた。息子は五歳か六歳。独自のスタイルを持つ品格のある女。その人生に悲劇はまだ起きていない。

この宝石箱は彼女のものだろうか？

シーグリッドは黒い手帳を取り出し、リアとラーシュの話をメモしたページをめくる。さらにページをめくる。

あった。この女の夫は時計職人でアンティークも扱っていた。

ピンクの宝石箱に目をやる。

彼女のもののはずがない。

二階の部屋を出るとき、なにを忘れた気がしたのかわかった。センカの死体のポケットに入っていた鍵がなんの鍵か調べるのを忘れたのだ。

捜査官全員が忘れていたの？　もしそうなら、署に戻ってガツンと言ってやらないと。

あの鍵で開けられる物がここに、彼女が殺された現場にあるということは、彼女がそれを持っておりたということだ。そしてここに隠した。ということは、リアとラーシュがセンカと話したことはないと言ったのは嘘だったのか。ありえない。センカは殺される前にこれをここに持って来たと考えられる。彼女はこれを隠さねばならなかった。殺人者はこれを手に入れようとしていた。そのせいで彼女は殺された。彼女は自分の身と、この箱の中身を守ろうとした。クロゼットに隠れる少年を守ろうと、彼女は体を張って抵抗した。

宝石箱の中身はそれほど大事なものだ。
そう思ったとたん、シーグリッドは頭を硬いもので強打され、床に倒れた。

十四

カドリは手に大きな懐中電灯を握り、殴り倒したばかりの女警官を見下ろしていた。女を殴るのは意に染まないし——といっても気が咎めるほどではない——彼女がなにか気に障ることをしたわけでもない。ただ、箱を手に入れる必要があり、こっちに寄越せと頼んでも、彼女が聞き入れるわけがなかった。

「クロゼットの中を調べるべきだったな」カドリは英語で言った。「シャワーカーテンの中は調べたのに、クロゼットは調べなかった。シャワールームの中に突っ立ってる奴がいるか？　シャワールームの中でどれだけの人間が殺されたと思ってるんだ？　映画を観たことないのか？　『サイコ』もそう。『ノーカントリー』ではメキシコ人がシャワールームの中で殺された。『ホワット・ライズ・ビニース』ではミシェル・ファイファーが、シャワールームだか風呂場だかで殺されかけた」

カドリは足元に目をやり、さらにつづけた。「グレン・クロース主演の『危険な情事』。あれもシャワー中だ。『パルプ・フィクション』のジョン・トラボルタもシャワー中に死んだ。クロゼットの中で殺された奴はいない。クロゼットの中で撃たれて死んだ奴なんて思いつかない。だからクロゼットに隠れてたんだよ」

カドリは腹を掻きむしった。「ほれ、みろ。おれは箱を手に入れ、コーヒーを飲みに行く。あんたはじきに息を吹き返す」

カドリは女警官の脈をとって生きていることを確認すると、箱を取り上げて脇に抱え、玄関ドアから出た。パトカーの横を通り過ぎてヴェスパのスクーターに乗り、バンズ目当てに近所のカフェブレネリーエに向かった。

事が思いどおりに運ぶのは気分がいいものだ。ブリムはセルビア人社会にうまく潜り込んでいるから、そのうち貴重な情報を持ってくるだろう。ギヨンはエンヴェルに頼まれた銃を取りに行っている。箱は――中身がなにか知らないが――回収した。

太陽は輝き、大気はからっとして爽快だ。両手で夏を掬って呑み込んだら、平和で安らかな気分になれそうだ。なにかを成し遂げた者にはそれが必要なんだ。

ここは平和だ。ここには歴史がない。なんの重みもない。吹く風に悲劇の響きもささやきも聞くことはない。まったく不思議な国だ。オスロを離れ、べつの町で仲間と会って政治の話をし、カードをやったり麻薬を売買したりすると、スカンジナビアの広さを――広い空、広大な大地――いやでも感じる。孤独な住人たちだけでは、その広大なスペースを満たすことはできない気がする。広大なスペースが住人たちを嘲り、まばらに広がらせる。

バルカン人に倣って、ここの住人たちも歌うべきだ。踊るべきだ。ほんの数語を口にするだけで自由になれるのに、たがいに結び付き、空と一体になれるのに、なにかが彼らを妨げてそうさせない。人生を謳歌すればいいのに。笑って死ぬべきなのに。

彼らはそうしない。ルター派の衣が彼らを窒息させ、声を奪っている。

彼らの信条がなんであれ、それは歴史ではない。ここには語り継ぐほどの歴史もない。古い船と木の教会があるだけだ。そんなものは歴史ではない。歴史を持たないヨーロッパの一部。古代ローマ人もキリスト教徒も、十字軍も、宗教戦争もなかった。古い神々とトロールと毛皮を着たブロンドがいるだけだ。憂鬱になりようがない。

哀愁に満ちた歌をみんなで歌って楽しんだあのころが懐かしい。

だが、いまは哀愁に浸っているときじゃない。楽しんでいるときじゃない。いま必要なのはコーヒーだ。

カドリが苛々と体を前後に揺すっているあいだ、スウェーデン人の店員――ノルウェーのほうが給料がいいので、夏のあいだ、スウェーデンから出稼ぎに来ている――が、コーヒーに泡立てたミルクをそっと注ぎ入れ、表面にこのカフェの洒落たマークを描いた。

カドリはカウンターに四十クローネ置いて、カフェオレをじっくりと眺める。

店員もおなじくじっと見つめた。

カドリは顔をあげて言う。「どうしておれのコーヒーにヴァギナなんて描いたんだ？」

「いまなんて？」

「ヴァギナ。おれのコーヒーに。泡の中に」

「木の葉です」

「木の葉？」

「ええ。木の葉」

「こんな葉っぱ、見たことあるか？」

二人してもう一度コーヒーの泡をしげしげと見つめる。

「きょうが初日なんで」店員が言う。

「あんたは木の葉を描こうとしたのか？」

「はい」

「だったら木の葉だ」

「ありがとう」

「釣りはとっとけ」

中年のカップルが錬鉄製テーブルを立ち、ライムグリーンの乳母車を押して店を出ていったので、カドリはすかさず空いた席についた。椅子の上で体を揺すり、クスクス笑う。ああ、愉快だ。波乱万丈。人生なにが起きるかわからない。そうなったらせいぜいうろたえないようにして、ささやかな喜びに身を委ねるしかない。たとえばコーヒーと煙草。

席に落ち着くとiPhoneを取り出し、小さなアイコンにタッチした。エンヴェルが電話に出るのを待つ。

なかなか出ない。エンヴェルという人間はなにをしでかすかわからない。カドリは自分の役割をちゃんと果たしているし、よい兵士であろうとしているし、相手に敬意を示す。だが、これ以上は関わりになるつもりはなかった。そもそも今度のことは彼の問題ではない。自分の子どもではない。自分は誰も殺していない。少なくともノルウェーでは。早く決着がつけばそれにこしたことはなかった。なんならゼザケにあとを任せてもいい。カドリは箱を手に入れた。いまはそれだけで充分だろう。

エンヴェルがようやく電話に出た。息を切らしていて、いつもながら機嫌が悪い。

アルバニア語で話をした。

「箱は手に入れたぜ。中身も無事だ」

「面倒は起こさなかっただろうな？」

「女警官の頭を殴ったが、彼女はあっちにいて、箱とおれはここにいる。彼女は生きてる。上出来だろ」

エンヴェルは黙り込んだ。考えはじめると黙り込む。カドリはうんざりする。考えてることがあるなら、口に出して言ったらどうだ。

「そういうのはここでは重く受け止められる」

「なあ、エンヴェル。ほかにどうすればよかったんだ？　おれは彼女の背後にいた。ガツン。よい妖精が、ウサギをたしなめたんだよ。野ネズミをいじめちゃだめよって。女警官はなにも気付いちゃいない。箱を開けてもいいか？　みっともない箱だぜ。早く始末したい」

「ノー」

「ノー？　なにを否定してるんだ？　箱を開けることか、それとも箱がみっともないことか？　だって、ほんとうにみっともないんだぜ。ピンクで銀色の——」

「開けるな。中身がひとつでもなくなると困る。鍵がかかってるはずだが。そのままこっちに持ってきてくれ」

「どこにいるんだ？」

「グラムリア」

カドリは胸を掻いた。金の鎖がときどき胸毛に絡まる。

「そこってパリにちかいか？　パリなら行ってもいい」

「スウェーデンとの国境ちかくだ。おまえのくだらない玩具で調べりゃすぐわかる」

「いいこと教えてやろうか」

エンヴェルはなにも言わない。

「この箱だけど。彼女の部屋にはなかったんだぜ。ああいうことが起きた場所にあった。それに、おれは正しかった。あの老いぼれはあそこに住んでる。それに、おれはクロゼットに隠れなきゃならなかった。ひどい臭いがした。誰かが小便したみたいな。老いぼれが洩らしたのかもな。あるいは子どもが。クロゼットの外で恐ろしいことが起きて、それで洩らしたんだろう。子どもが洩らしたんなら、老いぼれがあとから子どもを連れ出した。つまり、老いぼれのことは、おれが言ったとおりだった。彼はなにか知ってると思う。それに、彼が子どもを連れてると思う。どこを探せばいいのかはわからない。だが、どこを探さなくていいかはわかる、だろ？」

エンヴェルはさよならも言わずに電話を切った。

どうかさっさとコソボに帰ってくれ。むっつりした態度をあらためるつもりはないんだろ。戦争は終わったんだ。

コーヒーに口をつける前に、カドリは背中を叩かれた。

顔をあげると、三十代半ばの制服警官が立っていた。

「なんだ？」カドリは英語で言った。

「あんたを逮捕する」

「なに言ってるんだ？　おれはコーヒーショップでコーヒーを飲んでるだけだ。煙草はおもてで吸ってる。みんなそうするから」

「映画はどうだ？」

「なにが言いたいんだ？　映画が好きかどうかって？」

ペッテルは掲げ持っていたトランシーバーを口に当て、ノルウェー語で言った。「例の男ですか？　いまの声ですか？」

「彼よ」トランシーバーの向こうからシーグリッドの声がした。

ペッテルが、逮捕する、と言うと、カドリは笑い出した。

「銃も持ってないで。どうしておれがあんたについてかなきゃならない？　あんたが礼儀正しいから？」

「彼らが銃を持ってるから」

ペッテルはカドリの背後を指差した。カドリが振り向くと、そこには黒い防弾服を着て、ヘックラー・ウント・コッホのサブマシンガンを構えた二人の厳めしい男がいた。

「彼らは特殊部隊(ベルドスカプストロッペン)だ」

「なんなんだ？」

「デルタ・フォース」

カドリの乙にすました顔が融けてゆくのを、ペッテルは眺めた。

「彼らはここでおれを撃つのか？　カフェで？」

「いや」と、ペッテル。「彼らはそこを撃つ。胸を」

それから、ペッテルは身を屈めてささやいた。「彼らはサンタの小さなお手伝いさんなんだ。あんたが悪い子かいい子か知っている。それで、あんたはとってもとっても悪い子だった」

「あんた、ちょっとおかしいんじゃないのか？」カドリは言った。

ペッテルはパトカーに戻り、運転席に座った。後部座席に横たわるシーグリッドが見えるよう、バックミラーを調整する。アイスパックを頭に載せ、ひどい顔をしている。

「病院に連れて行きますよ。脳震盪を起こしたはずだから」

「病院なんて行ってられない。仕事がある」

「意固地にならずに」

「意固地になっていない。いくつか電話をかけるところがあるし、この一件の決着をつけないと。あなたに事情を説明するより、自分でやったほうが早いもの」

「この一件が新聞に載る前に、お父さんに電話したほうがいいんじゃないですか」

「ちょっと勘弁してよ。新聞に載せなきゃならないこと？」

ペッテルが肩をすくめる。「担当警部、殺人事件の捜査中に襲われる」彼が言う。「でも、そうですね。何事もなかったふりをすることもできる。でも、報道されても、〈スヴェンスカ・ダーグブラーデット〉はかまってくれないんじゃないかな」

シーグリッドはうめいた。

そこへ父から電話が入る。

シーグリッドは携帯を見つめる。画面に〝パパ〟の文字が浮かび上がる。ただの頭痛ではない。頭がズキズキと割れるように痛かった。携帯用ドリルで大脳皮質に孔を開けられているようだ。

後部座席で体を丸くした。

「父からよ」

ペッテルが頭を振る。「出たほうがいい。お父さんは農場から一歩も出ないのに、なんでもお見通しみたいだから」

「きっとなにか裏があるのよ。〝応答〟ボタンを押してくれない？　よく見えないの」

ペッテルはボタンを押し、携帯を彼女に戻した。

「はい。あたしです」

「それで？」

「それでって、なにが？」

「なにがあったんだ？」

どうしてだか自分でもわからないが、シーグリッドの頭に慣用句が浮かんだ。〝踏んだり蹴ったり〟きっと実体験からきた慣用句だろう。

「頭を殴られた」

電話の向こうで沈黙が流れる。

「お父さん？」

「なんだ？」

「なにか言うことないの」

「そう言われてもな……どうして銃を携帯していかなかった？」

「言ったでしょ。頭を殴られたの。必要なのは銃じゃなくてヘルメット」

「いまさら言い合ってもあとの祭りだな」

「そうね、つづきはあとにしてもらっていい？　署に戻って捜査の立て直しをしなくちゃ。やり残してることもあるし。それに、吐きそうだから」

フィヨルドでボートを捜索するにはヘリコプターが必要だ。そのためには書類を作り、電話もかけなければならない。だが、署に戻ったときにはなにをする気にもなれず、そっちの手配はペッテルに任せた。病院に行きたくないと言い張ることにエネルギーを使い果たしたせいだ。

脳震盪を起こしたのか、あるいは起こしていないのか。起こしたとすれば、眠ってはならない。署にいれば眠れるわけがない。つまり、署にいるほうが健康のためによいということになる。脳震盪を起こしていなかったとすれば、病院に行く必要はない。アスピリンを呑んで冷湿布を当て、署にいることがもっとも理にかなっている、と自分を納得させた。

ヘリコプターが飛び、定期的に報告が入るようになった。いちばん大きな決断は、ヘリコプターを飛ばす方向だった。まっすぐ南下してネソデンへ向かわせるか、南西方向のドラバックから幹線道路沿いにデンマークへと向かわせるか。

けっきょくドラバック方面に決めた。もっと東寄りのルートをとってネセットあたりまで行き、そこで西に進路を変えて海岸へと出て南下し、来た道を引き返してヘリポートに戻る方法もあるが、それだと高価な燃料を大量に使うことになるから、ドラバックへ向かわせることにした。こうなると賭けだ。ボートが積んでいる燃料で南下できるあたりまでヘリコプターを飛ばし、なにも発見できなければ陸地をネセットまで行き、クジョヤやネッパといった集落の上を飛んで帰還させることにした。

副操縦士からペッテルに定期的に報告が入っていた。彼はランチから戻り、シーグリッドを眠らせないことに努力を傾けていた。ヘリコプターによる捜索は時間がかかる。距離が長いこともだが、海岸沿いの道路は樹木に隠れ、水上には釣り船やレジャーボートが呆れるほどたくさん出ている。目についた小さなボートが停泊しているのか、漂流しているのか、放置されているのか、使われているのか、あるいは、盗まれたボートと外観が一致するかどうかを見定めるのは、操縦士にとって時間もかかるし難儀な仕事だ。

午後四時を回るころ、目指すボートが見つかった。潮の変わり目に乗って、小さな青い家から一海里ほどの場所に漂っていた。地元警察が家を調べたところ、シェルドンの姿も、行方不明の少年の姿もなかった。

「場所はどこ？」シーグリッドは尋ねた。

「カホルメンの沖合を漂流してました。ドイツの軍艦を沈めたあたり」

「それぐらい知ってるわよ、ペッテル。誰だって知ってる」

ペッテルはシーグリッドの体調がますます心配になっていた。血圧があがっていそうだが、心配を口にしないほうが賢明だし、無難だろうと判断した。

「地元警察に連絡して。たぶんいまもヨハンが署長をしてると思う。あたしたちがなにを捜しているか、彼に伝えるの。きっとなにか見つけてくれる」

エンヴェルの股間がまた振動した。ポケットの奥まで手を突っ込んで携帯を取り出し、メールを読んだ。

「車のところにいる」と書いてある。

午後も遅い時間だ。エンヴェルは双眼鏡でもう一度家を眺め、男も女もどこにも行かないだろうと結論づけた。起き上がって伸びをしたらさぞ気持ちがいいだろう。だが、彼は立ち上がらず、這って小さな丘を越え、その先も家から見えないよう中腰で歩いた。

車に戻るまで二十分かかった。森を抜けて道に出る。湾曲した道の先の人目につかない場所に車を駐めたつもりだったが、目論見ははずれたようだ。

ギヨンとブリムは白いメルセデスのトランクにもたれて立っていた。煙草を吸いながら小声でおしゃべりしている。

エンヴェルが泥道に出てズボンの汚れを払い髪を直すのを、二人は顔をあげて見ていた。エンヴェルがちかづいて行くと、ギヨンがささやいた。「カドリのこと、知ってるか？」

「どんな食い物を持って来たんだ？」

「はあ？」

「食い物だよ。なにか持って来たんだろ？　サンドイッチ？　なにを持ってきた？」

ギヨンはブリムと顔を見合わせてからエンヴェルに顔を戻す。「食い物なんて持って来てない。なんで持って来なきゃいけないんだ？」

「食い物を持ってってやろうと思わなかったのか？」

「カドリが逮捕された。なにをしでかしたのか、おれは知らない」ギヨンが言う。「アパートから数ブロックのところで逮捕された」

「どうして知ってるんだ？」

「アパートの外で奴が出て来るのを待ってたんだ。箱を探しに行くって、奴は中に入った。それで、おれは頼まれてたから──」

「なにを頼まれた？」

「それが……サンドイッチを買っといてくれって」

「なるほど」

「そうなんだ。でも、サンドイッチはおれが食っちまった」

エンヴェルはなにも言わない。二人をじっと見つめるだけだ。

ブリムは咄嗟に思った。車にもたれているのはヤバいんじゃないか。まっすぐ立とう。だが、そうしたい気持ちを押し殺す。

「あんたに持って行くサンドイッチだとは思わなかった。一個はカドリの分で、もう一個はおれの分だと思ったんだ。そしたら、警官がアパートに入ってった。奴が出て来て、おれの前を通り過ぎてった。だから、おれが二個とも食った」

エンヴェルはやはりなにも言わない。

「おれはまず奴に知らせたんだ。女の警官がアパートに入ってったって」ギヨンが言う。

「ほかにやって来た者は？」エンヴェルが尋ねた。

「出て来たのはカドリ一人だった」

「ほかにやって来た者はって訊いてんだ」

ブリムがはじめて口を開いた。「誰も」

「ライフルを寄越せ」

　ブリムとギヨンは顔を見合わせ、もじもじしていた。

「ライフルはないんだな」エンヴェルが言う。「おまえたちのどちらも持って来ていない。食い物もない。武器もない。もう兵士じゃない。だったらなんでのこのこやって来たんだ？」

「エンヴェル、ここはコソボとはちがうんだ。干し草の山の下にかならずＡＫ型ライフルが隠してあるわけじゃない。九七年ごろは、弾薬に不自由しなかった。いくらでも奪ってこれた。ここじゃ鴨を撃つんだって講習を受けて、免許を取らなきゃならない」

「メインストリートのインタースポーツに行けば、カウンターの向こうにライフルが並んでる」

「だけど、触れるのに許可がいるんだ。買ったら足がつく。登録しなきゃならないから」

「つまり、おまえは書類を書くのが面倒だから、言われた仕事をやらなかったってわけか」

「あんたは一線を越えちまったんだ、エンヴェル」と、ギヨン。「あんたは子どもの母親を殺した。あんたは祟られてるって思ってる奴らもいる」

「だが、おまえらはここまでやって来た」エンヴェルがブリムに言う。

　ブリムは来たくなかった。アドリアナに行方不明の少年と老人の話をしたら、彼女は耳を傾けてくれた。大声を出さなかったし、説教を蒸し返さなかった。ただ耳を傾け、彼が話し終えると、こう言った。「あたしはなにも知らない。あたしの知り合いがなにか知ってるか、見るかしてたら、あたしの耳に入ってるはず」

「いちおうきみの親戚にあたってみてくれないか」彼は言った。

カドリが二人のことをばらすと脅してきたら、なんとか手を打たねばならない。脅しはやめさせなければならない。

「〝きみの親戚〟って、信じられない。あたしたち、どこに住んでると思ってるの?」

「おれたち、危険なんだ」

「自分がすべきことがわかってきたわ」アドリアナは言った。

カドリから電話で呼び出されると、ブリムとしては出掛けて行くしかなかった。すべて順調だというふりをするしかなかった。疑われていることに気付いたと、相手に気取られてはならない。

エンヴェルをこの国から出す以外に解決策はなかった。カドリは下っ端の麻薬密売人だが、ブリムが知るかぎりでは殺しはやらない。おそらくやらないだろう。故国からいろいろな噂が聞こえてくるが、あくまでも噂だ。出所もわからない。

ほかの解決策もないわけではない。エンヴェルが逮捕されればいいのだ――犯罪を犯したのだから檻に閉じ込められて当然だ。みんなほっとする。だが、ブリムを頼ってくる人間はほかにもいる。家族をほっといていいのか、おまえは兵士なんだから、国に奉仕して当然だろう、と煩く言う連中がいるのだ。

究極の解決策がある。エンヴェルの死という解決策。

そんなことは考えるだに恐ろしい。いままで考えたこともなかった。はじめはほんの小さな頼み事だったものが、ちょっと変わっているが取るに足らない依頼だったものが、大きなものへと形を変えていった。それはどんどん大きくなり、ついに前年、彼は半キロのヘロインの箱を手にすることになった。それをキッチンのテーブルの真ん中に置き、じっくり眺めた。アフガニスタン産の茶色い塊は数十万クローネに相当する。アフガニスタンでは大勢の部族民たちが平野でケシを栽培しているが、昼間は武装ヘリコプターが彼らを狙い撃ちし、夜になるとタリバンがこっそり刈り取りにやって来る。彼のキッチンのテーブルには、オスロの洒落たキッチン用品の店でアドリアナが買ったピンクとブルーのかわいい皿に載った塩と胡椒の瓶と並んで、ヘロインの箱が置いてあった。

数日後、カドリから箱を持って来いと電話が入った。ブリムはオレンジ色のジャンスポーツのバックパックに箱を入れ、言われたとおりオープント・バケリまで担いで行った。そのうちアドリアナはバックパックがなくなったことに気付き、なくすなんてそんな馬鹿な、と言うだろう。ブリムはそれをカドリに渡し、悪性腫瘍を摘出されたようなさっぱりした気分になった。破滅を呼ぶ茶色の塊はなくなったのだ。

あとに残ったのはカドリがくれた一万五千クローネだけだった。ブリムはその金を持ってパリートに行ってアドリアナのために本を買い、音楽配信サービスのeMusic.comに登録し、自分用に冬用のジャケットを買い、残りは貯蓄預金に入れた。

あの日の午後、買い物袋を両手にさげてマヨールストゥーエン駅ちかくの銀行から出たとき、自分の身になにが起きたのだろうと思った。もっとも頭の隅っこでは、約束なんて屁とも思わない連中と契約を結んでしまったのだとわかっていた。そう思ったら恐ろしくてたまらなくなった。

ギヨンが乾いた土に片膝をつき、小さな緑色の袋を開いた。取り出したのは木の握りに真鍮の柄がついた、大振りの猟刀三本だった。

エンヴェルは電話をしている。相手が誰なのか言わない。話を終えると、かつての友人に顔を戻す。

ギヨンはナイフをブリムとエンヴェルに渡す。二人とも戸惑っている。その理由はべつだ。ブリムが思っていることを、エンヴェルが口に出した。「これでどうしろと言うんだ？」

ギヨンは立ち上がり、メルセデスのトランクを開け、スペアタイヤと掃除用具がおさまるバケツに並べて袋を置いた。

いままでにない口ぶりでギヨンが答えた。

「やりたいようにやればいいだろ、エンヴェル。あんたの厄介事なんだから！　おれは早く片付いて欲しいだけだ。さっさとガキを連れて出て行きやがれ。二度と戻って来んなよ」

ブリムはナイフを手に一歩さがった。

エンヴェルは動かない。それからうなずいた。うなずいただけだ。それからギヨンに煙草をくれと言った。ギヨンは肩を心持ちさげ、ポケットからマルボロ・レッドを取り出す。中身が空にちかい包みを左手にトントンと打ち付けて一本出した。

アメリカ人の兵士は、煙草のフィルターをテーブルや岩や仲間のヘルメットにトントンと打ち付ける。そうやって煙草の葉を密にして先端をすかすかにする。火をつけたとき早く燃えるからだ。

　ロシア人兵士は逆のことをやる。煙草を親指と人差し指で挟んで転がし、葉をばらけさせる。ロシア兵は天候に関係なく、擦ったマッチを両手で囲み、貴重な炎が風で吹き消されないように守る。

　ギヨンが差し出す煙草を、エンヴェルが唇に挟んだ。

「火をつけてくれ」エンヴェルが言う。

　エンヴェルはナイフを右手に持ったままだ。

　ギヨンは自分のナイフをベルトに挟み、ブルージーンズのポケットからスウェーデン製のマッチを取り出した。

　マッチを擦るとすぐに、ロシア兵がするように両手で火を囲った。

「もっと高くあげろ」と、エンヴェル。

　ギヨンはエンヴェルにちかづき、その顔の前に両手を掲げた。曇り空の下でも、エンヴェルの疲れた目に炎が映るのが見えた。

　エンヴェルが前屈みになり、煙草の先端をギヨンの両手の中に入れた。ブリムからは、エンヴェルが右手に握るナイフの切っ先が、ギヨンの胴体を狙っているように見えた。

　煙草に火がつくと、二人は睨み合った。

　これぞ故郷と呼べるものはなにか。いくら語っても語り尽くせない話題だ。たとえば大地の匂い。食べ物の味。男の値打ち、女の思い出。失ったもの、死者への恩義。セルビア人になにをされたか。すべての思い出が、すべてのいわゆる事実が現実とは異なるとしても、感情だけはほんものだ。それは人生から切り離された記憶から生まれたものだから。

なにが真実でなにが神話なのかを知りたくて、ブリムは歴史に当たった。アドリアナについて図書館に行き、人の話に出てきた村の名前をインターネットで調べた。ベラ・クルコヴァ、メジャ、ヴェイカ・クルサ、ジャコヴィカ。セルビア人による大量虐殺が行われた場所だ。ブリムはそういう場所に行ったことがないし、虐殺の現場に居合わせたこともなかった。エンヴェルに対し負い目を持ってはいるが、コソボの独立や尊厳を守るための大義は、彼にとって象徴的で縁遠いものでしかなかった。

ささやかれる物語や耳に煩い沈黙から二千キロ離れたこの森の中の道で、睨み合う二人を前にしてはじめて、ブリムは死を身近なものとして感じた。これこそがアドリアナを怯えさせるものだ。夜、帰宅した彼の服から、彼女が嗅ぎ取っているものだ。二人のベッドに彼が持ち込んでいるものだ。彼らをつけ回すもの、つまり歴史だ。

エンヴェルは煙草に火がつくと顔をあげた。ギヨンはかざしていた両手を開き、マッチを捨てた。マッチは地面に落ちてもしばらく燃えつづけた。

ギヨンはナイフに目をやらなかった。あとじさりもしなかった。ただこう言った。「これからどうする?」

エンヴェルは煙草をゆっくりと吹かすうち、空腹がおさまるのを感じた。それからギヨンに向かってうなずいた。「ゆうべ、奴らはおれに感付いた。だけどなにも見なかった。きょう、奴らは休んでいる。おれも奴らも、老いぼれと子どもが現れるのを待っていた。今夜、家に押し込む」

前夜、リアは長いこと森を見ていた。そのあとでおもてに出て、森のはずれまで行ってみた。エンヴェルが双眼鏡でこっちを見ていたことを、彼女は知らない。黒い革パンツや黒いブーツ、ファスナーがスチール製のビンテージ物のジャケット、あかるいブルーの瞳、黒い長髪。逐一見られていたことに、彼女は気付かなかった。

ちかづいて来る彼女のヒップに、エンヴェルは目を凝らしていたのだ。

充分離れてはいるが、でもじっくり見られるぐらいのところで、彼女はしゃがみ込むと小さな石を拾った。中には大きめのも混じっていた。立ち上がると、森に向かってそれを投げた。彼がいる方向を狙ったわけではなく、広い範囲にまんべんなく投げた。

だが、なにも起こらなかった。小鳥がいっせいに飛び立つことも、鹿が飛び出してくることもなかった。犬が足を引き摺りながら出てきて、愛を求めもしなかった。ただ静かだった。

リアは振り返り、ラーシュの姿を認めると肩をすくめ、彼のほうへ戻って行った。彼の胸を数度叩いた。「あたしに我慢して付き合ってくれてありがと」

それから、彼女は泣き出した。ラーシュには意外だった。彼女はすぐに泣きやむと涙を拭い、ほほえみ、ちょっと笑い、また彼の胸を叩いた。

「長い一日だった！」彼女は言った。

家に戻ると、ラーシュは彼女のために瓶入りのトマトソースを使ってパスタを作った。食事がすむと、彼女の服を脱がせ、自分のとお揃いの縞のパジャマに着替えさせた。羽毛の掛け布団をパタパタと払い、丸くなった彼女を包み込んだ。冷たい夜気にあたらないように、掛け布団の四隅をたくし込み、彼女の髪を撫でた。昔の号の〈ニューヨーカー〉から短編を選んで読んでやった。空気がこもらないように窓をわずかに開け、ライトを消し、リビングに戻って後片付けを終え、頭に浮かんだビデオゲームのイメージをスケッチした。主人公が巨大な銃を手にハリウッドの有名なサウンドステージに乗り込み、ゾンビとなった俳優やセレブを始末してゆくゲームだ。

翌朝、リアは上半身裸で目を覚ました。朝日が部屋をあたためていたので、掛け布団を剝いでいた。ラーシュは素っ裸で起きて、鉄製のレンジでコーヒーを淹れた。数キロ四方に人家はないので、彼はそのまま表に出ると、玄関先の階段に座って豆を挽きながら森を眺めた。リアがびくびくしていた理由は想像に難くない。森を抜ける五百メートルほどの小道が、リアにとっては、ワシントン・アーヴィングの『スリーピー・ホロウの伝説』に描かれた、光る目の馬に乗る首なしのドイツ人騎士が潜む森なのだ。だが、ラーシュはここで育った。木々も動物も、彼らがたてる音も、昼と夜のリズムも体に馴染んでいる。森は季節ごとに変化する。巡る季節はそれぞれに異なる喜びと挑戦をもたらしてくれる。森そのものは少しも怖くない。森は人間を必要としている。

ゆっくり過ごそう、とラーシュはくどいほど言った。

きみは流産した。その翌日に、ぼくらのアパートで人が殺された。きみのお父さんが行方不明になった。

彼はあたしのおじいさんよ。

お父さんみたいなものだろう。

そうね。

いまぼくたちにできるのは、待つこと、それにゆっくり休むことだ。心と体を休めれば、いい考えも浮かぶ。英語の字並べゲームをしようか。きみが言葉を作って、それがほんとうにある言葉だとぼくに納得させる。

どうして警察は行方不明者届けを公表しないの？　どうして彼の写真をニュースで流さないの？

シーグリッドが言ってただろ。彼ときみは名字がおなじで、きみの名字はドアの表札に出ている。だから、彼が行方不明だということを犯人が知れば、行方を探そうとするだろう。彼になにか見られたんじゃないかと心配してね。犯人たちは、彼が子どもと一緒だと思う。犯人たちが子どもを探しているとして、シェルドンが行方不明だとわかれば、警察が彼と接触していないことに気付いてしまう。

なんだか入り組んでるわね。

チェスみたいなものさ。あの女性……シーグリッド。彼女は慎重だ。

あたしたちが危険に晒されていると、彼女は思ってるの？

いや。あの事件とぼくらは結び付いていない。犯人たちがこの家のことを知る可能性はゼロに等しい。それに、コングスビンゲルの警察は、ぼくらがここにいることを知っている。ぼくらは安全だとも。

その日一日、二人は連絡が入るのを待った。ゆっくり過ごした。

夕方の六時、日射しのぬくもりがまだ残っているころ、エンヴェル・バルドシュ・ベリシャはブリムとギヨンを従え、玄関を入って来るとそのまま冷蔵庫に向かった。

第三部　ニューヨーク

第三部　ニューヨーク

十五

オスロのアパートのシェルドンの部屋には、ノルウェーの詩が飾ってある。リアがニューヨークの古本屋で見つけた詩集だ。彼女は自由詩の形式がすでに用いられていたことに驚き、翻訳された言葉の力に打たれ、それを写真に撮って額におさめて結婚記念日にラーシュに贈った。

それがシェルドンの部屋のベッド脇の壁に掛かっている。彼は毎晩ベッドに腰をおろし、まずベッドサイド・テーブルの上の家族の写真を眺める。それからたまに振り返って詩に目をやる。

一九一二年に書かれた詩で、ミネソタ大学の教授によって英語に翻訳され、大学が出版した『モダン・スカンジナビアの詩』と題された地味な詩集におさめられた。ノルウェーがスウェーデンから独立して数年後のことだ。

ノルウェー。授かり物
さすらいの民族への

北へ北へと追いやられ、辿り着いたのは
海に遮られるおびただしい音
潮吹く浜と岩だらけの大地
時に忘れ去られた神々の宿る大地。
がらんとした家に音は虚しく響き
ワインは子どものようにこぼれ散り
遠来の客はいくら待っても来ず
炎と歌が勢いをまし
明けぬ夜のしじまをあかるく染める。
とこしえの夜に挑む戦い。
蠟燭と香料の合唱。
われらは……と彼らは言う。北国の子、
大地の揺り籠に抱かれた父より生まれた。
数多の記憶があいまってひとつの物語となり――
ここが……と彼らは言う。
ここがわれらの国。

その国がいま彼を取り巻いている。見たことのない光景だ。移動をはじめて数時間が経つ。

トラクターの高みから眺める広大な景色が、詩によって喚起されたイメージと重なる。言葉そのものはうろ憶えでも、比喩が織りなす感覚が甦った。風を顔に受け、足元に車台の揺れを感じ、背後にはポールと筏を従えている。彼を取り巻くこの国が——以前は沈黙をつづけていたのに——いまはシェルドンの視線に応えておしゃべりをはじめた。沈黙それ自体が一種の言語だと、いまはわかる。そこにあるのは死と記憶だけではない。死者の声だけではない。ヨーロッパの沈黙の中には、彼が聞いたことのないなにかがある。だが、それを完全に理解できるほど長くはここで生きられないだろう。だから、偶然見つけられた詩とおなじほど自由なこの認識を抱き締める。題名のない作者不詳の認識を。経験から得た認識、二度と見出せない認識を。

動くトラクターの上で、年齢と重力に逆らってすっくと立ち、足元で世界が裂けるのを見届ける。木々がゆっくりとちかづいて来て、またたく間に遠ざかってゆくのを見届ける。ハスヴィク通りからキルケ通りへ、そのさきのフロエン通りへ。そこでアルング通りに折れ、さらにモーセ通りへと折れると、やがて国道23号線に出る。そこから高速道路E18号線に入る。ここまで来ると、海のようにゆるやかにうねる大地と彼らを隔てるものはなにもなく、シェルドンが理解できないおしゃべりが大きくなる。

額に布が置かれてシェルドンは目を開けた。マリオが置いたのだ。

「ドニー、大丈夫か？」

「気分爽快とは言えない」

「衛生兵が脚に包帯を巻いてくれた。それから、あんたのシャツの上にメモを置いた」

「なんて書いてある？」

「撃たれたが無事」

「わかりやすいな」

「どうやってここまで来たんだ？」マリオが尋ねた。

ドニーは考え込んだ。たしか堤防に向かってボートを漕いでいるときに撃たれた。彼はそのとき振り返り、そこで意識が途切れた。いま、頭が痛い。傷は移動するものだろうか？

「ボートで来た」

「どのボートだ？　揚陸艦で？　あんたがボートに乗ってる姿は見てないぜ」

「いや。小さなボートだ。救命筏だ。オーストラリア軍から拝借した。岸に打ち上げられたんだろう。あるいは誰かが引き上げてくれたか。謎だな」

「それで濡れてるのか？」

「ああ、マリオ。それで濡れてるんだ」

「立てるか？」

「たぶんな」

いま何時なのか、部隊が三つの浜を占領確保してからどれぐらいの時間が経ったか、ドニーにはわからなかった。T－34戦車は浜で隊形をとり、じっとうずくまって動かない。寒くなってきた。腹もへった。陸軍移動外科病院（MASH）はすでに動き出していた。頭上にはパルミド灯台が見える。満潮で、上陸用舟艇の腹に日射しが照り返していた。兵士たちは煙草を吸っている。やけに穏やかだ。

マリオに引っ張り起こされ、目と目が合った。どちらからともなくほほえんだ。

「あんたに会えて嬉しい」マリオが言った。

「めそめそするなよ」

「写真を撮ろう」

「なんの？」

「おれたち」

「なぜ？」

「おれたち戦友だろ！　写真を撮って、いつか息子たちに見せるんだ。誇りに思ってくれるぞ」

「おれたちに恋人ができると本気で思ってるのか？」

「おれにはできるとも。あんたには……かわいい牝牛ってとこかな。それともアヒル。アヒルは恋人として最高だって言うぜ」

「そうなのか？」

「ああ。関係がこじれたら、食っちまえるし」

「カメラはどこだ？」

マリオはバックパックを肩からおろし、ライカⅢｃを取り出した。鮫革のグリップにステンレスのボディが輝いている。それをドニーに手渡した。

「渡されたって使い方がわからない」

そこでマリオはドニーに、シャッタースピードやホワイトバランスや絞りの設定調整を教えた。そのあいだ、アメリカ軍もカナダ軍も韓国軍も、浜や海から戦闘の残骸撤去に追われていた。兵士たちは補給センターでハンマーを振るい、埠頭で重い物を持ち上げて汗を流していた。カメラの仕組みについておしゃべりに興じる二人の若者の背後で、インチョンは共産軍を迎え撃つ北の作戦基地へと姿を変えつつあった。

「なあ、わかっただろ？」マリオが尋ねた。

「ああ、なんとかな」

「まずおれの写真を撮ってくれ」

遠くで銃声がした――丘の向こうでは戦闘がつづいているらしい。現地の抵抗勢力の残党狩りだ。マリオは所定の位置へ歩いて行った。ドニーの手は油っぽい海水のせいでべたべたしていた。マリオのカメラを汚さないよう、砂まみれの指を濡れたズボンで拭った。

カメラを目に当ててはじめて、レンズを通して物を見るのははじめての経験だと気付いた。遠い昔にカメラをいじったことはあったが、ちゃんとレンズを覗くのははじめてだった。ファインダーと言えばライフルのスコープだ。はじめて的を狙ったのは、ノース・カロライナ州のニュー川だ。海兵隊のキャンプ・ルジューンで訓練を受けていた。シェルドンはスコープを覗くたびどこか痒くなるので、掻かないでいるのに懸命だった。

「動けば居場所がばれ、命を落とすことになる。質問は？」

彼がいたコマンド部隊の訓練には十五人の志願兵が参加していた。五週間にわたって的を撃ちつづけ、偵察警戒活動や地図の読み方、爆弾の扱い方、偽装術、それにスコープを覗いて撃つやり方を教わった。不動の姿勢でいること、相手の注意をそらすこと、体のバランスをとる術、衝動を抑えること、呼吸法、感情の制御法などを学んだ。鼓動をゆっくりにする術も身につけた。

射程や風向きや光線の読み方も学んだ。志願兵たちの話題はライフルと弾薬、銃砲鍛冶、それに女だった。ジャズや車のエンジンも話題にのぼった。煙草の取り合いもした。咬呵の切り方や、たがいの人種や宗教をけなし合うことを覚え、タイプ別に性癖を表す隠語を発明した。

スナーフとは、女が乗った自転車のサドルの匂いを嗅ぐ奴。

トゥワープとは、尻の割れ目に入れ歯を差し込む奴。

ようするに、いつか知識が役立つときに備えて、人殺しの術を身につけたのだ。

スナイパーにとって、人差し指は殺しの道具だ。だが、相棒に頼まれてライカを構える彼が、身につけた技術を用いてファインダー越しに狙ったのは標的ではなかった。人差し指を使うのは、狙った構図を破壊するためではなく、永遠にそこに留めるためだった。それは命を終わらせるのではなく、存在しつづけさせるための瞬間だ。

夜明けの海で人を殺して数時間後、その手にカメラを摑んで、ドニーは変わった。そのとき肌で感じたのは、驚異と謙遜、写真を撮るためにレンズを向ける単純な喜びだった。マリオが前に、ローマカトリック教会の化体説について話してくれたことがあった。パンとワインがキリストの肉と血に変わるというあれだ。カメラを手にするまで、彼は馬鹿らしいとマリオの言うことを一蹴していた。いま、レンズを覗いて、そういうこともありうると思った。

彼はマリオにほほえんだ。「よし、いい写真を撮ってやろうじゃないか」

ファインダーの左上隅に、ヘリコプターが入った。マリオは右の少し下側にいる。浜と暗い海は左側で、右隅が砂丘、それがだんだんせり上がった先にパルミドが見える。すべてがぴたっとおさまっていたが、構図がいまいちな気がした。

「数歩さがれ」ドニーは言った。「おまえの足がちょん切れるのが気に食わない」

マリオはまったく気にしなかった。おまえが動いてしかるべきだというシェルドンの態度に異を唱えなかった。どうしておれが動かなきゃならないんだ？　そう言えばいいのに、マリオはやさしい人間だから、ドニーとの友情を主導権争いと捉えていなかった。彼は異国の浜にいるイタリア系の若者で、味方に犠牲を出さず戦闘に勝利したばかりだ。死んだと思っていた友人が無事に戻り、戦闘を無事に潜り抜けた彼の愛用のカメラを手に、この瞬間を写真に刻みつけようとしてくれている。

この六十年間、シェルドンは自問自答を繰り返してきた。時計の修理をしているときも、ソールの死後、毎晩のように機動河川部隊と同乗しているときも、頭の片隅で考えつづけていた。レストランでメイベルが化粧直しに立ってしまい、手持無沙汰でフォークをいじくっているときも。ノルウェーで暮らすようになったいまも、それは答の出ない問題だった。安全な場所に封じ込めたはずの記憶がひょいっと姿を現し、その性質を変えていくのとおなじだ。廊下のクロゼットの秘密の場所から姿を現し、解いてくれと迫る。いずれはちゃんと向き合わねばならないと、覚悟はしていた。

自分が動けばすむことなのに、なぜマリオにさがれと言ったのだろう。

どちらかが動かなければならなかった。ライカはボタンひとつで像を拡大したり縮小したりできない。望遠レンズはついていなかった。手首をひねるだけで、世界を近寄せたり遠ざけたりできなかった。あの当時、彼の世界との関わり方は凝り固まっていた。五十ミリのレンズを通して見るのが彼にとっての世界だった。あの当時、人の考えは経験によって決まった。

だが、動くのはマリオである必要はなかったのだ。ドニーが数ヤードさがることだってできたはずだ。彼がさがれば、マリオはちゃんとフレームにおさまっていた。彼がさがっても、結果は同じだった。

それなのに、なぜ自分が動かずに、マリオに動けと言ったのか。

「おれはあのとき機嫌が悪かった。脚を怪我していたから動きたくなかった」それがひとつの答だ。長いことそれで通そうとしたが、いかんせん説得力に欠ける。「おれはいつもマリオより年上のように振る舞っていた。自分のほうが賢いように振る舞っていた。彼が動くべきで、おれは動かなくていいというのが、彼のためにおれが動くのではなくて、彼がおれの指示に従うのが、おれたちのゲームだったんだ」

嘘ではない。そのせいで命令がすんなり口をついて出たのかもしれないが、ああいう行動をとった説明にはなっていない。そんなことでマリオを納得させることはできない。

パルミドの白くずんぐりした灯台が、灰色の空にくっきりと浮かび上がっていた。あたらしい世界を創ろうとする外国人の慌ただしい動きに比べて、灯台は穏やかでどっしりとしていた。変化する世界の中で微動だにしない。そのことに慰められた。それは……美しかった。だから、動きたくなかった。なにひとつ変わって欲しくなかった。

ドニーの心を震わせた不変の瞬間の美が、マリオを殺した。

マリオがなにを踏んだのか、誰も知らない。不発弾だったのかもしれない。なんであれ、彼の軽い一歩が引き金となった。

爆発でマリオは宙に飛んだ。偶然なのか、衝撃波のせいかわからない。原因がなんであろうと、爆発の瞬間に彼の指はシャッターを押し、おぞましいものをフィルムに永遠に刻み付けた。

一九五五年、シェルドンはマリオのカメラを開いてフィルムを見つけ、現像した。それは彼がライカを手に世界を巡った年だった。フィルムに写っていた写真は一枚、写真集におさめなかった一枚だ。メイベルに見せたことはない。その存在を口にしたこともなかった。その写真から受けた衝撃を、彼は誰にも語らなかった。そのせいでヨーロッパを彷徨(さまよ)い歩き、首都や強制収容所を訪れたことも、けっして口にしなかった。

リアは知らないが、その写真はここノルウェーにある。クロゼットの上の棚の分厚いマニラ封筒の中に、人目に触れたことのない四、五十枚の写真と一緒に入っている。ほとんどがソールの写真だ。赤ん坊のソール、よちよち歩きのソール、幼稚園児のソール。メイベルの写真も何枚かある。

それらの下に、古い友人のマリオが吹っ飛ばされた写真があった。二本の脚はすでに体から切り離され、隅に白い灯台があり、彼の顔には笑みが残ったままだ。

十六

「ああ、まいった」シェルドンは言う。

トラクターの左側のサイドミラーにパトカーが映っている。厳めしさのかけらもないパトカーだ。両脇に赤と青の縞が一本ずつ入った白いボルボのステーションワゴンで、人を畏れ入らせる気配がまったく感じられない。高校の廊下に立つボランティアの見張り番（ホール・モニター）のほうが、まだ敬意を表される。

それでも、車内には無線機を持った警官がいた。

シェルドンは選択肢を思い浮かべる。パトカーを振り切るのは無理だ。隠れようにも場所がない。戦いを挑むのは不可能だし不適切だ。

合衆国海兵隊の不朽の智恵が、練兵係軍曹の声となって甦った。

「選択肢がひとつしかなければ、それを楽しめ！」

パトカーから現れた復讐の女神（ネメシス）は、小太りの紳士だった。年のころは五十代後半、愛嬌のある顔にくだけた態度の持ち主だ。武器は持たず、迷惑そうな様子でもない。

丁寧そうな言葉でポールに話しかけたが、シェルドンのところからはポールの姿は見えず、彼が返事をしたとしても声は聞こえない。おそらくなにも言わず、筏の上で体を低く沈み込ませただけだろう。

警官がトラクターのほうにやって来たので、シェルドンは深呼吸し、役になりきる。

警官はノルウェー語で話しかけてきた。

シェルドンはノルウェー語を話さない。英語を使うわけにもいかない。

「グーエッテルミダーグ」警官が言う。

「グーテンタグ！」シェルドンは元気いっぱいイディッシュ語で応える。

「エル・ディ・フラ・ティスランド？」警官が尋ねる。

「ヨー！　ドレム＝ミザルクシュディク」それが〝南東〟の意味であることを願いながら、シェルドンは言う。なにせ最後にこの言葉を使ったのは五十年前だ。〝ティスランド〟がノルウェー語でドイツの意味だと仮定しての話だが。

「ヴィル・ドゥ・スナカ・エンゲルスク？」警官はどうやらドイツ語を、というよりシェルドンがドイツ人のふりをして用いている言葉を理解できないようだ。

「英語、少し話せる」シェルドンは言う。ドイツ生まれのロケット工学者、ヴェルナー・フォン＝ブラウンやヘンリー・キッシンジャーに似すぎてもまずい。

「ああ、よかった。わたしも英語、少し話します」シェルドンがどこの国の人間がわからないまま、警官はつづける。「あなたはアメリカ人だろうと思います」

「アメリカニシュ？」シェルドンはイディッシュ語もどきで話す。「ノー、ノー。ジャーマン。ウント・スイス。ヤー。ヴァイ・レ・ゼム・オフ・ダ・フック。イン・ノルウェー・ウィット・マイン・グランドサン。話すのスイス語だけ。この子、アホ」

「彼、おもしろい服装してます」警官が言う。

「ヴァイキング。ノルウェーのこと、とても大好き」

「なるほど。でも、おもしろい、彼の胸に大きなユダヤの星あります」

「ああ、ヤー。ユダヤ人とヴァイキングのこと、おなじ週、習った。それが理由。どっちにもなりたがった。おれ、こいつのじいちゃん。ノーってどうして言える？　先週、ギリシャ人。来週、たぶんサムライ。孫、いるか？」

「わたしに？　ああ、ヤー。六人」

「六人。クリスマス、とても高くつく」

「ああ、ヤー。女の子たちピンクの物ばかり欲しがる。ちょうどのサイズのものない。男の子のために、車何台買えばいいのやら」

「男の子には腕時計買ってやる。憶えててくれる。クリスマスも、あんたも。おれたち老人は、もう時間ない。できるものなら、時間抱き締めたい」

「そりゃいい考えだ。まったく、いい考えだ」

　シェルドンは尋ねる。「おれの運転、速すぎる？」

　警官はにっこりする。「速すぎる、ノー。よい一日を」

「ダンケ。あんたも、よい一日を」

ボルボが走り去ると、シェルドンはトラクターのギアを入れる。
「摑まってろよ」ポールに声をかける。「今夜、寝る場所を探さなきゃならないからな。このトラクターを隠す場所もな」

ソールは最初の海外勤務を終え、パンナムの便でサイゴンからサンフランシスコに戻った。二十二歳の年だ。民間人の服に着替え、アーサー・C・クラークの本をジャケットのポケットに入れて飛行機に乗り込む十八時間前に、彼はベトコンを自動小銃で撃った。黒い服を着た男で、迫撃砲を組み立てる三人の分隊の一人だった。ソールが乗ったボートはエンジンが切られ、漂流していた。〝ザ・モンク〟が最初にベトコンに気付き、目顔でいる方向を指した。ソールの射撃の腕は父ほどではなかったが、木立の奥の人影を最初に見分け、つづけて三発撃った。そのうちの一発が相手の腹に命中した。ほかの者たちは四散した。海兵隊があとで上陸し、迫撃砲を回収した。ソールが撃ったベトコンも見つけた。頭にも弾薬を受けていたが、それは至近距離からのものだった。

ボートは任務を終えて港に戻った。帰国するソールのために、ビールとロックミュージックと卑猥なジョークのささやかな宴が催された。装備と自動小銃をおろし、山ほどの書類を書き終えると、彼はベトナムに着てきた服に着替え、バスで空港まで行き、アメリカに戻った。

アメリカらしきものに。

機内で本を読み、眠気と闘った。安らかな眠りは望むべくもなかった。二年のあいだ、安らかに眠ったことなど一度もなかった。見たりしたりしたことが夢に出てきて、よくうなされた。なんとか意味を見出そうとして、彼は疲れ果てていた。飛行機がたてるブーンという音は誘惑だった。ソールを夢想へと誘う。だが、そこは危険な場所だ。怪物が棲む場所だからだ。

ただのウォッカやブランデーを飲む男たちを見て、自分もそうできたらと思ったが、ユダヤ人のDNAがそれを許してくれない。酒を飲むと眠くはなるが、気持ちは楽にならない。ソールは話相手が欲しくて通路を隔てた席の男を見つめた。首が太く胸板の厚い男で、グレーのスラックスにしわくちゃのブルーのシャツという格好だ。彼の前のトレイにはジンの小瓶が三本載っており、読み物の類は持っていない。ソールの視線を感じて顔を動かした。一瞬、視線が合ったが、相手はすぐに顔をそむけた。

彼が降り立ったアメリカは、色彩と音楽と異人種のカップルと派手なゲイでいっぱいの、一九七三年のサンフランシスコだった。誰も彼に唾を吐かなかったし、彼をベビーキラーと呼ばなかった。だが、クルーカットにダッフルバッグのソールと、ロングヘアにサングラスの彼らは、すれちがいざま、不思議な異国の動物を見るような目でたがいを見つめ合った。神秘的な動物園から来た、見慣れない生き物のように縁遠い感じがしたからだ。

似たような経験をしたのが、はじめてベトナムに降り立ったときだった。新兵訓練所で下層のアメリカ人と交わって慣れたつもりでいたが、ベトナムの人たちもその生き方も多種多様で複雑で、彼の予想をはるかに超えていた。彼らが語る物語や彼らを動かす原動力、それに気分や記憶が入り乱れ、混沌とした社会がそこにはあった。

彼には海軍が理解できなかった。サイゴンが理解できなかった。黙り込む店員や平気で裏切るベトコンが理解できなかった。共産主義者に仏教徒の家族がいることが、彼の混乱に拍車をかけた。

まだ十代の娘の目に親しげな輝きを見出そうとしたとき、娘は彼に向かって発砲した。ベトナムに着いて一ヵ月後、泥深い村の茅葺小屋のそばで起きたことだ。その直後、〝ザ・モンク〟は持っていた火炎放射器で娘を生きたまま焼いた。

ソールは命を救われた礼を言うべきだと思い、口を開きかけたが、〝ザ・モンク〟はぷいっと顔をそむけた。

彼は戦争のなんたるかを――新聞や軍隊や元兵士や噂話やニュース映画から寄せ集めた切れ切れの情報によって――漠然とではあるが理解した。だが、戦争に関わる人間たちのことは、まるでわからなかった。そういう人間たちが朝起きてすることから産み出されるのが戦争なのだろう。だが、彼らがしていることは常軌を逸しているように見えるから、それで戦争――彼が巻き込まれている〝劇場作品（シアターピース）〟に付けられた用語――が抽象的なものになるのだろう。それは生き生きと目に見えるものになればなるほど、抽象的になってゆく。

全体像が摑めないので、小さなプロットを理解しようとした。たとえば戦友との関係。大佐が夢の中で泣いていると噂される理由。父ならこういったことをどう考えるか。

帰りの機内で、彼は父と話し合う場面をいろいろ想像してみた。なにしろ父は海兵隊の一員として朝鮮で戦っている。いまや二人の関係はただの父親と息子以上のものだ。海外で戦争に参加した復員軍人同士だ。戦闘をその目で見たアメリカ軍人同士――〝鏡の国〟へ出掛けて戻って来た者同士だ。その経験が二人を変えた。古くかつ普遍的な民族法によって、あたらしい方法で語ることを許され、戦火の洗礼を受けていない者には与えられない敬意や権威を揮うことを許された者だ。

ベトナムで戦うあいだに、ソールはそこで会った人びとを選り分け、分類することができるようになった。味方か敵か。理屈が通じるか否か。やがて自分自身を加えることのできるカテゴリーが生まれた。それは父によって造られた箱で、ラベルが――少なくともおもてには――貼ってあった。〝愛国的ユダヤ人〟中身は、二人のどちらも想像すらしなかった物でいっぱいだった。シェルドンはその箱に、過去の戦争や過去の時代から得た考えを詰め込んだ。ソールが詰め込んだのは、悪夢と印象だ。

ソールは東へ向かう前にサンフランシスコで一泊した。タクシーで空港のちかくの安ホテルに行き、ミニバーからコークとファンタを出して飲みながら、オールナイトのテレビ番組を観て過ごした。八時から十一時までに観たのは、『オール・イン・ザ・ファミリー』と『エマージェンシー！』の後半、『メアリー・タイラー・ムーア・ショー』と『ザ・ボブ・ニューハート・ショー』で、『スパイ大作戦』の途中で眠りに落ちた。前にも国際日付変更線をまたいだことがあるのに、時差ボケになったのはこのときがはじめてだった。靴を履いたまま眠ってしまい、ベトナムの泥でホテルのベッドカバーを汚した。

翌日は基地に出向いた。除隊手続きはものの数分で終わった。ニューヨーク行きの飛行機に乗り込んでようやく、民間人に戻ったことを自覚した。やることはなにもなく、報告すべき上官もいない。

グラマシーのアパートの表玄関に着いたのは、まだ日も高いころだった。街はいい匂いがした。両親の名前が記されたドアベルをじっと見つめ——考えてみれば、その名前は自分の名前でもある——押すべきかどうか考えあぐねた。

なぜだか自分でもわからないまま、それとも、どうしてそういう気になったのか自問することをやめて、彼はその場から歩み去った。

「もう着いてもいいころだ」シェルドンはメイベルに話しかけた。彼女はリビングのソファーに足を畳んで座り、〈ニューヨーク・タイムズ〉の日曜版を読んでいた。もうだいぶ遅い時間だ。

「時間は決めてなかったでしょ」

「日にちは決めていた。おれの見事なまでに正確な時計によると、約束の日はあと一時間足らずで終わりを迎える。つまり、彼は遅れているんだ」

「いろいろあっただろうから」

「そんなことはわかっている」

「いいえ、シェルドン。あなたにはわかっていない」

「おれがなにをわかっているか、どうしてきみにわかるんだ？」

「ベトナムは朝鮮じゃないのよ」

「朝鮮じゃないって、どういうことだ？」

「彼が前とおなじ様子でドアを入って来たからといって、彼がなにを経験してきたかわかった気になってはいけないってこと」

「それはきみがまさにおれに対してしたことじゃないか」

「だって、あなたは事務官だった」

「おれがなんだったか、きみは知らない」

　メイベルは日曜版を床に放り、声を荒げた。

「だったら、あなたはいったいなんだったの？　言うことがころころ変わるんだもの。わたしに尊敬して欲しいの？　同情して欲しいの？　夢の中で『マリオ』って叫ぶ訳を理解して欲しいの？　そうだとしたら、ちゃんと話してちょうだい」

「おれはやれと言われたことをやった。きみが知りたいのはそういうことなんだろ」

「人に言われたことをやるのが男だから？」

「きみはわかろうとしない」

「先に寝るわ」

「おれは彼が戻るまで起きて待ってる」

「どうして？　戦争から帰って来た息子に、開口一番、遅かったじゃないかって言うため？」

「あなたがなにを言いたいのかわからないわ、シェルドン。ほんとうにわからない」

　メイベルは怒り出し、ベッドルームに向かった。

「わからない」

「あの子に会えるのが楽しみじゃないの？」

「寝ろよ、メイベル」

「おれもだ」


　両親が言い争っていたころ、ソールはユニオン・スクエアで地下鉄五番線の最終に乗り込んだ。ブルックリンのフラットブッシュ地区にあるベヴァリー・ロード駅に着くまで、彼はずっと両手を見つめたままだった。

　やがてリアの母になる女性が、この地区の両親の家で暮らしていた。狭い敷地いっぱいに建つ家は、トイレの便座に座ったまま窓越しにトイレットペーパーを手渡せるぐらい隣家との距離がちかかった。

　メコン川で任務を行ううち二十ポンドも体重が落ちていたから、着ている服はゆるゆるだった。あかりを消した家の前に立って二階の彼女の部屋の窓を見上げる。あわよくばベッドに潜り込みたいと思っている十代の少年さながらだ。二人の出会いは数年前、バスの中だったが、思春期に特有のぎこちなさが災いし、つかず離れずの関係がつづいていた。夢中になるほどの魅力を、どっちも相手に見出せなかったというのが本音だろう。そのくせ、ほかの子と付き合うと気が咎めたりもした。そうこうするうちソールはベトナムに旅立った。

　ソールは小石を拾い、窓に向かって投げた。いっそ手榴弾ならよかった。窓を爆破したらボートに戻れる。だが、手榴弾ではない。小石だった。

　小石が窓に当たるやいなや、彼女が窓を開けて顔を出した。

　よくあることなんだ、と彼は思った。

「これって驚くべきなのよね」彼女が言った。

「そうだね」

　彼女は名前だけ知ってるバンドのTシャツを着ていた。わざと裂け目を入れたTシャツがだらんと垂れさがっている。彼女の顔は妙に青ざめて見えた。街灯のあかりで、乳房の輪郭が見分けられた。

「戻って来たのね」

「まあ、そんなところだ」

「なにがしたいの？」

「きみに会いたい」

「つまり、あたしとファックしたいってことね。戦争から戻ったばかりで、溜まりに溜まってるってわけね。ちがう？」

「自分がなにをしたいのかなんて、やってみなきゃわからない」

　どういうわけか、彼女はそれを聞いてにっこりした。

「裏口に回って」

彼女は言われたとおりにした。

彼女の上になり、中に入り、彼女の腿を摑んで目を閉じると、彼女が言うのが聞こえた。

「もしあたしが妊娠したら、あなたの子だから、いいわね？」

赤ん坊はほかの誰のでもない、あなたの子よ、と彼女は言いたかったのだろう。ここ最近、ほかの男と寝ていない、と言いたかったのだろう。二人のあいだにはまだなにか残っている、と言いたかったのだろう。過去は確実なものなのだと。

それから数カ月後、赤ん坊は彼女のお腹の中で育ち、ソールは死ぬことになる。彼女が言いたかったのは過去ではなく未来だったのに、彼がそれを知ることはついぞないのだ。


翌朝の七時半、ソールが自宅に戻ると、老時計職人はリビングの椅子で眠っていた。ソールは早朝に彼女の部屋を追い出された。男を部屋に泊めたことが親にばれるとまずいからだ。部屋代を払ってるんだから、二階でなにをしようがあたしの勝手よ、と彼女は口では言っていたものの、古い考えの父親に盾つく気はなかった。父親はつねづね言っていた。「おれの家で暮らす」以上、「家族の恥になるような」振る舞いをしたら「娘とは認めない」からそのつもりでいろ、と。

一九七三年当時の時代感覚からすれば、なんとも古臭い言葉だ。ソールと彼女の考え方はずれたまま、話はすれちがったままで、おたがいになんとかなると思っていた。妊娠ですべてが変わった。なんともならなかった。両親のこの食いちがいがリアにわかっていたなら、大人になって苦しむこともなかっただろう。ソールにとってもリアにとっても、彼女は謎のままだった。

ソールは両親を起こさないよう、そっと玄関を入った。左肩に緑色のキャンバス地のダッフルバッグをさげたまま、鍵穴から鍵を抜くのが――いつもそうだったが――ひと仕事だった。これにはコツがあった。鍵を中心からわずかにずらし、時計回りにまわしながらちょっと揺するのだ。

そんな悪戦苦闘の最中に、家の匂いがして吐き気を催した。それまで明確にするのを避けてきた思いが、子ども時代の匂いと共に襲い掛かってきたのだ。

ぼくにはとてもできない。

頭の中でその思いに言葉を与えようとしたちょうどそのとき、父親の声がした。

「お帰り」

鍵が抜け、ソールは玄関のドアを閉めた。入って右がリビング・ルームで、なにもかもが昔のままだった。父親は何色とも言い難い不格好な服を着て、やつれた顔をしていた。

ソールはダッフルバッグを傘立ての横に置き、肩の凝りをほぐした。深く息を吸い込み、過去を肺の中に、場違いな場所に取り込んだ。

「ただいま」

父は立ち上がらなかった。

「元気そうだな」

「ええ」ソールは言った。「元気です」

「腹はへってるか？　コーヒーを飲みたいか？」

「いいえ、いいです」

「いらないのか、欲しくないのかどっちだ？」

「ちがいがわからない」

「座れ」シェルドンはソファーを指差した。メイベルが日曜版を読んでいたあのソファーだ。

父の落ち着きぶりが、彼に自信を取り戻させた。あっちでなにがあったのか理解できる気がした。だが、父が朝鮮でなにをしたのか、彼にはまったくわからない。前に尋ねたことがあったが、父はこう言っただけだった。「おれは言われたことをやっただけだ」理解の助けにはならない。戦争に参加した者同士、共通する思いがあるのかどうか、いまこそ知りたいとソールは思った。父はなにをどう理解していたのか。そもそも理解できるものなのか。

「調子はどうだ？」シェルドンが尋ねる。

ソールは中身がパンパンのクッションにぐったりともたれかかりながら、肩をすくめて見せた。

「どうかな。まだ戻って来たっていう実感がないから」

シェルドンはうなずいた。「おれは戻って来たとき、カメラを持って出掛けた。おまえもなにかやったほうがいい」

「そうだね」

「なにをやろうか考えなかったのか？」

「ものを考える余裕なんてなかった」ソールはそこで言葉を切り、それから尋ねた。「父さんはどう考える？」

「おれはそういうことは考えない」

「選り好みなんてできない。ぼくはいろいろ見てきたんだ。いろいろやったんだ。箱に詰めて忘れるなんてできない。ちゃんと考えて理解しないと」

「おまえがなにを見たにせよ、なにをやったにせよ、国がおまえにそうしろと言ったから見たりやったりしたんだ。国のために尽くしたんだ。男がやるべきことをやったんだ。それも終わった。わざわざ蒸し返すことはない。終わったことだ」

「人を焼くとどんな臭いがするか知ってる」

「だから、終わったんだ」

「臭いが服に染みついたままだ」

「洗い落とせばいい」

「そういう問題じゃない」

「そういう問題だ。いま、世の中がどうなってるか知ってるか？　おまえみたいな人間はそう多くない。ベトナムのことはもう忘れて、せっかく国に戻ったんだから、ここでやれることをやればいい」

「ぼくみたいな人間は大勢いるんだ」

「ユダヤ人にはいない」

「ユダヤ人ってことがなににどう関わってくるんだよ」

「すべてに関わってくる。おれたちは第二次大戦を必死に戦った。われ先にと入隊した。だが、朝鮮戦争に参加したユダヤ人はそう多くなかった。いまはどうかって？　ユダヤ人はみんな大学に行くようになり、戦争に反対している。市民権にロックンロールにマリファナ。自分たちの役割を果たしていない。弱くなった。拠って立つ場所を失いつつある」

「父さん」ソールは顔を手で擦った。「ちょっと待ってよ。いまの世の中、どうなってると思ってるの？」

「どうなってるかって？　アメリカは戦争しているんだぞ。それなのに、自国を支持しないで、共産主義者の肩をもってる」

「ねえ、父さん、この国はいま混乱してるんだ。世の中をよくしていく方法はいろいろあるはずなんだ。だいいち、ぼくたちはもうなにも証明してみせる必要はないんだ。ぼくはこの国で生まれた。父さんもここで生まれた。父さんの両親だってここで生まれた。これ以上アメリカ人になる努力は必要ないじゃないか」

「ウォール・ストリートの会社の中には、いまだにおれたちを雇わないところがある。法律事務所だってそうだ」

「南部では、いまも黒人の子どもを殺しているじゃないか」

「この国には解決すべき問題がまだたくさんある。それぐらいおれもわかっている。だが、おれたちには、自分たちで解決すべき問題がある。守るべき立場がある」

「朝鮮でなにがあったの？」

「おれは言われたことをやったまでだ」

「父さんは事務官だったんでしょ。母さんはそう言ってる」

「そう言うように仕向けてきたからな」

「男は自分からそういう話はしないってことか。誰にほんとうのことを話してるの？　ビルはどうなの？」

「ビルもあっちにいた」

「一緒じゃなかったんでしょ」

「ああ。彼は機甲部隊だった。べつの場所にいた。出会ったのは戦争が終わってからだ。道でばったり。店のちかくの道で」

「ビルには話してるの？」

「ビルとは毎日話してる。店に入り浸りだからな。追い出すに追い出せない。ドアに鍵をかけて入って来られないようにすると、今度は電話をかけてくる」

「父さんに惚れてるんだ」

シェルドンは鼻を鳴らした。「おまえの世代はそういう言い方をするのか」

「まあね」

「おまえたちは物事をなんでもねじ曲げるからな。そうやって、自分たちだけが正しいと言い張る。ほかの連中の目は節穴だって言う。共産主義者のやってることがまさにそれだ」

「共産主義者がどういう連中か、ぼくは知らない」

「おまえを撃とうとした奴らが共産主義者だ。自分たちの世界観を押し付けて従わせるのが共産主義者だ。独自の考えを持つ者や自由であろうとする者、国のきまりに従わない者、革命を支持しない者を強制収容所に押し込めるのが共産主義者だ」

「誰も彼もぼくを撃とうとした。ぼくにはどうしてだかわからない」

「マリオみたいなことを言うな」

「マリオって誰？」

「知らなくていい」

「マリオって誰？」

「友達」

「ぼくの知ってる人？」

「おまえが生まれる前に死んだ。おまえは知る必要がない」

「ぼくはいろんなものを見たんだ、父さん。いろんなことをやった」

「わかってる。腹はすいてないか？　コーヒーを飲むか？」

「自分がしてきたことを、父さんに話したいんだ」

「知りたくない」

「どうして？」

「おまえはおれの息子だから。だから知りたくない」

「ぼくはあなたに話したい。父親だから。わかってくれると思うから」

「おまえの国は偉大だ。大事なのはそこだ」

「ぼくの国は偉大じゃないし、そんなことはどうでもいい。どうやればここに座っていられるのか、ぼくは知る必要があるんだ」

「気晴らしを見つければいい」

「時計を修理するとか？」

「そんなにひどいことか？」

「時間を修理することはできないんだよ、父さん」

「なにか食べたほうがいい。痩せたじゃないか。病人みたいだ」

「ぼくは病人なんだよ」

シェルドンはなにも言わなかった。

「母さんはどこ？」

「寝てる」

ソールはソファーから立ち上がり、階段を一段飛ばしに駆けあがった。シェルドンは動かない。ソールが戻るのを待って十分ほどそうしていただろうか。ソールは母親の顔を見に行ったのだとばかり思っていたが、ただ二階で座っていたと知ったのは何年も経ってからだ。

彼は階段の手摺り越しに下を眺めていた。子どものころ、玄関のベルが鳴ると、誰が訪ねて来たのだろうとそうやって眺めたものだ。あるいは、仕事から戻った父のご機嫌をこっそり窺うためにそうやって下を覗いていた。

階段をおりて来たソールは、父と向かい合わせにウィングバック・チェアに腰をおろした。母が本を読んだりテレビを観たりするときに座っている椅子だ。

「父さんはどうしてたの?」彼は尋ねた。

「おれ? 懸命に働いていたさ。店番をして、面倒に巻き込まれないようにして」

「ああ、でも、どんなふうに過ごしていたの?」

「だから、いま言ったじゃないか」

「朝鮮から戻ったころ、どんなことを考えていた?」

「なぜそんなことを訊く?」

「なぜって、ぼくも戦争から戻ったところだから。父さんがなにを考えていたのか知りたい。ぼくとおなじことを考えていたのかどうか、知りたいんだ」

「朝鮮から戻ったころは、朝鮮のことを考えていた。朝鮮のことを考える自分について考えて、時間の無駄だとわかったから考えるのをやめた」

「やめるまでにどれぐらいかかった?」

「めめしいこと言うな、ソール!」

「カメラを持ってヨーロッパに行ったんでしょ」

「そうだ」

「あっちでなにを見つけたの？」

「第二次大戦が終わって十年経っていた。おれがなにを見つけたか知ってるだろう？」

「おかしな写真を撮るためだけに行ったわけじゃないんでしょ？」

「そのために行ったんだ。おれはそういうのが得意だった」

「彼らを憎んでいたんじゃないの？　反ユダヤ主義の人たちすべてを。彼らの魂を自分の目で見るために行ったんでしょ。彼らにライフルを向けるわけにいかないから、記録した」

「そんなこと、どこで考え出したんだ？」

「ボートに乗ってるときに。時間があるからね」

「おれがヨーロッパでなにを見つけたか知りたいのか？　沈黙だ。恐ろしくてやりきれない沈黙だ。ユダヤ人の声はひとつも残っていなかった。われわれの子どもたちはいなくなっていた。戦争のショックで抜け殻になったのが二人ばかり残っていただけだ。殺されずにすんだのがな。ヨーロッパは傷口を塞いでいた。何事もなかったように、沈黙をヴェスパやフォルクスワーゲンやクロワッサンで埋めていた。おれの心理を知りたいか？　わかった。おれが彼らを怒らせたのは、おれがまだここにいることを彼らに知らせたかったからだ。彼らから反応を引き出したかった」

「それと朝鮮とどう関係するの？」

「関係するとも、大ありだ。ヨーロッパでおれは自分を誇らしく思った。アメリカ人であることを誇りに思った。国のために戦ったことを誇りに思った。ヨーロッパの民族はただそれだけのものだとわかった。民族を国と言い換えたければそうしろ。だが、彼らはただの民族にすぎない。アメリカは民族じゃない。アメリカは理念だ！　そしておれはその理念を共有している。おまえもだ。おれがどうしてたかって？　おまえが国のために戦っていることを、誇らしく思っていたとも。夢を守ろうとしているおまえをな。おれの息子は夢を守ろうとしている。おれの息子はアメリカ人だ。おれの息子はライフルを手に敵に立ち向かっている。おれはそんなふうに思っていたんだ」

ソールはすぐに返事をしなかった。シェルドンは沈黙を埋められなかった。

「写真はどこにあるの？」ソールが尋ねた。

「どの写真だ？」

「父さんが写した写真」

「写真集におさまってる」

「たくさんある中から選んだんでしょ。残りはどこにあるの？」

父が言葉に詰まることはめったになかった。つねに答を用意していた。そのときばかりは、ソールに不意を突かれて返事に窮した。

ああ、写真はほかにたくさんある。大事な写真がね。肌身離さず持っている写真が。

「おれは写真家だ。なにが写真で、なにがそうじゃないかはおれが決める」

「写真じゃなきゃなんなの？」

「ボートの上でほかにすることはなかったのか？」

「ほかの写真を見たい」

「だめだ」

「いつか見せてくれてもいいでしょ？」

「ほかに写真があるとは言ってないぞ」

「母さんに見せたことあるの？」

「母さんはそういうことを思いつくほど長くボートに乗っていないからな」

「どうして戻って来たの？」

「戦争に行ってたのはおまえだろうが。どうしてそんなに質問ばかりするんだ？　まるで『ディック・キャヴェット・ショー』だな」

「父さんは六つの国を歩いて千枚の写真を撮った。それから、ある日、戻って来た。どうして？」

「戦争が終わって、みんな死んでしまったからだ。戦争に戻りたくても戻れない。友達はみんな生きて帰れなかった。だから、おれは大人になり、生きつづけることにした」

「どの戦争？」

「もういい、ソール、いいかげんにしてくれ」

　父が言葉にできなかったことを、言葉にしたくなかったことを、ソールは自分で穴埋めしようと試みた。「彼らは朝鮮から戻らなかった。でも、父さんが言おうとしているのは、一九四一年にヨーロッパで戦った人たちのことなんでしょ。父さんをアメリカに残して、戦いに行った人たち。子どもの父さんは見守るだけだった。友達の兄貴たち。いとこのエイブ。父さんは子どもだったから、あとに残された。それで、朝鮮戦争がはじまると入隊した」

「ソール」シェルドンの声はだいぶ静かになっていた。「おれはまちがった戦争に行ったわけじゃない。つぎにいい戦争に行ったんだ。共産主義者は大勢の人間を殺した。多くの人間をだ。おれが入隊したころ、スターリンがソ連を支配していて、おれたちを狙うための核兵器を開発していた。われわれがヒトラーを憎んだようにはスターリンを憎まなかったのは、戦時中に大々的なプロパガンダを信じ込まされていたからだ。〝アンクル・ジョー（スターリンのあだ名）〟は、われわれにふたつ目の前線を与えてくれた英雄だというプロパガンダだ。だが、〝アンクル・ジョー〟はヒトラーと密約を交わしており、ソ連がわれわれの味方についたのはドイツに攻撃されたからだった。ソ連はわれわれの東部戦線じゃなかった。われわれが彼らの西部戦線だったんだ」

「母さんが言ってた。赤ん坊のぼくを抱いてる母さんを見て、父さんはよく泣いてたって」

「それ以上立ち入るな」

「どうして？」

「誰の入れ知恵だ？　そんな口のきき方をするのは」

「ぼくの世代はみんなこういうしゃべり方をする。どうしてだか教えて？」

「このアメリカで、母さんがおまえを抱く姿を見ていたら、ポーランドで裸の胸に子どもを抱いてガス室に送られた女たちのことが頭をよぎったからだ。彼女たちは、深く息を吸えば苦しくないから、と子どもに言い聞かせた。子どもたちは処刑人にほほえみかけた。死に向かう列の中で、手をぎゅっと握りしめた。おれは怒りでいっぱいになった」

「ヨーロッパでできることはなにもなかったから、それで戻って来たんだね」ソールが言う。

シェルドンはうなずいた。

「ぼくはいまなにをすればいい、父さん？」

「おれたちが生きていられるのは、この国のおかげだ。愚行も歴史も問題もすべてひっくるめて、この国はいまもおれたちのチャンピオンであり、おれたちの未来だ。命がけで守らなきゃならない。この国の発展を助けなきゃならない」

「わかってる」ソールは言った。

「この国はいま戦争をしている」

「わかってる」

「おれたちに隠れ場所を与えてくれた唯一の国を守れなければ、犠牲になった人たちに申し訳がたたない。よりよい場所にするために働かなければ、申し訳がたたない」

「部屋で休むよ」

「そうだな」

「愛してるよ、父さん」

シェルドンはただうなずいた。

それから一週間も経たずに、ソールは姿を消した。ほどなくして、彼は死んだ。キッチンのテーブルに短い手紙が残されていた。入隊し直して二度目の兵役に就きます。おなじ部隊に配属を願い出るつもりだから、みんなにまた会えると思うと嬉しい。父さん、母さん、愛してるよ。父さんがぼくを誇りに思ってくれることを願っています。戦争が早く終わりますように。そう書いてあった。

十七

「おれが息子を殺したんだ、ビル。息子が死んだのは、おれを愛していたからだ」

「彼はおまえをとても愛していた」

「あの朝は息子と議論した日として記憶に残っている。だが、あれは議論なんかじゃなかった」

「そうだな。彼は議論するつもりなんてなかった。敵とか味方とかの意識はなかった」

「おれはふつうに話ができない。かならず言い争いになる」

「それがおまえの魅力なんだよ」

「おれはどうすればよかったんだ？」

「彼が戻って来たときに、ってことか？　おまえに質問をぶつけてきたときに？」

「ああ」

「彼を抱き締めて、感じていることを話してやればよかった」

「おれは感じていることを話した」

「いや、話してない」

「どうしてわかる？」

「おまえ、誰と話をしてると思ってるんだ？」

「だったら、おれはどう感じてたんだ？」

「おまえが感じていたのは、愛情と安堵だ。おまえは彼をとても愛していたから、距離をとらずにいられなかった」

「若い娘みたいなことを言うな」

「あの感情――両手の中にある。ときに両手を握り締めずにいられなくなる感情。それはなんだかわかるか？」

「関節炎」

「おまえは彼に触れようとしなかった。あの最後の日に。家のリビングで。彼はあそこにいたのに。それなのに、おまえは彼を抱き締めなかった。彼の手に触れなかった。彼が赤ん坊のころにしたように、頬に掌をあてがってやらなかった。彼の頬に頬を押し付けなかった。おまえはそうしたかったはずだ。ほんとうにかわいい坊主だった。憶えてるか？　無限の未来に輝いていた。それなのに、おまえは彼に触れなかった。両手の中の感情を表すことができなかった」

「どんな感情？」

「空虚。おまえは彼に沈黙の話をした。だが、空虚の話はしなかった」

「おまえってほんとに興醒ましだな、ビル。自覚してるのか？」

「湖が見えてきた。トラクターを隠すチャンスだ」

「わかった」

　五十キロほど進んだところで、左手にゆっくりとローデンネスヨーン湖が現れた。ウストフォルドにある小さな湖で、シェルドンがきょうの目的地に決めていた場所だ。何時間も走りづめだったから、少年は腹をすかせているだろう。それに小便が溜まっていることはまちがいない。

　シェルドンは背中の痛みと両手の強張りを我慢しながら、森の中の静かな道にトラクターを駐めてエンジンを切った。一分ほど余裕をみてから、一メートル下の地面にそろりそろりと足をおろした。

　ポールは筏の上で居眠りしていた。バイキングの兜はかぶったままで、右手には長い柄の木のスプーンを握っている。埃だらけのウサギ、〝マジック・バニー・ダスト〟はベンチシートの下にしまってあった。シェルドンはほほえみ、彼を起こさないことに決めた。

　筏を載せたボートトレーラーの上に立つと、トラクターの大きさにあらためて気付かされた。高さはゆうに二メートルはある。タイヤひとつとっても上端が彼の胸のあたりまでくる。そうかんたんに隠せるものではない――オレンジ色の防水シートをかぶせて、見つからないことを願うなんて無理な話だ。

　このあたりは田園地帯だ。ここに住む人びとのものの考え方も、一日の過ごし方もわからない。だが、着る物やしゃべる言葉はちがっても、共通項は多いはずだ。都会とちがって近所づきあいは密だろう。学校の数は少ないが、子沢山だ。どこの家にどういう子どもが何人いるかみんな知っている。車や家畜だって、どこの家のかわかっている。

オスロからそれほど遠くないし、まったくの田舎でもない。だが、〝家屋敷〟単位ではなく土地に根差した絆が形成されているだろう。

そうなると、夜陰に紛れて動くほうがいい。この土地の誰かのものではないトラクターは人目につくし、よそ者が運転するトラクターが湖に向かったという噂はあっという間に広まるはずだ。

彼がとるべき理にかなった行動はひとつしかないようだ。これまでの人生でこういうことはよくあった。ポールが眠る筏も含め、目の前にある水陸両用のレクリエーション・ユニットを、シェルドンはしみじみと眺める。地元警察のパトカーに呼び止められたという事実が、ここで大きな意味を持つ。ここで大きな意味を持つ。警官は彼にアメリカ人かと尋ねた。その理由として考えられるのはふたつだ。ひとつ目、彼が使ったドイツ語とスイス語がまぜこぜの訛りが、あのお人よし警官に見破られていた。いや、それはありえない。シェルドンがニューイングランド出身であることを嗅ぎ付ける能力が、あの警官にあるとは思えない。

とうてい思えない。

もうひとつは少々厄介だし、もっと現実味を帯びている。

ポールのことを思ってテレビをつけなかったので、オスロ警察が行方不明者警報――そういうものがあるとして——を発令したかどうかわからないが、ぜったいにしていないとは言えない。なにせ、リアが背後で糸を引いているのだから。警報は出されていなくても、行方不明の老人と子どもがいることは、よその警察署に知らされているだろう。そこに記された特徴に彼が一致していたから呼び止められたという可能性はある。

たとえばこうだ。「幼い少年を連れた外国人の老人」

あるいはこうか。「アメリカ人の老人と少年が行方不明」これならシェルドンとポールはあてはまらない。

いずれにせよ、到達する結論は一緒だ。このトラクターは厄介のもとだから、始末する必要がある。

もう一度ボートトレーラーに乗り込み、筏を本体に固定する四隅の金具をはずし、そのときがきたら、筏がトレーラーからうまく離れることを確認した。

それがすむとまたトラクターのエンジンをかけた。怪獣が咳込んでゴロゴロいったので、ポールが目を覚ました。バックミラー越しに銀色の角が見えたので、そうだとわかった。振り返って手を振ると、ポールが手を振り返した。シェルドンはなんだか嬉しくなった。

道路に戻るとファースト・ギアでノロノロ運転をしながら、湖と並行して走る裏道を探した。それが難なく見つかった。パワーステアリングではないので、左に急カーブを切るのがひと仕事だった。ハンドルにのしかかって運転する姿は、車の多い大都市を走るバスの運転手みたいだ。トラクターはなんとか車体をまっすぐに戻し、小さな湖の西岸に沿った道をバスンバスンと音をたてて進んだ。

五分ほど行くと、ころあいの空き地が見つかった。そこで湖から離れるようにハンドルを左に切り、つぎに思い切り右に切って車体を湖に直角に向けた。さあこれからが〝トラクター隠蔽作戦〟の第二ステージだ。

すべてが完璧にうまくいっている。あとは湖に向かってまっすぐに進むだけだ。湖の深さが充分にあれば、トラクターはゆっくりと水中に没し、筏はトレーラーから離れて透明な輝く水の上にぷかぷかと浮かぶだろう。そこでポールは筏のエンジンをかけ、ただ一人、岸から離れてゆく。シェルドンは湖の底で、トラクターのハンドルを握ったまま息絶えるからだ。

おっと、これでは計画はとん挫するじゃないか。

ここで棒の出番だ。棒の片端をシートの下に突っ込んで固定し、もう一方の端をアクセルペダルにあてがう。おそらくうまくいくだろう。

問題は――この三日間彼を悩ませつづけてきた問題でもある――彼が八十二歳ということだ。動く筏にどうやって辿り着く？　泳いで追いかける？　かたわらを流れてゆく筏に飛び移る？　ポールがロディオのカウボーイさながら、腕を鉤なりにして彼を抱え、引っ張り上げてくれる？

いずれにせよ、最終結論に行きつく。びしょ濡れになることは避けられない。

それから五分かけて、シェルドンは筏の上の〝バルカンのユダヤ系バイキング〟ポールに説明を試みた。二人とも腰に両手を当てる。シェルドンが指を指したり身ぶりを交えたり、掌に絵を描いたりして計画を伝えた。問いかけるような表情を浮かべ、成功の見込みを伝えた。

ポールがうなずく。

シェルドンはほほえむ。

きっとうまくいくだろう。

そこで彼はエンジンをかけ、棒をシートの下に突っ込んでアクセルペダルにあてがった。キリスト教徒なら棒で十字架を作るか、棒にキスしているだろう。シェルドンが降りたあとも、トラクターはのろのろと湖に向かって行った。

惨憺たる結果も考えられないわけではない。トラクターが湖に突っ込むのを見て、事故だと騒ぐ人間が現れ、ヘリコプターとマスコミがやって来て作戦に水をさす。筏を追って泳ぐシェルドンが、なにせ三十年ぶりの水泳だから途中で力尽き、溺れ死ぬ。どれも理想的な結末とは言い難い。

ビルが現れて、トラクターを運転してくれるといいのだが、ビルは現れない。彼の場合、現れるタイミングは自分本位で気まぐれだ。

作戦をはじめてみれば、悪いことは起きなかった。それどころか驚くほどうまくいった。ポールが母親の死後はじめて声を、それも笑い声をあげたこともだが、トレーラーからはずれた筏が少しだが後退したのだ。トラクターが作り出した波のおかげだろう。膝まで水に浸かりながら、シェルドンは筏の端を摑んで引き寄せ、なんとか膝を筏に乗せることができた。

トラクターは水の墓に葬られることに抵抗を示したものの、途中で力尽きた。湖面が盛り上がって泡がたったが、湖は餌をそっくり腹におさめた。

シェルドンは筏の上に仰向けになり、息を喘がせながら空を見上げた。どっと疲れがでたことにショックを受ける。たったこれしきのことで？　若者の基準に照らせばなんてことないが、彼にとっては大変な運動量だ。

「年寄りこそ常日頃から体を鍛えるべきだな」シェルドンは言う。

上体を起こしてあたりを見回す。なんとも美しい景色だ。メイン州ウォーターヴィルにちかいイースト池を思い出す。一九八〇年代のはじめごろ、リアがサマーキャンプに行っていた場所だ。ローデンネスヨーン湖と同様、イースト池もふつうに静かだった。圧倒的とかユニークとかではない。紆余曲折の末に辿り着く場所ではない。逃げ込める場所。いま彼とポールが必要としているのはそれだ――湖の北東の隅まで行き、ひと晩潜り込める静かで安全な場所を探す。彼らにとってのジャクソン島だ。にっちもさっちもいかなくなったハックとジムが出会い、旅立った場所。

よし、計画がかたまった。まだ時間は早いが、人に見られている可能性も考え、トラクターからできるだけ遠い場所でキャンプするのだ。きょうの分の食糧を食べ、森の中で用を足し、濡れた靴下を乾かし、なるべく気持ちよく過ごせるよう準備する。

ほんの少しの知識があれば、乾いた森はなんと快適な場所になりうるのだろう。下生えの中に朝鮮の人が潜んでいないからなおさらだ。そう確信できるのはほんとうにひさしぶりだった。もしここで彼らがシェルドンを見つけたら、たいしたもんだ。褒めてやってもいい。

あすは朝からヒッチハイクだ。残りの道程をそうやって埋める。多少のリスクはいたしかたないが、彼らとオスロを結び付けるものはなにもない。全国規模の捜索が行われていないかぎり、それに運に見放されていなければ、残りの九十キロをヒッチハイクで行けるだろう。

ポールはシェルドンとちがって上機嫌だった。バイキングの装束に身を包み、元気いっぱいだ。小さな足でパタパタと筏の上を歩き回り、水に沈んだ哀れなトラクターを覗き込み、指差して笑っている。この様子を祖父母に見せてやれないのが残念だ。祖父母なら、孫の気まぐれに喜んで付き合ってくれる。

それに、片親が亡くなり、もう一方がまるであてにならない場合、祖父母はとても役に立つ。ちょうどリアの場合がそうだったように。


自分と祖父母のあいだにもう一世代挟まっていたはずだと、リアが気付くのは時間の問題だった。二十代に入ると、彼女は母親探しをはじめた。大学を出たてで――野心満々でむこうみずで激しやすく――〝真理〟をいつも口にしていた。母親を見つけ出すことは探求であり、危険はもとより承知のうえだった。

シェルドンは説得を試みた。人間は遺失物ではない、靴下の片方でもない、と彼女に言い聞かせた。ドアの下に挟まったまま、誰かが見つけてくれるのを待っているわけではない。

彼らは隠れているのだ。世の中の人すべてから隠れているのではない。特定の人間から隠れている。この場合はリアから。彼がやっている時計修理とアンティークの店は、開店当時から場所を移っていないから、彼女の母親がその気になれば電話するなり手紙を送るなりできたはずだ。母と娘は電話一本でつながるが、会話の錠を開ける魔法の暗号を手に入れられるのは片方だけで、リアはその暗号を持っていない。

彼女が理解できる歳になる前から、彼にはわかっていた。彼女の希望を打ち砕くことが、唯一人間的なやり方だ、と。だが、大学とか教育は、もっとも賢い人間にもっとも愚かな考えを植え付けることを得意としているから、リアも現実にぶつかって痛い目に遭わないと納得できなかった。

その結果は、シェルドンが思っていた以上に、メイベルが予想した以上にひどいものだった。リアは思ってもみなかった立場に置かれることになった。

母親を探し出した場所は問題ではなかった。母親がどんな格好で、その直前までなにをやっていたかは問題ではなかった。問題なのは、ドアを開けてそこに大人になった娘が立っているのを見て、やつれて不機嫌そうな母が純然たる憤りの表情を浮かべたことだ。その出会いの記憶――二人がなにを考えていたか、どんなふうに立っていたか、あたりにどんな臭いが漂っていたか――は、一瞬にして砕け散った。母が口にした言葉がすべてを覆い尽くしたからだ。その言葉は誤解を生みようがないほど決定的で簡潔明瞭だったから、リアの心を鷲摑みにし、二十年かけて培ってきた夢も幻想も合理性もすべて叩き潰してしまった。現在も過去もすっかり消え去り、あたらしい世界の厳しい現実だけが残った。

「あんたとは縁を切ったの！」

リアはその場を去り、シェルドンと祖母が待つニューヨークの家に戻った。

彼女はこのことをずっと胸にしまっていた。四カ月ほどして、シェルドンのほうから水を向けてみた。「気にかかってることがあるんじゃないのか?」と遠回しに尋ねたのだ。

一九九〇年に入ると、時代の好みに合わせて店も変わらざるをえなくなった。客の好みに合わせて品揃えをしたのは、それが理にかなった経営戦略だと思ったからだ。クリントンの時代で、不動産価格は高騰し、セックスを定義することが国家的課題となり、人びとの趣味はミッド・センチュリー・モダンに戻った。シェルドンは遺品整理やオークションに足を運び、掘り出し物を見つけ出した。リアが二十代前半だったそのころ、店にはマックス・ゴットシャルクの革張りの椅子や、ポール・ケアホルムの木とスチールの家具や、イームズのクラシックなラウンジチェアとオットマンが所狭しと置かれていた。ウォール・ストリートは活況を呈し、レトロが復活していた。

リアは店に来て、天井から鎖でぶら下がる卵型のデンマーク製の椅子に座った。彼女の頭の中でなにかが孵化しかかっていた。

「お父さんは彼女のどこに魅かれたの?」ぼそりと言った。

「ああ、リア、そういうことはばあさんに訊いてくれ、おれじゃなく」

「あとで訊くわ。いまは……」

シェルドンは肩をすくめた。嘘を吐く以外に彼女を守る術はなかった。

「魅かれていたとは思わない。七〇年代に流行った行きずりのセックスだったんだろう。戦争に行く前のな。どうしてかって？　彼女はいい体をしてて、積極的でおもしろかった。だが、彼にふさわしい女でなかったことはたしかだ。なにからなにまで合わなかった。それに、彼にはほかにも付き合っている女の子がいた。まあ、ようするに、戦争から戻って潜り込むのにいちばん手近な避難場所だったんだな。それがほかの女の子じゃなくてなぜ彼女だったのか、おれにはわからない。時間が経てば物事は意味を失う。物語は枯れてしまう」

「あたしは愛から生まれたんじゃないのね」

「そういうのを自己憐憫って言うんだ。おまえらしくないぞ。ばあさんとおれがどんなにおまえを愛しいと思っているか、おまえにはよくわかっているはずだ。おれに言わせりゃ、冷淡な親から生まれたとしても、愛されて育つほうが、その逆よりずっとましだ。おまえが母親に失望したのなら、そりゃ残念だった。ほんとうに。だが、おまえはなにも逃しちゃいない。足りないものなどないんだ」

「あたし、子どもは持たない」

シェルドンは修理していたチューードルのサブマリーナを置き、顔をしかめた。

「どうしてそんなことを言うんだ？」

「もし子どもを愛せなかったら？　そういうことは起きるんだもの、そうでしょ？」

「おまえにかぎってそんなことはない」

「どうしてわかるの？　ホルモンとかそういうのが関係してくるのよ。子どもを持つとすべてが変わるって言うじゃない」

シェルドンの言葉には悲しい響きがあった。

「子どもを持つとすべてが変わるんじゃないぞ。子どもを失うとすべてが変わるんだ」

リアは椅子を揺らし、「椅子を揺らすんじゃない」とシェルドンに言われてやめた。

シェルドンにしてみたら藪から棒に、リアが尋ねた。「どうしてシナゴーグに行かないの？」

シェルドンは椅子の背にもたれ、顔を擦った。

「どうしておれを苛めるんだ？」

「苛めてない。知りたいんだもの」

「おまえに行くなとは言ってないだろ。おれは公平な人間だからな」

「どうしてか知りたい。お父さんが原因なの？」

「そうだ」

「お父さんが亡くなって、神さまを信じることをやめたの？」

「そうとも言えない」

「だったらなぜ？」

どれほど多くの会話がここで、この場所で交わされてきただろう。この二十年というもの、まさにこの場所で。すべてがそうだったか？　そう思える。店の上にすまいがあるのに。キッチンでも書斎でもベッドルームでもなく、この場所で。シェルドンは来る日も来る日もここに座り、いろんな女たちの尋問を受けてきた。扱うアンティークは代替わりし、女たちは年とったが、シェルドンはつねにここにいて時計を修理し、質問に答えてきた。すまいで交わした会話で唯一憶えているのは、ソールとのものだけだ。

「〝ヨーム・キップール〟ってなにか知ってるな？」シェルドンは尋ねた。

「〝贖いの日〟でしょ」

「どういうことをする日か知ってるか？」

「赦しを乞う」

「二種類の赦しを乞うんだ」シェルドンは言った。「神に対して犯した罪の赦しを神に乞うことがひとつ。それに、人びとに対して犯した罪の赦しを人びとに乞うことがひとつ。なぜそうするかと言うと、われわれの教義によれば、神にもできないことがひとつだけあるからだ。人がほかの人に対して行ったことを、神は赦すことができない。罪を犯した相手に直接赦しを求めねばならない」

「殺人が赦されない理由がそれなのね」リアが言う。「死者に赦しを乞うことはできないもの」

「そのとおりだ」

「どうしてシナゴーグに行くのをやめたの、パパ？」

「一九七六年のことだ。おまえがうちにやって来た年、ラジオから沈む船を歌った歌が流れていた年だ。〝ヨーム・キップール〟の日に、おれはおまえをシナゴーグに連れて行き、神が謝ってくれるのを待った。おまえの父親にあんなことをして悪かったと謝って欲しかった。だが、神は謝らなかった」

十八

長閑(のどか)な晩だった。湖畔からすぐのところに乾いた場所を見つけた。奥まっているので、道路からもちかくの家からも見られる心配はない。これで焚火ができれば最高なのだが、贅沢は言っていられない。

ポールは角のある兜を脱ぐことに異を唱えなかったが、世界で一番奇抜な十字軍の衣装は死守した。わからないでもない、とシェルドンは思った。

並んで横になり、シェルドンは声を殺して言った。「おかしな物音を聞いたら、おれを起こすんだぞ、いいな」そんなこんなで二人はすばらしく安らかな眠りに落ちた。

六時にはもう日が空高く昇っており、二人は暑さで目覚めた。新鮮な空気のおかげでよく眠れたのだろうが、剝き出しの地面はシェルドンにとってやさしいものではない。全身が強張り、節々が痛む。そのうえ、このあたりではコーヒーの一滴も見当たらない。

キャンプの後片付けは手間いらずだった。広げた荷物はないに等しかったし、森の中だから足跡も残らない。あとをつけられた様子もない。寝込みをサーチライトに襲われることがなかったのは、トラクターの最期を誰にも見られなかったということだろう。

一時間もすると常緑樹の深い森を抜け、車の往来がありそうなそれなりに広い道路に出た。その道路を二十分ほど歩いただけで、シェルドンの息があがった。

「ちょっと待て、待て。休憩させてくれ」シェルドンは道端の丈高い草の上に腰をおろした。先を歩くポールが振り返る。

「歳はとりたくないもんだ」シェルドンはポールに言う。「ピーター・パンがいま現れたら、おれにかまわずついて行け」

木のスプーンとマジック・ダスト・バニーとウールの兜に身を固めたポールが、かたわらにすっくと立っている。元気そうだ。男の子はこうでなくちゃいけない。

シェルドンは腕時計を見た。輝く白い針がまだ朝の八時だと言い張っている。

「こっちに来い」シェルドンが手招きすると、ポールがやって来た。「こうするんだ」シェルドンは親指を立ててみせた。ヒッチハイクの合図だ。

ポールはうまく真似できない。親指が伸ばした人差し指に引っ張られるようにドイツの方向を向いてしまうのだ。「もうちょっと……フィンランドのほうを向かないと。こんな具合に」シェルドンはポールの余分な指を摑んで中に入れ、親指だけを立たせ、〝手と親指〟の合作が道路の前方を指すように動かした。「これでいい。この合図が、このあたりじゃ卑猥な仕草じゃないことを願おう」

ポールは道路脇に立って二分ほど待ったが、なにも起こらなかった。そのうちシェルドンの荒い息がおさまり、立ち上がれるようになった。ポールと並んで立ち、言った。「さあ、それじゃいまからうしろ向きに歩いてみようか。運がよければ時間を逆戻りできるかもしれない。きのうの前のその前に戻れるんだ。おまえが生まれる前よりもっと前の一九五二年、ソールが生まれた年まで。

一九七七年あたりでランチ休憩してもいいな。一九七七年ならうまいサンドイッチを食わせる店を知ってる」

北東に延びる道を数キロ先まで歩いた。きれいなリボンのような道路以外、文明のしるしは見当たらない。道路の両側は草原で、その先は森だ。

シェルドンは口の両端に鉛筆を一本ずつ咥え、自分はセイウチだと言った。ポールを楽しませようと、セイウチみたいに歩いたものの、じきに立ち止まった。

「大きなセイウチ、喉渇いた。小さなセイウチ、喉渇いたか？　大きなセイウチ、また小便したい。大きなセイウチ、歳とって膀胱ライマメの大きさ」

シェルドンは老人がビールをグビグビ飲む、万国共通の仕草をして見せた。

ポールが理解し、うなずく。イエス、と彼が言う。ぼくもビールをグビグビ飲む老人になりたい。

「わかった。だったらそろそろ車の手配をしなきゃな。いいかげんうろうろするのはやめよう。ひとつやろうと思ってることがある。数を数える。十から逆に数えてゆく。そうすると、車が現れて、キンキンに冷えたコークがある場所まで連れてってくれる。わかったか？」

シェルドンはポールの分もうなずいた。

「よし。さあ、数えるぞ」彼は立ち止まり、道路の先に目をやって数えはじめた。

「十」

なにも起こらない。

「九」

なにも起こらない。

「八」

小鳥がシェルドンの目の前に糞を垂らした。ポールは笑ったが、シェルドンは指を立てて言う。「集中しろ」

「七」

川から吹き寄せる冷風が雲を連れてきて、シェルドンはつかの間目を閉じ、風の心地よさにすべてを忘れた。

「六」

なにも起こらない。

「五」

シェルドンは親指を高く突き出し、自信満々に言う。

「四」

目を閉じて集中する。本気で一心に念じる。なにを念じているのか、自分でもわからない。

スウェーデンの女子バレーボール・チームがゆっくりちかづいて来て、天国への道順を訊く様を思い浮かべようとした。ビルならきっとそうする。

「三」

ひと眠りできたらどんなにいいか。母親が死んだことを、誰が少年に話すんだ？　警察に駆け込むまでに、どれぐらい時間を稼げばいいんだ？

「二」

殺人者がサマーハウスのことを知る可能性は？　なにか見落としているにちがいない。おれはなにか見落としているのか？

「一と半分」

二人はまた子作りに励むだろうか。それともこれでおしまいか？　家系は途絶えてしまうのか？

「一」

そのとき、計ったようにとまではいかなくても、ちょうどいい頃合いに、ライフル片手のハンターを満載したピックアップ・トラックが角を曲がって来ると、スピードを落として停まった。

むさくるしいTシャツ姿の四十代の男が助手席の窓から顔を出し、愛想よくノルウェー語でなにか言った。ポールが口を開きかけると、シェルドンが口から鉛筆を抜き、余裕をかましながら英語で言った。「やあ、あんたらに会えてどんなに嬉しいか。数キロ手前で車がエンコしちまってね。孫とおれと二人、コングスビンゲルの別荘に行くところなんだ。どうだろう、乗せて行ってもらえないかな？」

むさくるしい男がなにか言いかけると、シェルドンはハンカチで額を擦りながら言う。

「ああ、まったくだ。よく冷えたビールに、キンキンに冷やしたワイン、山盛りのポーク。そいつがきょうの午後のお楽しみなんだ。その前にワイン・モノポリーに寄らなきゃならない。どうだろう、森に戻ってウサちゃんを撃つ前に、ささやかなバーベキューで腹ごしらえをしていかないか？　それはそうと、トラックの荷台に獲物は載ってないみたいだが。なにも殺していないのかね？」

荷台にいる大柄な男が肩を落とし、むっつりした。向かいに座る男が彼を指差して言う。

「トルモドが狙いをはずしてね」

トルモドがうなずく。「おれが撃ちそこなった」

「かわいそうなトルモド」と、シェルドン。「つぎはきっと命中するさ。それで、どうだね？」

きょうで四日目だ。事件が起こって、二人が現場から逃げてから。まずホテルに泊まった。つぎの日に海に漕ぎ出し、フィヨルドのほとりの青い家に泊まり、トラクターと筏で大地と湖を横切り、ジャクソン島で野宿した。いま、二人はふたたび起き上がり、運がよければ最後の直線コースに差し掛かれる。

子どもを連れての逃避行にしては長い時間頑張った。ポールの心のダイヤル錠がいつぴたりと合ってもおかしくない。そうなれば、見聞きしたことの残忍さに魂を占拠されてしまうだろう。いま過去と向き合えば、彼は慰めようがないほどの悲しみを抱えることになる。そうなったらシェルドンになにができるのか？ ポールは彼の話し相手から彼の人質になる。友達ならそんなことをしてはならない。

ヒッチハイクは危険だ。だが、状況によって戦略は変わる。いまはこのトラックに乗せてもらい、殺人事件の捜査が進展していることを願うしかない。

シェルドンはフォードF－150の荷台に並ぶダッフルバッグに腰をおろし、なんとか楽な姿勢をとろうとした。よく整備された道路でスピードをあげるトラックから眺めると、小さな湖や池が現れては消えてゆく。なだらかな丘が幾重にも重なり、道は曲がりくねったかと思うとまっすぐになる。ぽつりぽつりと農家や森が見えた。刈り立ての草や松の香りを胸いっぱいに吸い込む。

「もっと戸外で過ごすべきだった」シェルドンはトルモドの隣に座るハンティングベスト姿の若者に話しかけた。

前の月にオスロに移って来たときラーシュから聞いた話では、ノルウェーの山々から海を越えてスコットランドやアイスランド、さらには北米のアパラチアン山脈からマサチューセッツ州のバークシアヒルズまでが、ひとつづきの山脈なのだそうだ。世界がひとつで、大陸がひとつづきだったころ、山脈は海や大洋をまたいでつづいていた。パンゲア（汎大陸）だ。

ほんとうかどうかシェルドンにはわからないが、ラーシュの思いやりが嬉しかった。

いま彼はマッツという名の若者の隣に座っている。マッツはトラックの揺れる荷台で煙草に火をつけようと必死だ。八本以上のマッチを無駄にしたあとで、マッヅは上体を起こし、忍耐力を補給しようとあたりを見回した。

　シェルドンは笑いを噛み殺し、指を鳴らしてマッヅの注意を引いた。トラックの真ん中、運転席のすぐうしろを指差す。

「あそこに座るといい」

「どうして？」

「空気は運転席の上を流れ、このスピードだからそこが真空状態になる。つまり乱流は生じない。家のキッチンにいるぐらい楽々と火をつけられる」

　マッヅは二十代のはじめだろうが、色白だから歳より若く見える。ほかの四人の男たちより細身で、頼りなげな魅力があった。そこがいい、とシェルドンは思った。将来不平分子になるかリーダーになるかは、風の吹き回ししだいだろう。

　マッヅは運転席のすぐうしろを眺め、男たちをよけてそこまで行き、マッチを擦った。炎があがるとすぐに煙草と白い紙が焦げるのを見て、彼はにっこりした。

「すごい。どうして知ってるの？　エンジニアかなんか？」

　長閑な風に吹かれながら、シェルドンは丘の上の賢人気取りでマッヅの目をじっと見た。

「一九六一年から一九七九年まで、王立カナダ国家憲兵のために捜索救難機の設計をやってたんだ。エドモンド・フィッツジェラルド号の難破の話、聞いたことないのか？」

「ええ」

「そうか。場所はギッチー・グーミー湖だ。オジブワ族はそう呼んでる。英語ではスペリオル湖。十一月のことで、強風が吹き荒れていた。貨物船エドモンド・フィッツジェラルド号には二万六千トンの鉄鉱石が積んであった。安全基準を超える積荷だ。ハリケーン並みの西風を受け、船は難破の危険に晒された。それから……よく憶えてないんだが、ウィスコンシン州とクリーヴランド州のあいだでなんかあった。おれたちはホワイトフィッシュ・ベイから飛び立ち、空からの捜索を行ったんだが、風は強まる一方だしみぞれは降るしで大変だった。フィッツジェラルド号があと十五マイルほど進んでいたら、二十人の乗組員を救出できたろう。だが、そう思うようにはいかなかった。まあな、思うようにいかないのが人生だ」

マッヅはうなずき、なにも言わずに煙草をくゆらした。

シェルドンは両手を擦り合わせた。寒いわけではないが、彼の歳になると血の流れは気温に左右されなくなる。座り方ひとつでどこかしらが麻痺する。まだ感覚のある部分が麻痺しはじめるのだ。

『エドモンド・フィッツジェラルド号の難破』は、ゴードン・ライトフットという男が作った歌の題名だ。一九七六年の夏、リアがやって来た一カ月後に、ラジオから繰り返し流れていた。おなじ四つのコードがずっと繰り返され、哀調を帯びた単調な歌が重なる。酔っ払いのたわごとみたいな歌が。貨物船が一九七五年にスペリオル湖で沈没したのは事実だ。二十九人が死んだ。歌のほうはその年のヒットチャートで二位になった。一方ベトナムのジャングルでは、それまでに彼の息子とエリ・ジョンソンを含む五万人のアメリカ兵が死んだのに、建国二百年記念祭で湧くニューヨークの通りで、戦死者を悼むバンパーステッカーを彼は一枚も目にしなかった。

だが、その曲はしつこく流れて、ティーンエージャーの涙を誘った。

前日に頭を殴られてから、シーグリッドは救急救命員に応急措置をしてもらっただけで、誰がなんと言おうと病院には行かなかった。警察のトイレで吐いて口を濯ぎ、それからなんとか自分のデスクに辿り着くと、何事もなかったように振る舞いつづけた。

救急救命員の助言は聞き入れ、オフィスで眠った。なにかあったとき、まわりに人がいれば安心だからだ。署内は夜通しざわめき、シフトが替わるたびに誰かしら彼女の様子を見にやって来た。そう申し送りがなされていたのだろう。

きょう、シェルドンとポールが移動をはじめて数時間が経ったころ、シーグリッドはようやくソファーの上で起き上がった。目の前には大きく不格好な塊があり、耳障りな音をたてている。そのしつこさといったらなかった。

シーグリッドは糖蜜を搔き分けて歩いているような気分でデスクに戻ると、抽斗から甘草入りキャンディーを取り出して口に放り込んだ。

心臓の鼓動に合わせ、後頭部を強打されているような気がする。

「彼はまだ拘留中？」シーグリッドは尋ねた。

「あなたを襲った男ですか？　ええ。まだいますよ」

「彼が殺しのホシ？」

「そうじゃないでしょう」

「だったら、消火器で彼の頭を殴ってもいいかしら？」

「残念ながらノーです」不格好な塊が応える。ペッテルに似た声で。

「揉み合ってるときに彼を撃ったんじゃなかったっけ？」

「残念ながらそれもノーです」

「尋問しないとね」

「箱を開けないと」

「なんの箱？」

「ピンクの箱。あなたのデスクに置いてある。死んだ女の持ち物だとあなたが思っている」

「ああ。それはいい考えね。銃を使っていいかしら。あたしの銃はどこ？」

「だめです」誰かが言う。どうやらペッテルのようだ。「できれば鍵を使いたい。箱を開けるだけじゃなく、それが女の持ち物かどうかたしかめる必要があります。それには彼女の鍵を使わないと」

「そうね。彼女の鍵が錠に合ったら、鍵と箱と女の関係がはっきりする」

「そういうことです」

「それに、殺人についてなんらかの手掛かりが得られるかもしれない」

「ええ、かもしれない。子どもの父親を逮捕するには法的証拠がないと」

「法的、ね」

「われわれは法を守っているんです」

「そうやってわれわれは犯罪と戦っている」

ペッテルはほほえんだ。「気分がよくなってきましたね」

「読後焼却（バーン・アフター・リーディング）せよ」

「いいえ、それはだめですよ」

「『バーン・アフター・リーディング』っていう映画で、ジョージ・クルーニーがブラッド・ピットを撃つのよ。クロゼットの中で。あの男が悪者だってことはわかってる」

「彼はたぶんその映画を観てないですよ」

話題を変える。「ノルウェーの法律には困ったものだわ。この事件について言うと」

「どういう意味ですか？」

「ゆうべ、頭痛の合間に彼らの記録を調べたの。彼らの誰一人、シェンゲン協定に関連するデータベースに載っていなかった。人の移動の国境管理を廃止する例の協定」

「驚くことはない。前科がなければ……」

「そうなのよ、戦争犯罪はそこが問題なのよね。戦争で疲弊した国では裁判所は機能していないから、裁判は開かれず有罪判決も下されない。つまり安全情報局に記録が残らない。在留資格を却下する根拠がない。旧ユーゴスラビア国際戦犯法廷がその溝を埋めようとしているけど、溝はあまりにも大きい」

「この世界には正すべき問題が山積みですよ。箱はいま開けますか？」

「なんの箱？」

「ここに鍵があります」

ペッテルが差し出したのは、二センチほどの長さの銀色の鍵で刻み目がふたつあった。中を覗き見しようとする兄弟や両親に、疾しさを覚えさせるぐらいの役にしか立たないちゃちな鍵だ。

シーグリッドは鍵を受け取る。

「正せていない問題があるせいで、ヨーロッパという船から出た浮き荷や投げ荷が、ノルウェーという小さな船に流れ込んでいる。そこが問題なのよ。政治家たちはヨーロッパをひとつにしようと躍起になり、その小さな船で海に漕ぎ出そうとしている。長い航海に耐えうるような船体補修がまだ終わっていないというのにね。つまりね、あたしたちが選挙で選んだ人たちの、根拠のない楽観主義のせいで、あたしたちは沈みかけてるの。それで、彼らの尻拭いをしているのが、誰あろうあたしたちってわけ。警察。ノルウェーのどこがまちがっているか知りたい？　だったら、あたしたちに尋ねればいい。身に染みてわかってるもの」

「慧眼ですね。それはそうと、箱を開けませんか？」

シーグリッドは鍵を掲げ、鍵穴に向ける。

「やけに小さいわね」

「ぼくがやります」

ペッテルは鍵を受け取り、箱を自分のほうに向ける。鍵穴に鍵を挿し込み、シーグリッドを見てから鍵を回す。

開いた。

「いいわ、それで」

ペッテルは蓋を開けて中を覗き込む。「これはなんでしょう?」

シーグリッドにもよくわからない。デスクの抽斗からゴム手袋を出してはめ、箱の中身を取り出す。

「手紙と写真」

「なんの?」

彼女にもわからない。手紙は外国語で書いてある。セルボ＝クロアチア語だろう——いまもひとつの言語ならだが。アルバニア語かもしれない。写真には村が写っている。というより、かつて村だった場所が。

ちゃんと順番になっている。それぞれの写真の上に、名前と場所、そのほかの情報が書かれた紙が載っていた。どれも日常のなにげない光景を捉えたものだ。テーブルに座って手を振る人。買い物袋を抱えて車のそばに立つ人。子どもを抱き上げる人。落ち葉を熊手で掻き集める人。どれも三十五ミリフィルムにおさめられ、かつての自分を、あるいは愛する人たちを思い出すよすがにするため、アルバムに貼られる類の写真だ。

そういった写真の下に、写っている人が殺された場面の写真があった。

なんとも陰惨な場面だ。撃ち殺された人もいれば、腹を切り裂かれた人もいる。喉を掻き切られた人、頭を撃ち抜かれた子どもたち。中には顔を撃たれた子もいた。幼すぎて、殺人者を恐れることもしなかった子どもたち。

シーグリッドはいま、大量殺人の証拠を手にしている。勇敢にも誰かがそれを記録し、隠し、命がけで守った。

「インターポールと欧州刑事警察機構（ユーロポール）、それに外務省と司法警察省に連絡しないと。それから、ここにあるものすべてコピーをとって。ここでなにが起きているのか調べないと。みんなを集めて。きのうオスロで起きたことを報告してちょうだい。いつもとちがうことならなんでも。それに関わった者たちを捜し出すの」

部下たちが組む円陣の真ん中で、シーグリッドはコーヒーを飲んでいた。救急救命士からは、コーヒーには利尿作用があり脱水症状がひどくなるから飲むなと言われた。たしかに何度もトイレに駆け込むのはいまはごめんだ。

どうやら彼はまちがっていたらしい。

「なんでもかまわないから、報告してちょうだい。通報は入ってないの？」

通報は数件あった。家庭内暴力に飲酒、レイプ未遂。どれも関連性はないようだ。

「つまり、バルカン半島出身の少年を連れた、アメリカ人の年寄りに関する通報はないってことね。詳しい人相書きは配ってあるのよね。情報は洩らさずあたしに伝わるようにして」

彼女はそこで息をつく。「いいわ。聞き込みをはじめて。情報が入ってこないなら、こっちから聞いて回ればいい」

　シーグリッドがオフィスに戻ると、巡査が民間人の服装をした若い女を連れてやって来た。

「警部、耳に入れておいたほうがいいと思いまして」巡査が言う。

「なにを？」

「ウーデゴル警部ですか？　わたしの名前はアドリアナ・ラスムッセンです」女はためらったものの、言葉をつづけた。「でも、生まれたときの名前はアドリアナ・ストイコヴィです。セルビアで生まれました。とても悪い人間が、少年と老人を探してます。二人は大変なことになると思います」

　アドリアナのノルウェー語は、ウェストエンドに住む上流階級のアクセントだった。スラブ人の容姿以外は、どこから見てもノルウェー人そのものだ。スマートだが、ほかの女たちの嫉妬を掻き立てない程度にトーンダウンした服。髪の毛は自然に見えるよう上手にカットされている。グリーネルロッカ地区でよく見かける、流行ばかり追いかけたり、わざと尖った態度をとるタイプではない。身の丈に合わない時計や宝石をじゃらじゃらさせてもいない。つまり、フログネル地区あたりの資産家の娘だ。

　スコイエンかサンク・アンサーゲンあたりに住んでいるのだろう。あるいはビスレット。彼女は誠実さと決意をにじませるきっぱりとした態度で、自分の話を簡潔に語った。若さゆえの未熟さも覗かせつつ。

「彼は悪い人ではありません。いい人です。でも、馬鹿なんです。どうしようもない馬鹿、ほんとうに……」

「わかりました。彼はなにをしたんですか？」

「それが、ゆうべ、戻って来なかった。それがひとつ。老人と少年のことをわたしに尋ねました。なにを言ってるのかわからなかったので、ちゃんと説明してって彼に言いました。でも、説明してくれなかった。それで、〝きみの親戚〟に訊いてみてくれって……それがなにを意味するか……ええと、それはいいとして、わたしはすっかり動転して、彼に言いました。セルビア人は〝わたしの親戚〟じゃない。日本人が親戚じゃないのとおなじだって。そうしたら、彼は偉そうな態度になって、世の中のことは、自分のほうがずっとよくわかっているみたいなことを言うんです」

「彼はいまどこにいるんですか？」ペッテルが質問した。足場を固めようとしている。

「いまですか？　いまこの瞬間？　わかりません。彼は姿をくらましたんです。たぶん危険な友達と一緒だと思います。ギヨン、エンヴェル、カドリ……」

「エンヴェル・バルドシュ・ベリシャですか？　カドリ……」

「ええ、そうです。彼らをご存じですか？」

「ええ。彼らはどこに？」

「知りません。でも、彼らは老人と子どもを探しているって、ブリムは言ってました。なにかを目撃したんだと思います。老人は子どもと一緒に隠れていると思います。二人を探し出さないと」

「ここにしばらくいてもらえますか？」

「わたしはなにも悪いことはしていません」

「ええ、それはもちろん。そういうことじゃないんです。ここにいてもらえるとありがたい。どこにも行かないで。わたしの同僚がもっと詳しい話を伺います」

「彼を愛してます」アドリアナが言う。「彼は馬鹿だけど、親切だし、やさしいし、考えなしだけど、いじめられた子犬みたいなところがあって……」

「わかりますよ」シーグリッドは言う。「ここにいてくださいね」

　彼女は大部屋に出ると手を振り、部下たちの注意を引いた。解決の糸口が摑めたと確信し、声を張り上げる。

「なんでもいいから。ホロヴィッツに関するどんな情報でもいい。教えてちょうだい」

　ヨルゲンという名のおとなしい警官が手をあげた。シーグリッドは両手を開いて、聞く準備ができたと伝えた。

「トログスタの警官と話したんですが。きのう、年取ったドイツ人の男に職務質問したそうです。筏を牽いたトラクターを運転してて。孫と一緒だった」

「年寄りのドイツ人と男の子」

「ええ。なぜ憶えてたかっていうと、男の子がユダヤ人のバイキングみたいな格好をしてたから」

「ユダヤ人のバイキング？」

「ええ。シャツに大きな星が描いてあって、頭に角が生えてた」

「年寄りのドイツ人が、ユダヤ人のバイキングの乗った筏を牽くトラクターを運転していた。それがあたしに報告するに値する情報だと誰も思わなかったってこと？」

「各署に配った手配書にはアメリカ人て書いてありましたから。こっちの男はドイツ人だから、報告する必要がないと思ったんですよ」

シーグリッドは手近な椅子に腰をおろした。頭の痛みの源はもうピンポイントで特定できなくなっていた。けさは、頭蓋骨の表面が痛むと思っていた。いまははっきりしない。

ペッテルは立ったままだ。「あの女性の言うとおりみたいだな」

「どの女性？」

「ミズ・ホロヴィッツ。ユダヤ人であることが問題なんだって、彼女は言ってました。そのことを手配書に書くべきだった」

「そう思う？」シーグリッドは頭を振りながら尋ねる。「あたしたちってヨーロッパでいちばんナイーブな国民だった？」

「ほんとうのところ、最近の調査では……」

「聞きたくない」

「ボートが見つかった時間から考えて、トラクターの目撃場所と線でつなげば、彼らがドラバックから北東に進んでいることがわかるはずよ」

「サマーハウスの方角」

「そういうこと」

「トラクターは見つかった？」

ヨルゲンは頭を振る。

「トログスタとコングスビルゲンのあいだの警察署すべてに連絡して、二人を捜すよう指示して。それも北から捜すように。南からじゃなく、いい？　上からあたっていくの、下からじゃなくね」

ペッテルがシーグリッドの肩に手をやる。

シーグリッドが顔をあげ、にやりとした。

「認めないとね。老獪な策士に裏をかかれたって」ペッテルが言う。

「男の子を無事に保護できたら、脱帽ですって彼に言うわよ」

「さっさと子どもをこっちに渡してくれればよかったんだ」

シーグリッドにはわかった。

「かんたんに人を信用するような男じゃないわよ」

十九

シーグリッドは、赤色灯を点滅させたボルボV60の助手席に座っていた。運転するペッテルの顔は険しい。リアとラーシュに電話したが、どちらも出なかった。

警察無線はオンにしたままで、地元の警察署には連絡してある。武装した特殊部隊が三方面からサマーハウスに集結することになっている。状況は伝えてある。シーグリッドが作戦の指揮を執り、彼女が突撃命令を出すまで全員が待機する。

「警察はなにやってたんだって、非難されるんだろうな」ハイウェイを飛ばして三十分ほど経って、ペッテルがはじめて口を開いた。

「思ってたとおり。老人は少年を連れてサマーハウスに向かっている。エンヴェルとその手下が子どもを奪おうと待ち構えているほうに、ウィスキーを賭けてもいいわ。もう手遅れかもしれないけど」

「ぼくたちは知らなかったんだから」

吐き気はおさまっていないが、集中力は戻っていた。シーグリッドは怒りを覚え、おかげで症状が軽くなった。ペッテルはまちがっていないが、正しくもない。

「老人と子どもはおなじ建物に住んでいる」シーグリッドは言う。「少年の母親の箱は老人のベッドの下にあった。彼女は子どもを連れてそこに隠れようとした。老人は二人を匿った。そういう人間だから。エンヴェルがアパートに押し入り、ホロヴィッツと子どもはクロゼットに隠れた。子どもは小便を洩らし、二人はなんとか逃げ出した。エンヴェルとその手下はどうにかしてそのことを摑み、二人を追跡した。ホロヴィッツはあたしたちみんなの一歩先を行っていた。エンヴェルはサマーハウスのことを知らないとホロヴィッツは思った。彼らは知らなかったのかもしれないし、知っていたのかもしれない。あなたが逮捕したあの〝映画好き〟は、老人の部屋を探し回っていた。彼らがサマーハウスのことを知っていたら、誰かを見張りに送ってるでしょうね。

リアとラーシュは電話に出ない。だから、あたしは危険を冒すことにした。二人は電話に出られないのだと思う。あたしの読みがちがってたら、大挙して押し寄せて二人を竦み上がらせることになるし、あたしは向こう数週間、物笑いの種になるでしょうね。あたしの読みどおりなら、あたしたちは武装して戦いの場に踏み込むことになる。戦いがまだ終わってなければ」

ハイウェイの制限速度は時速八十キロで、ペッテルは時速百三十キロを出していた。道路がこの先もすいていれば、一時間弱で集合場所に着けるだろう。

首からさげた鍵を取り出し、グローブボックスを開けて九ミリ口径グロック17を取り出す。弾倉を取り外し、膝の上に置く。弾薬を指で強く押してちゃんと装弾されていることを確認する。弾倉を腿で挟み、ピストルを取り上げる。スライドを後ろに引くとカチッと音がして開く。薬室を覗き込み空であること、ほこりや糸屑が残っていないことを確認する。チェックし終えると弾倉を戻し、親指で安全装置をはずし、バネ仕掛けのスライドを引いて、放し、初弾を薬室に送り込んだ。「アメリカ式」

安全装置をかけ、ピストルをホルスターにおさめる。

ペッテルが顔をこちらに向けたので見返す。

彼のほうにしっかり顔を向けて言う。「なにか？」

「なんでもない」

無線がパチパチいった。シーグリッドの脳裏に署の作戦指令室が浮かんだ。サマーハウスに集結する車両の位置がコンピュータの画面に表示される様子を想像してみる。

ぶっつけ本番の作戦だが、特殊部隊は常日頃から臨戦態勢にある。シーグリッドと同様、彼らもサマーハウスへの侵入経路は衛星画像で確認済みで、一本道であることを知っている。身を隠す自然の隠れ場所に射す太陽の角度を測り、スナイパーと突撃チームを配置する。コソボの残党は武装しているだろう。非登録の武器が国内に多数出回っているし、犯罪者たちは年々大胆になり、国が守りを固める前に手薄なところを突いてくる。コソボの残党は、ラーシュ・ビョルンソン名義で登録済みのハンティング・ライフル二丁を見つけ出すかもしれない。ラーシュが先にライフルを隠すか、ホロヴィッツが手に入れていればいいのだが。いずれにしろ、みんなが武装しているから一触即発の事態だ。

シーグリッドはイライラと膝を指で叩きながら、スピードメーターをチェックした。

「もっとスピード出せないの？」

「出せるけど、まずいでしょう」ペッテルが言う。

彼女は膝を叩く指のスピードを速め、窓のそとに目をやる。

リバーラッツ。老人の手紙は『ハックルベリー・フィンの冒険』からの引用だ。マーク・トウェイン原作の奴隷制度反対の小説で、ハックと逃亡奴隷のジムが、やってもいない悪事で捕まらないようミシシッピ川を筏でくだって逃げる話だ。シーグリッドがネットで検索すると、即座にヒットした。ホロヴィッツが〝civilize（教育）〟を〝sivilize〟と書いたのは、この小説に出てくるアメリカ人特有のスペルミスをなぞったのだ。

シーグリッドは膝を指で叩きつづける。


ハンターたちは、シェルドンとポールをグラムリアまで送るという面倒な頼みを引き受けてくれた。そもそもが北へ向かう途中だとはいえ、一時間以上も遠回りになる。それもここでおしまいだ。シェルドンが視線の先に捉えたのは、最悪の恐怖だった。

フォードのピックアップトラックがちかづいていく先には、泥道の路肩に白いメルセデスが、一九九〇年代半ばに製造された黄色いトヨタ・カローラと前後して駐まっていた。

シェルドンは荷台に立ちあがり、運転台の屋根を叩き、叫んだ。「停めてくれ」

ピックアップはメルセデスのうしろで急停車した。ほんの一メートルの距離から見るメルセデスは、尻尾を引っ張られるのを期待している眠れる白豹だ。

シェルドンはトラックの波打つ床を慎重に歩いた。男たちの肩に手をついて支えにする。地面におりると助手席側に回って乗り込んだ。

「この角を曲がるのかい？」運転手が尋ねる。

いい質問だ。シェルドンは道の先に目をやる。ここに来たことはない――写真で知っているだけだ。

「白いメルセデスが見えるか？」シェルドンは運転手に言う。

運転手は三十五、六で、日焼けした顔に茶色がかったブロンドの無精ひげを生やしている。ヘビースモーカーでアウトドア人間だ。シェルドンの質問に驚いた様子もなく、窓のそとに目をやり、それからシェルドンに視線を戻す。この手の質問は祖父からさんざん聞かされているのだろう。やさしく返事をする。

「ああ、見えるよ」

シェルドンはこの数週間、朝鮮の人を見ていなかった。物陰に一人も潜んでいなかった。そしていま、白い車が孫娘のサマーハウスにいる。あの手この手でまいたつもりだったのに、ここに来ればシェルドンが見つかることを、彼らは知っていた。それればかりか先回りしていたのだ。

とても信じてはもらえない。子どもを引き渡さざるをえない。

「思っていた以上に残念な答だ」シェルドンは言う。

「おれにできることはあるかい？」

シェルドンはおなじことを考えていた。運転手は日に焼けているが、タフには見えない。きめが粗くなった肌もタコができた手も、平和時の活動の産物だ。ライフルの感触をじかにたしかめるため、冬に手袋をはずすとか。溝にはまった友人の車を牽引するため、口に懐中電灯を咥え、フックを探して踏み固められた雪の上に寝そべるとか。サウナまで裸足で歩くとか。桟橋からボートに乗り移り、ロープをはずそうとして手を滑らせ擦りむくとか。まるでシェルドンの到着を待っていたように、友人のビルがトラックの窓のそとに現れた。ビルが身を乗り出して言う。「なに考えてるんだ、シェルドン？」

「ここから先は一人で行く、と考えている」

シェルドンは運転台からおり、冷たいスチールの車体に摑まりながら荷台のうしろに回った。マッヅとトルモドに挟まれて、ポールはあぐらをかいている。シェルドンが言葉を交わさなかった男がほかに二人、ハンティング用の銃を手に座っていた。

「このなかで恋人がいるのは？」シェルドンは尋ねた。

シェルドンが言葉を交わさなかった男の一人が、ためらいがちに手をあげる。

「でかした。セックスしまくれ。さて、おれの言いたいことはこうだ。あんたらは家まで来ちゃいけない。理由は言えないがね。あの白い車に関係する理由でだ。あんたらに頼みたいことがある。ここにいるポールを町の真ん中にある警察に連れて行ってくれ。途中、どこにも停まるな。一杯飲むために停まるのもなしだ。ひたすらこの子を警察まで連れて行き、これを渡してくれ」シェルドンは恋人がいないほうの男に、メルセデスのナンバーを書き留めた紙と、彼自身の運転免許証を財布から抜いて渡した。

「警察に言うんだ。この車を見たって。おれを見たことも言ってくれ。それから、この子はオスロで殺された女の子どもだと言うんだ」

あたりが静まり返る。

「ちゃんと理解したか？　あんたらノルウェー人は、頭の中で情報を処理しているのかいないのか、顔を見ただけではわからない。無表情な目をしているだけだから。ちゃんと理解して欲しいんだ。理解したのか、どうなんだ？」

「オーケー」

ウサギを撃ち損ねた大男が言った。

「なにがオーケーなんだ？　繰り返してみてくれ」

少年を連れ、車のナンバーを書いた紙と老人の運転免許証を持って警察に行く。そして、少年はオスロで殺された女の子どもだと言う。

「それから、警察官をこっちに寄越すよう言ってくれ。銃を持って。そういえば、おれもライフルが必要だ」

誰も動かず、返事もしない。

「あんたらにとってライフルは、ウサギを脅かすチアスティック代わりなんだろ。おれはライフルが必要なんだ。スコープ付きのやつ。アジャスタブル・スコープ付きのが。視力が衰えてるからな。それから弾薬も必要だ。弾薬を忘れちゃならない」

　やはり動きはなく、声もあがらない。

「オーケー、みんな。なにが問題なんだ？」

「ライフルは渡せない」

「どうして？　たくさん持ってるじゃないか」

　誰もなにも言わない。

「おれのこと、イカレたジジイだと思ってるんだろ」

「法律に違反するからさ。この先ハンティングができなくなる」

「勝手にしくされ」シェルドンは言う。

　ハンターのダッフルバッグに問答無用で手を伸ばし、ファスナーを開けて中を引っ掻き回す。

　弾薬が出てきたが使えないので放る。懐中電灯、笛、靴紐一組、毛糸の帽子。それらもうっちゃる。双眼鏡は自分の袋に移す。

「あの、ちょっと……」

「あんたらよりもおれのほうが必要としてるんだ。殺されなかったら、ちゃんと返すから。オーケー？」

　男はうなずくだけだ。ほかにどうすればいい？　シェルドンがあと四十歳若く、正気なら、べつの態度をとっただろう。だが、相手が老人ではうなずくしかない。ライフルは渡せないと言った手前、多少の無理は聞き入れるしかない。

「釣りをする奴はいるか？」シェルドンが尋ねる。

彼の隣に座っていたハンターが手をあげる。ただし、しぶしぶと。自分の釣り竿にはとても愛着がある。

「釣り糸をくれないか。急いで。それじゃ、ナイフを持ってる奴は？」

返事はない。

「おまえらみたいなへなちょこは、ナイフを持っていると相場が決まってるんだ。さあ、一丁よこせ」

トルモドが下唇を突き出し、ポケットの奥のほうまで手を突っ込んだ。まるで内臓を取り出そうとしているようだ。真鍮の鞘に入った、折り畳み式の小さなロックブレード・ナイフを取り出す。シェルドンは受け取ると重みを量り、刃を開いた。刃先を親指で擦り、トルモドに向かって顔をしかめる。

「こんな物持ってたら恥だぞ。それを老人に渡すなんてなおさらだ。ほんもののナイフをよこせ。さあ、さあ」

出てきたのは、マホガニーの柄で真鍮の鞘に入った、刃渡り四インチの服部刃物のハンティングナイフだった。

シェルドンはうなずく。「これはいい」

やわらかな地面に立って、いちばん大きなダッフルバッグを取り上げ、中身を荷台に空けた。

「ちょっと、よしてよ。頼むから。車に乗せてやっただけで充分だろ」

シェルドンはダッフルバッグと、中から出てきた大きな漁網を手に取った。ハンターたちの文句は聞き流す。

「針と糸も必要だ。針を持ってる奴は？　手に入るまでここから離れられないぞ」

ハンターからすれば手当たりしだいに集めたとしか思えない品々で身を固めると、シェルドンは彼らに約束させた。ポールと車のナンバーと運転免許証を警察に届けることを。

マッヅとトルモドに挟まれて荷台に座るポールに顔を向ける。

手をあげてさよならを言う。

ポールは理解せず、泣き出した。

シェルドンは自分も泣き出さないよう堪えた。

トラックが走り去るのを見送る勇気はなかった。ポールがこっちを見つめている。たがいに小さくなる姿を見つめ合い、ポールが泣いているのを見たら、シェルドンはこの先のことに集中できないだろう。

見ないようにすることは、搔きむしらないようにすることとおなじだ。できるはずがないという点でおなじことだ。

トラックのエンジン音が聞こえなくなり、シェルドンは十字路に一人ぽつんと立っていた。広いほうの泥道は駐車している車の先のほうで右に折れている。サマーハウスに向かう道はすぐ右手にあり、まるでドラゴンのねぐらに通じる中世の暗い踏み分け道のようだ。

「さて、どうする、ドニー？」ビルが尋ねる。

「まだいたのか」

ビルは肩をすくめる。「いつだっているさ」

「いたってなんの役にも立たないから始末に悪い」

「警察がそのうち来るだろう。おまえさん、本気であそこに行くつもりか？　だって、行ってどうなる？　おまえになにができる？」

シェルドンはため息をつくだけで言い返さない。ビルの言うとおりだからだ。空腹だし疲れている。頭が痛い。関節炎はひどくなる一方だ。唯一効果のある治療薬――ジンに浸したレーズン――はここでは手に入らない。

ビルを十字路に立たせておいて、メルセデスとトヨタが駐車しているのとは逆の側に向かった。道端にひざまずいて二台の車をじっくり眺める。

「なにしてるんだ？」ビルが声を大きくして尋ねる。

「黙れ、ビル」

シェルドンは目に入るものに満足できず、さらに腰を落とし、ついに両手と両膝をついた。自力で立ち上がれるといいのだが。

「シェルドン、まじめな話……」

「黙れ、ビル」

シェルドンはゆっくりと這って黄色い車にちかづき、そこで最初の足跡を見つけた。スニーカーのようだ。靴底の模様が変わっている。靴底の真ん中に、小さなリンゴとチェックマークのような形が描かれている。べつの足跡も見つかったが、あきらかにこれとはちがう。助手席の側にあった足跡はワークブーツのもので、靴底は独特のダイアモンド模様で踵が高い。とりあえず〝きこり〟と呼ぼう。

〝ミスター・アップル〟と〝きこり〟はトヨタから出て来て、車のまわりをあちこち動き回っている。誰かをここで待っていたのだろう。どちらの足跡も女物の靴にしては大きく、ラーシュの靴よりは小さい。

メルセデスの運転席側にもはっきりとした足跡が残っていた。紛れもなく軍靴だ。靴底の縁に沿って長方形の鋲が打ってあり、踵は分厚い。どこの国の軍靴でもおかしくない。あるいは軍払い下げ物資販売店で買ったのかもしれない。いや、まずそれはない。

「シェルドン、なにしてるんだ？」

「知ろうとしてるんだ。両手両膝をついて、年寄りの犬みたいだろう。頭のタガがはずれたと思うだろう。ところがちがうんだ。知ろうとしてるんだよ」道の真ん中でゆっくりと上体を起こして尻をつき、両手を拭く。

「男が三人。〝ミスター・アップル〟、〝きこり〟、それに〝魔王〟。〝魔王〟が先に来た。車から出て森に入った。そのうち戻って来て、ほかの二人と合流した。それから三人揃って森に入った」

「合流したってどうしてわかる？」

「ここ」シェルドンはトヨタの背後を指さす。「〝魔王〟の足跡と〝きこり〟の足跡が重なってる。〝魔王〟の足跡ははっきりしているのに、〝きこり〟のほうは崩れてる。つまり、魔王があとからやって来た」

「あの子と長いあいだ一緒に旅したのに、別れはずいぶんかんたんだったな」

「かんたんなものか。だが、ああするしかなかった。さあ、起き上がるのに手を貸してくれ」

「できない」

「なぜ？忙しいのか？」

「なぜだかわかってるくせに」

「ああ、そうだな」

シェルドンはやっとの思いで足を踏ん張り、ナイフを鞘から抜き、メルセデスのタイヤ二本をパンクさせた。それから車のドアに手をついて立ち上がった。ふと思いついてドアのハンドルを動かしてみたが、案の定ロックされていた。中を覗き込む。青いビニールの座席はひび割れ、ギアシフトのレバーに記された番号は擦り減って判読不能だ。

つぎにトヨタのタイヤもパンクさせた。

誰もどこへも行けない。ここでしまいだ。

このあたりの森は深く、足元の地面はでこぼこだ。盛り上がったかと思うと陥没しており、露出した氷河期の地層は、ここが人跡未踏の地だったあいだに降った雨や吹いた風で表面がつるつるになっていた。シベリアのツンドラ地帯から吹き寄せる冷風が、鬱蒼としたポプラやオークの巨木の足元を吹き抜けて心地よい。

二本の道のどちらからも見えない岩の多いところへ、足音を忍ばせて行くと、哀れな両手と目が動く範囲で手早く仕事にかかった。

まずはナイフをダッフルバッグに突き立て、底にちかいところから切り裂いて開いた。獲物の内臓を抜き出すハンターの手際だ。底の部分を向こうにしてそれを地面に平らに広げる。ナイフを置き、大きな漁網を取り出してダッフルバッグの上に重ねた。体を動かすことや、漁網が伸びることを考慮に入れたうえで、バッグからはみ出した部分を切り取った。

涼風を思い切り吸い込んで肺に留め、我慢しきれなくなったところでようやく吐き出した。


一九五〇年、ニュー川で、彼は何時間も射撃の練習をした。海兵隊の射撃訓練場に屋根はない。隊員たちは盛り土の上に腹這いになって的を狙う。下が泥か埃か、ぬかるみか煤かは、母なる自然のその日の気分による。暑い日だと、汗をかくから体がチクチクする。それが濡れるとよけいにチクチクする。体をピクピクさせたり泣き言を言おうものなら、情け容赦ない教官に、ヘルメットの後頭部をライフルの床尾でガツンとやられる。

ただ呼吸しろ。

体を鍛え、代謝をゆっくりにするため、毎日十マイル走らされた。砂糖とコーヒーは量を減らされた。心臓に鼓動するなと教える。メトロノームに合わせて、脈をゆっくりにする。空気を少なく、呼吸を少なくする。命の気配を消してゆく。スナイパーに求められるのは静止だ。偵察兵に求められるのが動き回り、観察し、記録し、戻ることであるように。

五十九年前の話だ。

当時のことは鮮明に憶えている。そんなものは老いた頭が生み出す虚構だと、リアなら言うだろう。加齢からくる明瞭さと言ったほうがあたっている。未来を想像することから頭を解放してやって、注意がもっぱら現在と過去に向くようにする自然のプロセスだ。シェルドンにとっていまや過去は手で触れられるものだ。未来が若者のものであるなら、過去は老人のものだ。忘却の淵に沈む前の短期間の呪い、あるいは贈り物。

ただ呼吸しろ。

ある雨の日、薄霧がかかる射撃訓練場で、シェルドンはハンク・ビショップと並び、二百ヤード先の的を狙っていた。

ハンク・ビショップは、少々とろかった。

「当たったかどうかわからない」一発撃つごとに、彼は言った。

「当たってない」ドニーは言った。

「当たったかどうかわからない」彼が言う。

「当たってない」ドニーは言う。

「当たったかどうかわからない」

「当たってない」

こんなやりとりがさらにつづいたあと——シェルドンはべつにうんざりしなかった——説明のつかない奇跡が起きた。ハンクが自分の行動を顧みて、堂々巡りの質疑を終わらせ、あたらしい質問を発したのだ。

「おれの弾が当たらなかったって、どうしておまえにわかるんだ、ドニー？」

「なぜなら、おまえはおれの的に向かって撃ってるからだよ、ハンク。おまえの的はあっちだ。ほら——おれが見つけてやろう」

雨脚が強くなった。ドニーは黙って胸ポケットのファスナーを開け、先端が赤い弾薬を一発取り出した。ライフルの弾倉をはずし、薬室に残っていた弾を排出し、そこに曳光弾を装塡した。

浅く息を吸い込み、半分だけ吐き出し、狙いを定めて引き金を引いた。

赤い燐光を発する弾が霧を切り裂き、ハンクの木の的に命中した。まるでロッキー山脈のアルパイン・トンネルを突き抜ける火を噴く鳩のようだ。ど真ん中に当たったので、海兵隊員たちから歓声と拍手があがると、居並ぶ隊員のヘルメットを、教官がライフルの床尾で順番に叩いて回った。

曳光弾は的を射抜くようにはできておらず、木の的にめり込んだままだ。じきに木がくすぶりはじめ、的が真ん中からそとに向かって燃えた。

「ホロヴィッツ、このくそ馬鹿野郎。いったいなにをやってるんだ？」

「おれじゃありません、サー」

「ビショップのはずがないじゃないか！」

「わかりました、おれがやりました。でも、ハンクが自分の的を狙わないもんだから、おれの的はもうぼろぼろです」

シェルドンはライフルを扱ったその手で裁縫をはじめた。昔ほど速くは動かない。針の穴に釣り糸をとおし、ナイフの尻を指抜き代わりに針を押して、ダッフルバッグに漁網を縫い付けた。

時間が気になったが、サマーハウスでなにが起きているか想像しないようにした。

三十分以上もわき目もふらずにせっせと針を動かす。針が細いので、ダッフルバッグの分厚いコットン地に負けて折れないか心配だったが、生地の目が粗かったのでなんとかなった。

出来栄えを眺める。限られた材料でやったにしてはなかなかいい。漁網にそだや枝や草を絡ませれば偽装服(ギリースーツ)のできあがりだ。手近な材料だけを使うのではなく、もっと広い範囲の自然に溶け込めるようなギリースーツにしたかった。森の一部になるには、周囲で生きて動いているものに合わせないといけない。

それがすむと、湿った土を掘って泥を顔と手の甲になすりつけた。さらにダッフルバッグの緑色が見えている部分や靴も泥で汚した。最後にバッグの底のカーブした部分が頭を覆うようにギリースーツを羽織った。両側の鎖骨の上あたりに穴をあけ、ダッフルバッグのストラップをその穴に通して縛った。まるで騎士の従者のケープだ。これで準備は整った。
「で、どうする？」ビルが尋ねる。
「まさにそこだな」シェルドンは言う。

二十

関わる人数は少ないほどいいというのは、作戦を立てるうえでの鉄則だ。エンヴェルがセルビアでドジを踏んだのは口が軽かったからだ。暗い部屋で何時間もかけて練った作戦は、あかるい場所に出るとついしゃべりたくなる。

「口が軽いと船が沈む」とはよく言ったものだ。

二十代のはじめは、すべてが衝撃だった。セルビア人の残虐非道ぶりは、彼を怒らせると同時に困惑させた。人は見ず知らずの他人をこれほど激しく憎めるものだろうか？ エンヴェルはその罠にけっして落ちず、そのことを誇りに思ってきた。彼の民兵軍は、彼の家族に危害を加えた者だけを標的にした。死者の仇を討ち、民族の誇りを守ることに一身を捧げた。常軌を逸したイデオロギーを実現しようとはしなかったし、神の名のもとに人を殺してもいない。自らの行動を正当化できることに満足していた。

ところが、最後の最後になって、セルビアの男たちは一人残らず殺人鬼と化し、その妻たちは邪悪な怪物と化し、薄汚れた噂話をまき散らして冷静な彼をあたふたさせた。ほかにやり方はなかったのか？ 男は人を殺したくて殺す。なにかが男を殺しに走らせる。だが、決めるのは自分だ。その選択が運命を欺く。

エンヴェルの呼び出しに応えたのは、コソボ解放軍でよく知られた男だった。カドリの知り合いだった。中肉中背の目立たない男で、特別な強さやスピードを持っているわけではない。その佇まいから凶暴さは感じられないし、残忍な嗜好の持ち主でもない。飲みすぎないし、高尚な言葉や歴史や感情でくるんで行動を正当化することもない。ほかの男たちとつながるために、陰謀説を振りかざしたりもしない。

彼を知る人間はめったに彼に話しかけない。話すこともないし、なにも返ってこないからだ。だが、彼についてみながロを揃えて言うことがある。彼には魂がない。生ける屍だ。彼のあだ名はゼザケ、〝ザ・ブラック〟だ。

〝ザ・ブラック〟はエンヴェルのお守り、ボディーガードだ。持ち駒だ。エンヴェルをセルビア人から守るために彼はノルウェーに送り込まれた。エンヴェルのそばに仕えるのが彼の仕事だ。

エンヴェルの影になることが。

〝ザ・ブラック〟はオスロでは模範市民だった。交差点ではちゃんと信号待ちをする。道を曲がるときはウィンカーを出す。ユナイテッド・ベーカリーで、乳母車を押す女にドアを開けてやる。ワイン・モノポリーで長く列に並ばされても文句を言わない。

彼がこの地にいることを、セルビア人は知っている。だが、ノルウェー人は知らない。偽の書類でこっそり入国した。ひと所に長居はしない。引っ越したあとにはなにも残さない。

彼は幽霊だ。ヨーロッパを流れ歩く術を知っていた。犯罪者しか知らない技だ。

コソボ人とアルバニア人は、オスロではよく組織化され、動員するのは容易だ。人数はそれほど多くなく、たがいを見知っている。たがいに警戒し合っている。そのひとつのやり方が〝ザ・ブラック〟の動向を探ることで、そうすればエンヴェルの動向もわかる。

いま、彼にはやるべき仕事がある。エンヴェルから電話を受け、ブリムやギヨンがしくじった仕事をやり遂げようとしている。少年を取り戻す。そう指示されたからやる。指示に従う。それだけのことだ。ブラックマーケットで年数は経っているが性能のいい、四五口径のコルト1911ピストルと、木の銃床のウィンチェスター・リピーター・ライフルを買った。ライフルの銃床には前の持ち主の手で鉤十字が彫ってある。〝ザ・ブラック〟がそれを買ったのは、政治的嗜好が理由ではなく、手ごろな価格だったからだ。それに、持ち主があとから名乗り出てくる心配もない。

ライフルには金属製の照準器がついており、五発装弾してある。オスロ郊外の丘で試し撃ちして、正確で信頼できる銃だとわかった。

武器を用意してサマーハウスに一人で来い、というのが指示の内容だった。エンヴェルから住所を聞いているから、たどり着けるだろう。

ハンターたちが少年を預かっていることを、〝ザ・ブラック〟は知らない。だが、少年の外見と本名は知っていた。

特殊部隊の訓練で叩き込まれたのは、任務の目的地にちかづく前に車のガソリンを満タンにしておけということだ。任務を遂行して戻るとき、急いで逃げるとき、車がガス欠では話にならない。そんなわけで、コングスビルゲンのエッソのスタンドに立ち寄り、フロントガラス越しに少年の姿を認めてびっくりした。少年は五人のノルウェー人に囲まれ、トナカイのジャーキーを持って立っていた。

〝ザ・ブラック〟はフィアットにガソリンを入れてから、少年がジャーキーを持って立っているミニマーケットの前をゆっくりと通り過ぎた。グローブボックスを開け、真っ赤なフォルダーを取り出した。この中に少年の写真が入っている。パスポート写真や見張りが写した写真だ。少年一人の写真も、母親と一緒のものもある。髪の毛は長かったり短かったりだ。コーンアイスを持っている写真もあった。

〝ザ・ブラック〟は写真を掲げ、少年と見比べた。少年は小さな車に乗った男に見られていることに気付き、見返してきた。会うのははじめてだから、気付かれる心配はない。

ここで偶然出会ったことで、計算がちがってくる。チェスボードの駒を配列し直さなければならない。サマーハウスを襲撃する目的はひとつだ。少年を見つけること。少年が見つかった以上、襲撃の必要はなくなる。

そういうことを考えているあいだも、彼は無表情なままだった。

上着のポケットから携帯電話を取り出し、エンヴェルにかけた。会話を盗聴される可能性があるから、プリペイドのSIMカードしか使わない。携帯で現在地を特定できるし、警察によって携帯がマイク代わりに使われることもある。持ち主が知らないあいだに、遠隔操作で携帯の電源を入れることだってできるのだ。だから、彼はエンヴェルに電話をするたび、SIMカードを捨てることにしていた。

呼び出し音がして、回線がつながる。

「どうした？」エンヴェルの声だ。

「子どもを見つけた」

一瞬の間。

「確保したのか？」

「いや。だが、じきにそうなる」

「老人は？」

「老人の姿は見なかった」

「子どもは誰と一緒にいる？　警察か？」

「いや。地元のボランティアと。ハンターだな。釣り人かもしれない」

「子どもを捕らえろ」

「サマーハウスに連れて行こうか？」

エンヴェルはため息をついた。この電話を受けたのがゆうべだったら、答はノーだったのに。エンヴェルとギヨンとブリムは車に戻り、どこかで〝ザ・ブラック〟と待ち合わせ、車を乗り替え、エンヴェルはその足でスウェーデンとの国境に向かっていただろう。ノルウェーの闇商人がアルコールや煙草を密輸するのに使う裏道を使って。

だが、電話が入ったのはゆうべではない。いまだ。

「ああ。状況はすでに動き出している。そっちの仕事がすんだら彼をここに連れて来い。武器もだ。長居はできない」

相手は男五人、それに少年。男たちは二十代後半から四十代前半というところか。食料品を買い込んでミニマートから出て来た。それぞれ袋を持っており、少年は少し遅れてついて歩いている。変な子どもだ、エンヴェルの息子は。母親と暮らしていたそうだが、その母親も変だった——早口で嘘をまくし立て、家賃を払うため体を売っていたという話だ。だが、なにをしていたにせよ、子どものためだ。エンヴェルがなぜここでの仕事を放り出して、少年をノルウェーから連れ出す決心をしたのかは不明だ。だが、人がなにかをする理由など、〝ザ・ブラック〟にとってはどうでもいいことだった。

そんなわけで、彼はいま男たちをこっそりつけている。男たちに関する情報はない。少年はなぜ老人と離れてここにいるのか？　理由がひとつも思い当たらない。老人は店の中で買い物をするか、小便をしに行っているはずだ。老人がすることといったらそれぐらいだろう。そこで、老人が出て来るのを待った。

だが、現れなかった。しかも、五人の男たちと少年はさっさとトラックに乗り込み、出発した。

〝ザ・ブラック〟はエッソのガソリンスタンドから彼らのピックアップ・トラックを尾行した。トラックは間道に入った。舗装された道で静かだ。車の往来もないではないが、彼らを守るほど頻繁ではない。勝算はある。

町からそう離れていないので森もそう深くない。道端にも舗装の裂け目にも茶色や黄色の草が生えている。いい天気だ。路面は乾いている。

〝ザ・ブラック〟はギアを三速にしてトラックを追い越した。車が横並びになったとき、ほろ酔いかげんの運転手がこっちを見た。一瞬のことだ。フィアットがピックアップを抜かし車五台分ほど離れたところで、〝ザ・ブラック〟はブレーキを踏んだ。後輪がスピンする。トラックの運転手もブレーキを踏み、フィアットに追突する寸前で急停止した。〝ザ・ブラック〟はすでに車外に出ていた。助手席側をトラックに向けて停まったフィアットを盾にし、銀色の錆びた屋根越しにトラックを覗いた。なめらかな動きでウィンチェスターを構え、レバーを四十五度に倒して弾を薬室に送り込み、運転手に狙いを定める。

少年は運転席にいない。三人の男たちと荷台に座っていた。トラックを尾行するあいだに見ておいた。

仕事がやりやすい。

〝ザ・ブラック〟はトラックのフロントガラスを狙い、運転手の顔を吹き飛ばした。フロントガラスに血が飛び散る。助手席にいた男は戦争体験がなく、適切な反応がとれない。彼が狩る動物と同様、竦みあがるばかりだ。〝ザ・ブラック〟は狙いを定めて引き金を引き、彼も仕留めた。

トラックの荷台が騒々しくなり、荷台を歩き回る足音がする。荷台からおりて逃げ出そうとしているのだろう。〝ザ・ブラック〟は地面に伏せ、二台の車のタイヤのあいだから向こうを見通した。彼らがトラックからまっすぐ向こうへ走ったなら、姿は見えない。照準線を確保するためには右か左に移動せざるをえない。

まだ足は見えないが、すぐに見えるだろう。

立ち上がって車の屋根越しに見ると、茶色がかったブロンドの髪の小太りの男が、トラックの運転台の屋根越しにライフルを構えている。〝ザ・ブラック〟がライフルを構え直す前に、男が発砲した。

弾は〝ザ・ブラック〟の頭の上すれすれをかすめた。耳がガンガン鳴る。

狙いを定め、男を撃つ。狙いはわずかにはずれた。弾が命中したのは意図した位置より下の顔面だったが、それでも男は視界から消えた。いまはそれで充分だ。

もう一度腹這いになると、今度は足が見えた。

少年の小さな足が右のほうへ走って行く。男と一緒だ。もう一人は左手の森に向かった。こっちの男には助かるチャンスがある。〝ザ・ブラック〟はどっちか決めなければならない。少年を連れた男を見るために右に動けば、もう一人の姿は見えなくなる。反対に左に動けば、男が森に逃げ込む前に撃ち殺せるが、男と少年を追いかけなければならなくなる。それはやりたくない。

たしかな足取りで素早く動く。男が少年と一緒に走る姿が見えた。なんとか的を捉えたが、狙いが低すぎた。弾は腰に当たり、男は地べたに倒れてもがき、悲鳴をあげた。少年は走るのをやめ、〝ザ・ブラック〟のほうを向いた。

少年は泣いているが、ありがたいことに声をあげなかった。子どもに泣かれると〝ザ・ブラック〟はうろたえるので、なんとか子どもにちかづかないようにしてきた。あとを引く声が——腹をすかせた猫が夜中に鳴く声と同様——癇に障ってならない。

小走りにトラックにちかづき、誰もいないことを確認した。道路にも人気はない。もう一人の男は森に逃げ込んだのだ。若いころなら、四五口径を抜いて、森に向かい乱射していただろうが、いまはもうそんなことはしない。

いまは歩くのもゆっくりだ。とくに急ぐ必要もない。気がかりなのは、生き残りが携帯を持っていて警察に通報することだ。スカンジナビアでは誰も彼も携帯を持っている。

少年のそばに行き、見下ろす。目の下に親指を這わせて涙を拭ってやる。少年の顔をまぢかに見て、昔は鏡の中からこういう顔が見返してきたのに、と思う。

彼に背中を撃たれたのはマッヅだった。まだ息があったが、視界はすでにぼやけていた。後頭部を撃って息の根を止めるまでもない。じきに死ぬだろう。あるいは死なないかもしれない。だが、森に逃げた男に比べれば、その命はたいした重みを持たない。

それよりも、背後のトラックから聞こえる音のほうが問題だ。

〝ザ・ブラック〟はトラックに向き直り、びっくり仰天した。小太りの男がライフルで彼を狙っていた。顔の一部がなくなっているのに、武器を握ることができるとは。

〝ザ・ブラック〟はウィンチェスターを置き、ピストルを抜く。狙いを定めたとき、膝に痛みを覚えた。見下ろすと、少年が片端にハンカチを巻き付けた棒のようなもので、彼を――力いっぱい――突いていたのだ。

その瞬間、ライフルの銃声を聞いた。

トルモドが放った弾は〝ザ・ブラック〟に当たり、腿の肉を抉った。だが、大腿動脈はそれていた。運がよかった。へたをすると死んでいた。トルモドの状態を考えれば、とても勇敢な行為だ。だが、そこまでだった。〝ザ・ブラック〟は森に向かって乱射して弾を無駄にしなかったおかげで、トルモドの息の根を止めることができた。

〝ザ・ブラック〟は少年にアルバニア語で話しかける。「一緒に来い」だが、少年は動かない。それより不思議なのは、まるで反応しないことだ。アルバニア語を話せないわけがないのに。〝ザ・ブラック〟はもう一度、今度は英語で話しかけたが、少年はやはり動こうとしない。困惑したもののぐずぐずしてはいられないから少年のシャツの背中を摑み、後ろ向きに引き摺って車へ戻った。

ライフルを拾い、よたよたとフィアットに乗り込んだ。脚から血が流れている。グローブボックスからメディカルキットを取り出し、針と糸を使って脚の傷を縫い合わせた。包帯を巻き、助手席の下にしまってある水筒の水をゴクゴク飲んだ。少年の涙は止まっていた。おそらくショック状態に陥っているのだろう。どうでもいいことだが。

感情がいつはじまって、いつ終わるのか、どうしてひとつの感情から別の感情へ形を変えるのか、〝ザ・ブラック〟には理解できない。考えてみることもしない。魂が死んでいるから、謎もない。あるのは問題だけだ。

エンヴェルに電話でかんたんに報告した。

「子どもを押さえた。警察がサマーハウスを見つけるだろう。おれもじきにそっちへ行く。怪我をした。いつでも逃げられるよう支度しておけ」

「支度はできてる」エンヴェルが言う。

〝ザ・ブラック〟は携帯からＳＩＭカードを引き抜き、壊した。あたらしいのを挿入する。運転席のドアを閉め、車を出す。十分もすれば、サマーハウスに向かう道に出られるだろう。

二十一

ドニーは静かに歩いた。狭い歩幅で一歩ずつ、森の奥へと向かう。昔のようにうまくバランスをとれないので、つぎの一歩をつく場所を探して足をあげると体がぐらぐらした。道から充分離れているので、まだ立っていても安全だが、もっとちかくなったら地面に身を伏せ、這って行かねばならない。

不意に立ち止まる。

草原とその向こうのサマーハウスに通じる私道の溝の中で、金属がキラリと光ったのだ。足元は平らになっていた。溝にちかづく代わりに後戻りし、盛り上がった土の陰に身を伏せる。

なるべく動きを小さくしながら、ベルトに差した双眼鏡を取って目に当てる。ピントを合わせるのに人差し指は使わない。ピント調整リングの欠けで指先が傷つくのを避けるためだ。それが習い性になっていた。

オートバイには詳しくないが、燃料タンクのマークに見覚えがある。ＢＭＷの青と白のロゴマークだ。それに燃料タンクは黄色いから、ラーシュのオートバイにまちがいない。

オートバイは幹線道路のほうに頭を、サマーハウスに尻を向け、溝に横たわっている。まるで出て行こうとしているかのように。

まわりに人気はない。死体もないし、怪我人もいない。車輪は回転していない。エンジンのカタカタいう音、ウィーンという音もしない。

もうすでになにか起きてしまったのだ。

体を酷使することより、アドレナリンの放出のほうが堪える。鼓動が速くなり、額にはうっすらと冷や汗の幕が張る。体が冷えて肺炎になれば、死ぬ恐れもある。数分前は心地よかった涼風が、自分のいない未来を予感させる。

双眼鏡を目に当てたまま左のほうに顔を動かす。森と光がぼんやりとして、それから赤いひらめきを捉える。昔流行ったスポーツカーの色、きらめく夕日の色。いまでは色褪せ、目にやさしくなっている。その色は、サマーハウスを周囲の森と一体化させると同時に、切り離してもいた。

ここからだと窓は見えない。サウナも見えない。モーセとアロンの隠し場所も。

ほかに誰もいないと確信すると動きを速めた。人間の目はまず動きに同調し、それから色を認識する。人間はハンターではない。獲物だ。五感の働きは獲物のそれだ。練兵係軍曹はそこを明確にした。

動くものを捉えると、瞳孔が開き、ぼんやりとしか見えなくなる。アドレナリンが心臓に流れ込む。パニックに陥って逃げようと身構えるが逃げない。なぜか？　逃げ切れるほど速く動けないし、使える牙もないし、鉤爪もない。泳ぎはうまくないし、山登りも下手だし、自分で思っている半分も賢くない。おれらは馬鹿だ。だが、おれの仕事は馬鹿を海兵隊員に変えることだ！　それがどんなに大変な仕事か、おまえらには想像もつくまい。鉛を金に変えるほうがよっぽど楽だ！　うちの女房をリタ・ヘイワースに変えるほうがなんぼか楽だ！　そういう不可能にちかいが、万一成功したら大金が転がり込む仕事におれが従事しないのはなぜか？　なぜなら、海兵隊はそういうことをさせるためにおれに金を払っているわけじゃないからだ。おまえらを獲物から捕食者に変えるために、海兵隊はおれに週給十二セント支払ってる！　では、怯えて走り去ろうとする獲物を、どうやって捕食者に変えるか？　わかるか？　教えてやろう！　立ち止まらせる。回れ右をさせる。殺す決意をさせる。どうやってそれをやるか、これから教える。おまえ！　ホロヴィッツ、おれはいまなんて言った？

サー！　食うか食われるか、です、サー！

周囲に目を光らせながらまずサウナを見つける。敵に見つかってはならない。前にもやったことがある。だが、それは六十年ちかく前の話だ。

いまでは彼の目は、若い人の四分の一の量の光しか取り込めない。

転んだだけで脚の骨を折る。

高音域の音まで聞き取れたのは昔の話だ。

そもそも耳が聞こえているのか？　敵の足の下で落ち葉がカサコソいう音を聞き取れるのか？　銃の打金を起こす音はどうだ？　ほかに誰かいることの合図の、小鳥が飛び立つ音は？

彼はもうハンターではない。夢想家だ。死に絶える種だ。役立たずだ。

「おれは茂みに見える格好をしている」

「ああ、そうだな、ドニー。いい考えじゃないか」

「誰を欺いてるんだ？　欺かれるのはおれ自身だけかも」

「おまえ、ほんとうにスナイパーだったのか？　メイベルに言ってたように、事務官だったんじゃないのか？」

「じゃあ、ギリースーツの作り方をどこで習ったと思うんだ？」

「おまえは頭がいいからな、シェルドン。自分で編み出したんだろう」

「それだけじゃない。体が憶えてるんだ。足をどうやって踏み出すか、まわりのものをどうやって見るか。その記憶は体の一部になっている。だが、肝心なのはなにを憶えているかより、なにを憶えていないか、だ」

「どういうことだ？」

「おれはファイリングの仕方はなにも憶えていない」

「どっちにせよ、おまえはここにいる。それで、これからどうするつもりだ？　人生で最後まで残る問題はそれだろうが」

「おれはライフルを探しに行く」

「それでどうにかなるなら、気張ってやることだな」

サマーハウスは高い場所にあり、そこまでは長く狭い谷間がつづいている。落ち葉の下の地面は湿って冷たく、確実な足場を見つけやすい。日射しはまだ強く、北欧の太陽は高い位置にあり、短い影しか作らない。この浅い谷は数十億年前に沖積平野が隆起し、氷河か川に浸食されてできたものだ。こういう知識がいま役に立つ。つまり谷はほかにもあるということだ。洪水が起こったとき水が集まる低い土地にサウナを建てるわけがない。建てるとすれば周囲より高くなっている場所だ。乾いた土地。つまり家の裏手だ。

サウナにちかづくには大きく回り込む必要がある。

若い男なら、家にちかいルートをとるだろう。だが彼は、家の左手、森の中に数百メートル入った位置からちかづこうとしている。若い男ならリアのことが心配なあまり、短いナイフ一丁で敵に立ち向かおうとするだろう。だが、シェルドンは若くない。力ずくで立ち向かうことなどできない。座った姿勢ではキャンバス地のダッフルバッグをナイフで突くのもやっとだ。

音の出所を見つけ出そうと森を見るとき、人は木々のあいだに目を凝らす。光が射す木々の隙間に。枝の隙間から青い空を垣間見ようとする。あるいは雲の縁を光らせる太陽の光を。人の目は光を求める。自然の闇から連れ出してくれるものを。

だから、シェルドンは陰の中を移動する。木々の根元に巻き付くように移動する。地面が平らでない場所では数分間うつ伏せになり、森の床の一部になる。その場合も膝と肘を使って体を支える。胸筋が衰えているから、長い時間地面の上で姿勢を保つことができない。

どれぐらい時間が経った？

一時間。ギリースーツを作るのに四十分、移動に二十分。そんなものか？　もっと長くかかった気がする。

ダッフルバッグのギリースーツを着ていなかったら、すっかり体が冷えていただろう。手袋をしてくればよかった。いつも言われた。革がベストだ。レーシングカーのドライバーや乗馬をやる連中は、ハンドルや手綱をしっかり握るために汗を吸い取る手袋をする。金属細工師や木工職人も、庭師や登山家も手袋をする。

なんてやわらかな手なの、とその昔、メイベルがささやいた。

いまは見る影もないさ。たこはできるし、傷だらけだし。右の手も左の手も、どっちも孤独そのものだ。一緒になにかをやることはもうない。まるで他人同士みたいだ。いまじゃ手を叩くこともめったにない。

分隊の仲間の多くは、手袋の人差し指部分を切り取り、そこだけは着脱できるようにしていた。するとそれがなにかのはずみですっぽ抜け、人差し指だけ冷たくなる。まあ、そういうことはめったになかったが。手袋をはめるのは大事だということを、みんな知っておくべきだ。手をしなやかにあたたかく保つことができる。外科医が手を守るように、コマンド部隊員は手を守る。ヴァイオリニストやピアニストが、オーブンから熱い皿を取り出さないのとおなじだ。

男たちが革手袋を脱ぐのは、殺しの直前だ。

シェルドンは伏せた姿勢からうしろを振り返る。われながらたいしたものだ。服が人を作る。兵士は軍服を着ると堂々と見える。医者は白衣を着ると威厳が備わる。スナイパーはより低く這うことができる。こっそり忍び寄ることができる。

赤い家は地平線上を移動する太陽のように動いている。彼は木の間越しに覗く空の向こうに家の動きを追ってきた。それがいまはすぐ右手で止まっている。思っていた以上に大きい。松の丸太を積み上げた、ひと部屋しかない尖がり屋根の丸太小屋をイメージしていた。夏でも解けないツンドラの大地に建つ、屋外便所や犬小屋に毛が生えたぐらいのものだと思っていた。アイスコーヒーを取り出すたびに見た、冷蔵庫の扉に貼ってあった写真は小さすぎてよくわからなかった。

実際にはずっと大きかった。おそらく平屋でベッドルームがふたつ、屋根裏部屋もありそうだ。広さは百二十平米ほどだろうか。基礎を高くしてあるので、縁の下に潜り込めるスペースがある。冬の雪や春の雪解け水で濡れないように、こういう造りにしてあるのだろう。

玄関まで階段二段。彼のいる場所からは足跡は見えないが、調べるまでもない。〝魔王〟は森からトヨタまで戻っているが、〝ミスター・アップル〟と〝きこり〟が車を離れたのは一度きりだ。

三人が向かった先はここしかない。家の中にいる。

オートバイがひっくり返っていたから、リアとラーシュも家の中にいるはずだ。

さらに進むと……あれがそうか？　双眼鏡でたしかめる。まっすぐに伐り落とした木を使った、見るからに手造りの建物だ。家から百メートルほど離れている。ハックルベリーの茂みがあり、樺の大枝が落ちて重なり合っているほうへ、アナグマの死骸をよけながらじりじりとちかづく。カラスがいなくてよかった。ギャーギャー騒がれたら居場所がばれる。

やっぱりサウナだった。想像していたとおり、屋根付きの小屋で、乾いた薪を置いて人が五、六人入れる広さだ。熱した石に冷水をかけて蒸気を立たせるのだろう。青白い体が火脹(ひぶく)れたように赤くなる場所だ。

シェルドンは母屋から見られないよう、サウナを盾にして背後からちかづいた。そこでようやく立ち上がると、背中に痛みが走った。

ドアは家と向かい合う側にあるが、背後に小さな窓があり、背伸びすれば中を覗くことができる。

中は暗いが真っ暗ではない。ドアにも丸い窓がついていて光が入るから、なにがあるのか見分けられる。三方の壁沿いにベンチがあり、左手の壁にだけ高い位置に二段目のベンチが作り付けてあった。座面は擦り切れ、火の気はないが薪の匂いがする。元気があり余っていた昔を思い出す。そんなことで気を散らしている場合ではないのに、匂いが甦らせる記憶は払うのがいちばん難しい。

こんなところに武器を隠すか？　隠すはずがない。人が干からびるぐらいの温度では弾薬は発火しない——さもなければ、中東で武器は使えない。だが、繊細な木の部分がたわむし、金属が膨張して精密な武器にくるいを生じさせる。

だったら、ライフルはどこだ？

裏手の窓からさらに覗き込んだが、どこにあるのか見当もつかない。

「どんな塩梅だ？」

「ああ、ビルか」

「それで」

「ライフルが見つからない」

「どこを探したんだ？」

「この窓から覗き込んだ」

「そりゃ大変だったな。諦めるしかないんじゃないか」

「わかった、サンシャイン、なにか名案はないか？」

「考えるのはあんたの役目だろ。サウナは熱くなるから、サウナの中にしまうわけがない」

「ああ、しまうならサウナの外だな」

「理屈にかなってる」

だったら薪と一緒だ！

シェルドンは左に歩いてサウナの角から向こうを覗きみた。母屋が見える。向こうからは見えないはずだ。ビルが言ったとおり、別の小屋があった。窓はない。高さが二・五メートル、幅が二メートル、奥行きは一メートルほどだろう。小屋というよりクロゼットだ。ここは農場ではないので、小さな小屋は薪と道具のしまい場所以外に考えられない。これほど目立たない小屋もない。

武器をしまうには最適だ。冬はそうとう寒いだろうが、母屋において盗まれる危険を考えれば、寒さによるダメージなどたいしたことはない。それに、武器には事故の危険性がつねに付きまとう。だから朝鮮半島から戻って、銃を所有しようとは思わなかった。店でソールがよく遊んでいた古い海賊の銃はべつだが。

そのうちビルが廃棄されたマスケット銃を手に入れ、仕事そっちのけでソールとごっこ遊びをやりはじめた。

小屋のドアには旧式の南京錠がさがっていたが、これがかんたんに開いた。逆Uの字の部分がきちんと嵌まっていなかったのだ。どうしてなのか考えてもはじまらない。とりあえず中に入らないと。誰かに先回りされていないことを願うしかない。

ドアの蝶番は右側にあるので、ドアを開けて中に入るとき母屋から見られる可能性がある。さっと入ってドアを閉める。中は暗く、あたたかい。密閉された空間だから、この数日来はじめてシェルドンは自分の臭いを嗅いだ。体は泥やらばい菌やらにまみれ、小鳥や虫の糞が筋を引いている。屋根の隙間から射すあかるい光を取り込む青い目以外、全身が泥をかぶっている。

熊手と、大きさのちがうシャベルが三本あった。ほっぽらかされてバリバリになったペンキ用の刷毛。巻いたロープはガスボンベのそばに長いこと放置されたままで、使えるかどうか疑わしい。アーチェリーの的や釣り道具もある。頭上の棚から突き出しているのは、ライフルの長さの半分ほどの革ケースだ。

シェルドンは革ケースを手で支えるようにして持ち上げ、棚を擦らないように注意しておろした。見た目より重い。あるいは彼の力が弱くなっているのか。

ここからすぐに出たかったが、弾がなければライフルはなんの役にも立たない。ここで見つかったら、戦わずして殺されることになる。だが、ライフルを持って出てどこかで組み立てて、それからまたここに戻って来るのは危険すぎる。ここでやるべきだ。

なにも倒さないように気を配りながらケースを床に置き、おもてで音がしないか耳を澄ませた。ケースは古く、前面にコンビネーション・ロックがついていた。ダイヤルは三つだ。一九六〇年代に流行ったコードが、ショーン・コネリーに敬意を表して〝007〟だった。それでやってみたが開かない。工場出荷時の設定値はたいていが〝000〟だから、それも試したがだめだった。

「そんなことしてたら日が暮れるぞ」ビルが言う。

「どうしていつもビルなんだ？　メイベルが出て来たっていいじゃないか？　ソールは？　マリオは？　それとも、ハイウェイですれちがった誰か。おまえ、ここに来るのに、なんで酔っぱらいのアイルランド人で、近所の質屋のおやじみたいな格好をしてるんだ？」

「おまえにとって彼は大事な人だからだと思う」

「そうだった。会いたいよ。おまえが彼みたいな格好をしているのが気に障るのはそのためだ。おまえはモーセなのか？　それでいまはアイルランド人になりたがってる？」

「おれたちが腹を割って話し合ったのはずっと昔のことだな。あのころが恋しいよ」

「あれ以上話すことはないさ。話があるのはどっちかというとおまえのほうだろ。だったらうせろ、おれはいま忙しいんだ」

シェルドンはそっとケースを回して、蝶番が手前にくるようにした。片方の蝶番の下にナイフの刃を差し込む。刃の下に小さな石をあてがって梃子の支点とし、ナイフの柄を強く叩いた。蝶番がはずれた。

もう一方の蝶番もおなじようにはずす。

腕時計を見たい気持ちを我慢する。

キーッと音がするのは覚悟のうえでケースの蓋を開ける。驚いたことにライフルは一丁しか入っていない。

「おまえはどっちだ、モーセ、それともアロン？　欠点のあるほうか、約束の地に辿り着いた兄のほうか」

シェルドンはライフルを取り上げ、重さを量る。ライフルを扱うのは何十年ぶりだろう。もう一度手にするとは思っていなかった。だが、即席のギリースーツを着て埃っぽい小屋にいるいま、かつての自分が甦る気がする。長いこと失っていた自信と明晰さを取り戻した気がする。

ライフルはレミントン・モデル・セブン、二十インチバレルだ。命中精度を求めるなら、二十二インチバレルが望ましいのだが。弾はべつの場所にしまうのがふつうだが、ラーシュはこの場所と鍵がかかるケースを信頼していたようだ。・308ウィンチェスター弾が五発あった。見慣れた弾に見えるのは、7・62ミリナトー弾とおなじサイズだからだ。リムレス・ボトルネック薬莢で、ニュー川で射撃訓練を受けていたころ、日に三百発ペースで撃っていた。

だが、レミントンは単発式ボルトアクション・ライフル、父と息子で共有する類の銃だ。華やかさに欠けるが、銃床はウォルナットでボシュロムの照準器を備え、深い森で鹿を撃つのに適している。

ドニーはライフルを組み立て、ボルトを動かしてみた。滑らかな動きだ。ちゃんと油を差してある。薬室が空なことを確認してから弾を込め、ボルトを動かすボルト・ハンドルをそっと、だがしっかりと押して弾薬を薬室に押し込む。つぎにハンドルを倒す。

安全装置をかけ、残りの四発を箱から取り出し、ギリースーツの下の上着の胸ポケットに三発をしまう。最後の一発は右耳に挟む。

最後に一度、見落としはないかと――手がかりとか、もう一丁のライフル――小屋をぐるりと見回した。紙製の的とカモの形のおとり、雪靴にスキー、フックからぶら下がる両端が鮮やかな色の奇妙なひも、建築図面を入れるのに使うような空っぽの筒、古いテニスラケットが二本。

ライフルのケースをもとの場所に戻すメリットを考え、余分に時間をかけてもやるべきだと判断した。こんな重大事態で仕事をすることに慣れていないし、家族が人質に取られているプレッシャーにも慣れていない。スナイパーだったころは、一人で行動するか弾着観測者（スポッター）と一緒だった。ある場所でおろされるとあとは一人で——貴重な一人の時間——目標にちかづき、位置についた。心配性の警官みたいにあたふたしなかった。いまの彼はそうだが。カモフラージュ服をまとい、武装すると、ドニーの表情が一変した。汗が止まり、腰のあたりの鈍痛もなくなった。両手の強張りも緩んだ気がする。

そこへあらたな標的が現れた。

小屋から母屋に向かうあいだに、草原を母屋に向かって歩いてくる二人の人影が目に留まったのだ。

一人は長身でもう一人は小柄だ。長身が小柄を引っ張っているというか、引き摺っている。距離にして百から百五十メートル、あいだに木々や茂みがある。

最後に水を飲んでから何時間経った？　朝から水を飲んでいなかったのか？　いや、トラックに乗っているときに飲んだ。

中腰になって母屋に通じる道を進む。的に垂直に向かって行く。こちらの動きが最も察知されやすい角度が悪い。お話にならない。どちらもおなじ目標に向かって進んでいるが、ドニーのほうがちかいから母屋に早く着ける。だが、準備にかける時間はない。向こうから姿が丸見えだし、相手が誰なのか見当もつかない。

そのとき、小さな贈り物が届いた。ラップランドのはずれから、ビャクシンと雪の香りを乗せて北極の風が吹いてきて、ドニーのまわりで木々がカサコソいい、揺れて彼の動きを隠してくれた。

母屋から五十メートルのあたりで地被植物が少なくなりはじめたので、ここだと決めた。腹這いになって道から左へずれた。ここなら地面が踏み固められていないので、土がやわらかく数インチほどくぼんでいる。うつ伏せの姿勢でギリースーツを整える。

風と光の角度をチェックし、構えの姿勢をとる。

ドニーはライフルを置き、視界をチェックした。

スポッターがいてくれるといいのに。ハンクは射撃がへただったのでライフルを取り上げられ、代わりに望遠鏡を与えられると、意外な才能を発揮した。これは彼が善良でなんでも真に受け、言われたとおりにやるからだが、マリオほど頭がよくなかったので、いちいち疑問を呈しないことも幸いしていた。ハンクは標的までの距離を見極め、どこから狙ったらいいか的確に指示するのが上手だった。ふだんはドジだが、仕事となると不気味なほど静かだった。

だが、ハンクはここにいないので、ドニーは自分ですべてをやらねばならない。

長身のほうは黒い革のジャケットを着た目立たない男だ。レバーアクションのライフルを、機関部(レシーバー)の少し前のバランスポイントで握っている。

小柄なほうはポールだ。

シェルドンは目をきつく閉じる。きつすぎて網膜にモザイク模様がうかんだ。おかげで気持ちの切り替えができた。

どちらを選ぶにしても、失敗を伴う可能性が高い。ポールと一緒にいる男を撃ち、ポールを茂みに引き摺り込んでギリースーツをかぶせ、警察が来るのを待つ。だが、そうすると孫娘とラーシュが、家の中にいる誰かにやられる可能性がある。そいつらは銃声を聞き、死体を見つけ、仇を討つだろう。

シェルドンはポールにライフルを向け、照準器越しに表情を読み取った。泣いていたらしく、顔は赤く腫れぼったい。草原の夏草の涼しげな黄色にウェリントン・ブーツの青が映える。帽子も角もなくなっている。胸のダビデの星がおどけた抵抗のしるしというより、的に見える。挑発しているようにも見える。いやいや歩いていて、これまで見せたことのない怒りの表情を浮かべている。きっともう限界に達しているだろう。まだ母親の死を知らないというのに。

ハンターたちのことが気がかりだ。

撃つのはますますたやすくなってきた。二人は彼のほうに向かって歩いて来る。母屋に向かって来る。ドニーは安全装置をはずし、男の目のあいだに十字線を重ねる。男の表情に悪意は見られない。なにもしゃべらず、ポールの抵抗に苛立っているふうでもない。目的地に向かって少年を引き摺っているだけだ。

ドニーは狙いを男の胸の中心へとさげる。使い慣れない銃だ。弾薬がどう反応するかわからないし、照準器がちゃんと調整されているかもわからない。銃身の掃除が行き届いていないかもしれない。いま彼には、大きな的の中心を狙い、手が引き攣らないことを、ライフルが反応してくれることを、ポールが呼んだらこっちに来てくれることを願うのがせいいっぱいだ。

もっと正確にいえば、ライフルを持って藪みたいな格好をした男に、自分のではない名前を、自分は話せない言語で呼ばれたとき、はたしてポールが走って来てくれるかだ。

よい計画とは言えない。

ドニーは深呼吸する。息を肺の奥深くに取り込み、ゆっくりと吐き出す。二度目の呼吸は最初のより浅くし、途中まで吐く。ハンクがいないから、最後にもう一度風向きをチェックする。どんぴしゃりの瞬間に、弾薬が的の心臓に命中するように、的の歩調を測り、的までの距離と、弾薬がその距離を飛ぶのに要する時間を測る。

シェルドンが体のバランスをとり、構えの姿勢に入ると、時間が永遠とすり替わった。

体勢が決まると、平静さを取り戻した。

すべてが静止する。

その瞬間、ドニーは引き金を引いた。

二十二

「まるでおばあさんみたいな運転するのね」シーグリッドがペッテルに言う。コングスビルゲンのエッソのガソリンスタンドを通り過ぎたところだ。彼女は手を額に当てがい、意志の力でボルボの車輪を速く回そうとするかのように道路を睨み付ける。

すでに無線で連絡が入っていた。ガソリンスタンドちかくの脇道で銃が発射されたと通報があった。

「これでもせいいっぱい飛ばしてるんですよ。ふだんの業務にこういうのは含まれていないもの」

「これでよく試験に通ったわね」

「再試験はないから」

「実施するよう報告書に書いておく」

「そんな意地悪しなくたって」

「心配なのよ」

「少なくともあなたの読みは当たってた」ペッテルが言う。

言わずもがなの意見だし、言われても慰めにならない。パトカーが現場に到着したのは、ようやく五分前のことだった。生存者は一人だけで、背中に弾薬を受け重体だったのでヘリコプターでオスロに搬送された。通りがかりの車の運転手が死体を発見し、恐怖が去ると地元警察に通報した。シーグリッドに連絡が入ったのは数分後だった。

シーグリッドは、助手席の下からファリスの青いボトルを取り出して飲む。ペッテルは小さな町の車の流れを縫うように走っている。シーグリッドはサマーハウスと周囲の様子を想像してみる――未舗装の一本道の先が家に通じる私道で、周囲は広々とした野原だ。

「彼らはどうやって来るの？」彼女はペッテルに尋ねる。

「特殊部隊ですか？」

「空から？」

「音を聞かれないよう、ヘリコプターでできるだけちかくまで来て、あとは歩きです」

「いまどのあたり？」

ペッテルは彼女のほうを見ない。それたボールが道路に転がり、それを追って子どもが飛び出してきたり、運転手が馬鹿みたいに携帯メールを見ながらT字路に突っ込んできたときの用心に、道路から目を離せないのだ。

「もうじきです」彼は言う。

カチッと音がした――遠くで、だが、聞き覚えのある音だ。ライフルの空撃ち（ドライ・ファイアー）の音。

〝ザ・ブラック〟はこの音を前にも聞いたことがあった。繰り返しやると撃針をいためるから、彼はめったにやらない。だが、長い年月、武器に囲まれて過ごしてきて、未経験の若者が銃を玩具代わりにするのを見てきたから、この音は耳についている。

音の出所は森だ。枝が折れる音ではない。木の葉を嚙む音でもなく、角で突く音でもない。聞きまちがいようのない、鋭い金属音。戦闘の音。

彼は立ち止まり、少年を抱えた。もう一度聞こえたら発生源がわかるのだが。

晩夏の土の埃っぽい色合いとは不釣り合いな、真っ赤な家の二段の階段まであと二十メートルだ。

彼が立ち止まると少年も立ち止まったが、不機嫌に彼から離れようとする。なにがあったわけでもないのに、犬が突然振り返り、低く唸りながら鎖に嚙み付くのとおなじ、抵抗の仕草だ。自由になって走り出したいのだろう。

一日の終わりを告げる音というものがある。必ずしも人声とはかぎらないありきたりの音──すべてが失われ、もう取り返しがつかないことをみなで分かち合う音。愛する人の死を告げるのもこんな音だ。

撃針が弾薬底の雷管を打つものの、激発が起きないときの音もそうだ。

希望が失われた音。物語の終わりを告げる音。

ほかの者たちにとって、シェルドンのライフルが空撃ちした音は、細く鋭いカチッという音にすぎない。シェルドンにとってそれは、真夜中に水を抜いたプールにコインを投げ込んだときのような大きな音だった。音は数マイル先まで届く。彼の居場所を告げる。彼がなにをしているか、なぜそうしているかを告げる音だ。

彼の的は動きを止めた。空撃ちの音を耳にしたのだ。少年はこの音を知らないから、無理やり立ち止まらされた。だが、男は知っている。顔にそう書いてある。戸惑っていない。振り向いて森をじっと見ている。

ドニーは音をたててはならない。じっとしているべきだ。逃げられない場合、スナイパーは生き残るためにそうする。自分のいる位置を信頼すべきだ。カモフラージュを信頼し、的が通り過ぎるのを待つ。ライフルは壊れていたにちがいない。

モーセ。欠点のあるほう。

だが、シェルドンはじっとしていなかった。

ボルト・ハンドルを起こし、弾薬が擦れるのを感じるまでボルト・ハンドルを引いた。強く引けば硬い弾薬が排出されて右のほうに飛び、落ち葉の上に落下して音をたてる。だから尾筒（ブリーチ）に左手をかぶせ、弾薬の先端が顔を覗かせるまでボルト・ハンドルを引く。

不発弾を地面に置き、耳に差した弾薬を装塡する。ボルト・ハンドルを押して倒す。安全装置はかけない。もう一度的を狙い——間を置かず、思い出に浸りもせず、疑いもせず——引き金を引いた。

まただ。聞き間違えようのない空撃ちの音。こんな馬鹿な話、聞いたことがない。人をおちょくってるのか？〝ザ・ブラック〟はまた森に目をやる。今度は奥まで見通す。木々の中、スナイパーが潜んでいそうな場所。木々の根元。前にもやったことがある。だが、なにも見つからない。誰もいない。

小鳥の鳴き声も聞こえない。

「さあ、行くぞ」彼は少年に英語で話しかける。

少年を引っ張って家に向かい、二段の階段をあがった。ノックはしない。ドアの取っ手を回し、暗い玄関に入り、目が暗さに慣れると見知った顔を見分けられた。

「おもてに誰かいる」彼はエンヴェルに言う。

少年を連れて中に入り、ドアを閉める。

あっという間にシェルドンはまた一人になった。彼が大切に思う人間はすべてあの家の中にいる。古代の要塞のように難攻不落だ。彼は肉のたるんだ役立たずの老いたユダヤ人だ。泥にまみれ、硬い地面にうつぶせになっている。ここはキリスト教徒の土地、彼のことを知らず、彼の夢も彼の歌も知らないキリスト教徒の土地だ。

この両手にもこの体にも、なにも残っていない。目的もない。果たすべき役割もない。

おれは人生の最終章で大きな勘違いを犯した。

古代ギリシャ戦士さながら力強く漕いでいたボートの中に、染み込んできた黄海の冷たい水を思い出す——表面に浮かんだゴビ砂漠の黄金の砂を。命よりも大事な大義を守るために、固めた決意を思い出す。かつて感じた成功を、国から勲章を受け取ったときの静かな誇りを。いま、この夏の日に、彼は愛する者たちを殺人者の手に渡した。孫娘とやさしい夫。上の階の住人。上の階の住人の息子。

　自分にもなにかできると信じたおれは、なんて馬鹿だったんだ。このままで終わるような男じゃないことを、証明しようとするとは。それが息子を殺したのに。おれは〝行動の人〟のふりをしてきた。だが、おれは夢想家でしかなかった。

　こんなジョークがある。廉直なユダヤ人の男が死に、神に会いに行く。神にちかづいて言う。「ひとつ質問をしてもいいですか?」神は男の顔に浮かぶ当惑の表情を見て哀れに思う。「よろしい」すると男は言う。「ユダヤ人はあなたが選んだ民というのはほんとうですか?」神はしばし考える。「そうだ」神は言う。「ほんとうだ」男はうなずき、腕を広げて言う。「だったら、代わりにほかの誰かを選んでもらえませんか?」

　おれは馬鹿な老人だ。人を傷つけることしかしない。ほんとうに申し訳ないと思う。謝っても謝りきれない。

「おれに話しかけてるのか?」ビルが尋ねる。

「なんでおまえに話しかけなきゃならないんだ?」

「そう思っただけだ」

「おまえに話しかけたいとは思わない。おまえに言うことなんてない。許して欲しいのはおまえにじゃないからな」

「いいだろう」

「神がアイルランド人だと思うといてもたってもいられない」

「そういうことを言うのはおまえがはじめてじゃない」

「おれは一人で死にたくない」

「一人じゃ死なないさ、シェルドン」

シェルドンはサウナと母屋をつなぐ道に沿って匍匐前進する。建物の角まで来ると立ち上がった。地面に足をつくのは気分がいい。泥まみれで小股で歩き、ポールと男が消えた玄関に回る。右手でナイフを抜き、ぎゅっと握る。恐れはない。ドアの向こうに死が待っているのはわかっている。中には彼の家族がいる。彼に残された家族が。中には情熱的な女がいる。一度は腹に子どもを宿し、彼の家族にあらたな世代を約束してくれた女が。あの日、彼は北の王国で王のように玉座に座り、過ぎし日々のことをとめどなく話した。

そういうのを認知症というのよ、シェルドン、とメイベルは言っていた。

さにあらん、わが王妃よ、さにあらん。

玄関で、彼は最後の笑みを浮かべ、せいいっぱい背筋を伸ばして立つ。

深呼吸をひとつすると、シェルドン・ホロヴィッツは取っ手を回し、ドアを押し開けた。

「ここ、ここ、ここを曲がって」シーグリッドが言う。頭はカッカしていたが、ズキズキする痛みはなかった。

ペッテルが急ハンドルを切る。ボルボはおなじ道に入る。ほんの一時間前、ハンターたちが、ピックアップ・トラックに乗せてやった老人から、釣り糸と針を寄越せと言われた場所だ。

「ライトを消して」シーグリッドがささやく。ディーゼル・エンジンの音より自分の声が大きいと、聞かれてしまうとでも思っているのか。「あのメルセデスのうしろにつけて」

彼女は現在地を無線で知らせる。署ではみなが知らせを待っている。だが、現在地以外に知らせることはなにもない。

「道をブロックして欲しいですか？」

「車で行けるところまで泥道を運転していって欲しい」

「四輪駆動車じゃないですよ」

「そうね。だからなに？」

「ぼくたちが先に行く必要はないと思います」ペッテルが言う。

「誰かがいま行く必要があると思う」シーグリッドが言い返す。「車を進めて。道がなくなるまで、車の往来がなくなるところまで行ってちょうだい。これは命令よ」

ペッテルは道を曲がる。ラーシュがいつもオートバイで走っている道だ。車体が揺れて跳ねる。彼はラリーカーみたいに操る。車は前進する。二人ともおなじことを考えていたが、最初に口にしたのはシーグリッドだった。

「ボルボのエアバッグが破裂したら、スウェーデンを侵略してやる。神よ、お助けください！」

「ほら。あそこ。地図で見た野原に出ますよ」

「戦闘は行われていないわね。なにか見える？　男たちはどこ？」

「無線がやけに静かですね。あの木のあいだは抜けられません」

「わかった。歩いて行きましょう」

家の中は暗い。シェルドンは壊れたライフルを左脇に挟んだ。イギリスの伯爵が成果のあがった鴨猟のあと、こんなふうにショットガンを抱える。右手にはナイフを握っている。玄関ホールにはブーツやスカーフ、帽子、ジャケット、釣り竿に蠟燭の箱が置いてあった。ほかにもわけのわからない物が置いてある。そんなことはどうでもいい。周囲になにがあるかは問題ではない。彼はもうドニーではなかった。マサチューセッツ州西部の緑の丘から来た若い兵士ではない。年を経てニューヨーカーになり、夫になり、駄目な父親になった男ではない。戦争で戦った男ではない。居場所を見つけようと必死になっている男だ。いま、ここで、泥の中で馬鹿みたいな格好をして、彼はなるべき男になる。

家にいる誰もが、こいつなにをしゃべっているのだろうと怪訝に思わないように、暗闇に向かって大声で、はっきりと言った。「おれはヘンリック・ホロヴィッツ・イプセン将軍だ。おまえたちは包囲されている！」

二十三

玄関ホールはキッチンにつながっている。リビング・ルームのキッチンにちかい場所で、ギヨンは〝ザ・ブラック〟から手渡されたピストルをチェックしていた。そこで将軍の登場だ。ブリムは汗をかきながらナイフを握り締める。エンヴェルは信じられないという顔でキッチンに顔を向ける。

エンヴェルがアルバニア語で〝ザ・ブラック〟に言う。

「おもてに誰かいると言ってたな」

「やっぱりそうだったんだ」

エンヴェルはうなる。〝ザ・ブラック〟はライフルを持ったままだ。エンヴェルはナイフをベルトに差していた。

「おれが行って片を付けようか？」〝ザ・ブラック〟が言う。

「女のそばにいろ。彼女を盾に使える」

「おれたちにどうして欲しいんだ？」

「おれは息子と一緒にスウェーデンに行く。おまえと」エンヴェルが言う。「おまえとおまえは、おれが無事に逃げられるよう援護しろ」

流れる汗が目に入り、ブリムは目をしばたたく。エンヴェルがそう言ったとき、ブリムは、アドリアナの胸に顔をうずめて子どもみたいに泣けたらいいのにと思った。彼女に議論を吹っ掛けたり、異を唱えたりしたことすべてを、なかったことにできたらどんなにいいか。すべてきみの言うとおりだ、と言えたらどんなにいいか。こんなひどいことになるなんて、ほんの遊びのつもりだったのに。すべてが……現実離れしている。そう、これは夢だ、まぼろしだ。彼は理解できない宇宙で水遊びをやっていただけ。こんなことになるなんて夢にも思っていなかった。あれよあれよという間に、ここまで来てしまった。

「おれは抜ける！」ブリムが言う。ほかの三人がなにか言う前に、彼はキッチンへと飛び出した。

大股の五歩でキッチンのテーブルを回り、シェルドンの姿を見ると膝をつき、顔をあげて英語で懇願した。「見逃してください。お願いです。見逃して」

「おまえの銃を寄越せ」

「持ってません」

「娘は無事か？」

「はい。どうか見逃してください」

「彼女はどこだ？」

「か、彼女は、リビング・ルームにいます。どうか、どうか見逃してください」

「わかった」シェルドンは横にずれる。

ブリムは立ち上がり、うしろを振り返る。家の中に長いことといたので、目がここの光に慣れている。彼は影以上のものをそこに見る。悪そのものが角を曲がって来るのを見る。いまこそ国に戻ろう。これまでしてきたことを謝ろう。

ドアを開け、階段を跳びおりて走る。若い体が持つエネルギーのすべてを注ぎ込んで走る。恐怖と目的意識に駆られて走る。草原の先の泥道に向けて走る。前夜、逃げ出そうとして、オートバイから降りたノルウェー人とアメリカ人に出くわした場所だ。彼はこれから町の警察に出頭するつもりだ。許しを乞い、罰を受け入れ、アドリアナが望んでいるような男に生まれ変わるのだ。

シーグリッドとペッテルがボルボから降り、家に向かって歩き出したとき、大きなナイフを握り締めた若い男が、悪魔にとり衝かれたような形相で走って来るのが見えた。まっすぐこちらに向かって来る。シーグリッドはグロックを構えた。

ノルウェー語で叫んだ。「止まれ、止まらないと撃つ」

だが、ブリムはノルウェー語を話せない。

「止まれ、止まらないと撃つ」彼女は二度目の警告を行う。

だが、ブリムは恐ろしくて止まるどころではない。自分がナイフを握っていることにも気付いていない。だから、捨てることなど考え付かない。ここにいることすら考えていない。

シーグリッドは引き金を引き、ブリムは倒れる。

シェルドンは銃声を聞いたとき腕時計を見た。午後二時二十分。時刻はなんの意味も持たない。どんなちがいがあるというのか？

そんなふうに感じたことが前にもあった。ソールが十二歳のときだ。夏の盛りで、場所はニューヨーク。ユニオン・スクエアでなにか起き、ソールとその友達が興奮して家から飛び出して行こうとした。

そのとき、なにかがシェルドンの視線を捉えた。やはり午後の二時二十分だった。メイベルは夕食の支度をはじめ、シェルドンは家じゅうの黒い靴を磨いていた。

彼の視線を捉えたのはソールの腕の時計だ。それはソールの腕にはまっているべきでない時計だった。シェルドンはサマーハウスのリビング・ルームに入って孫娘の姿を見ながら、そんなことを思い出していた。どんな時計だったか思い出せない。あんなに大騒ぎしたのに、どんな時計だったか忘れているなんて。

「おい。どこへ行くんだ？」彼はソールに尋ねた。

ソールは足を滑らせて急停止し、早口でまくし立てた。何を言っているにせよ、ほんとうのことだとシェルドンにはわかったから、即座に尋ねたことを後悔した。どうでもいいことだったのに。

彼は手をあげてソールの言葉を遮り、言った。「わかった、わかった。ところで、腕にしているのはなんだ？」

ソールはなにかの引っ掛け問題かという顔で腕を見る。

「時計だよ」

「おれの時計だ」

「うん、そうだね。だから？　ぼく、ずっとしてるよ」

「それでも、尋ねないとな」

「ずっとしてるって言ってるでしょ！　いつも尋ねてるよ。父さんはそのたびに、いいよ、って言うじゃない。もう行ってもいい？」

「そう焦るな。尋ねるのは大事なことなんだ。おれなんか毎晩、夕食がすむと、おまえの母さんに皿洗いをして欲しいかどうか尋ねている。おまえの母さんはかならず、ええ、お願い、と言うが、それでもおれは尋ねる」

「それとこれとはべつでしょ」

「どこがべつなんだ？」

「わからない。でも、べつなんだ。もう行っていいでしょ？」

ソール。おれの息子。十二歳にしておれを言い負かした。だが、いちばん肝心なときに、おれを言い負かせなかった。

シェルドンはリビング・ルームに足を踏み入れる。

待ち構えている者たちがいる。男が三人――彼が殺し損なった男、はじめて見る男、白いメルセデスに乗っていた男。シェルドンは彼らの靴を見る。

「おれの部下たちがここを包囲している」シェルドンは言う。「降参しろ。男と女と子どもを解放しろ。そうすれば生かしておかないでもない」

エンヴェルは彼の顔をじっと見つめている。彼が視線で射抜こうとしているのを、シェルドンは感じる。布地と藪と虚勢の下にあるものを見通そうとしている。あと一歩でごまかしとおせると思ったが、年齢だけはごまかせない。

「おまえに見覚えがある」エンヴェルが言う。

「おまえのことは生まれる前から知っている」

そのとき、リアは自分の耳を信じた。自分の耳だけを。彼は目の前に立っていたが、その姿だけでは誰かわからなかった。彼がバスローブにスリッパの姿でコーヒーを手に立っていたとしても、わからなかっただろう。彼がここにいること自体、ありえない話なのだから。いまこの瞬間に、この世界に存在すること自体が。

「パパ？」

「リア」彼は言う。

ラーシュはいない。死んだにちがいないと思うと、シェルドンは恐怖に竦む。

少年は隅に立っている。見たところどこも怪我していないようだ。あいかわらずショックのあまり口がきけない。

「パパ！」彼女が叫ぶ。

エンヴェルは少年を連れて立ち去ろうとする。その前に、老人を殺すつもりだ。

エンヴェルがちかづくと、シェルドンは一歩さがった。ライフルを落とし、ナイフをふりかざして最後の攻撃に出る。エンヴェルの喉に刃を突き立てたいが、いかんせんその力がない。気まぐれな時の法則が、彼から最後の防衛のチャンスを奪う。

勇気を掻き集めてエンヴェルの胸に体当たりするものの、狙いをはずした。

エンヴェルの一撃は強烈かつ手慣れたものだった。シェルドンは左の頸動脈から胸までざっくりとやられた。

シェルドンは右手で喉を摑み、よろよろとキッチンに後ずさりテーブルにもたれかかる。

仕事を終えたエンヴェルは少年を、ようやく叫び声をあげる少年を摑み、脇に抱え込んで裏口を抜ける。少年の悲鳴は耳をつんざくばかりだ。エンヴェルがアルバニア語で黙れと命じる。叫ぶな。やめないと殴るぞ。だが、少年はやめない。

エンヴェルが家の裏手に駐めてある四輪バギーへと向かうあいだも、少年は叫ぶのをやめなかった。四輪バギーでスウェーデンへ向かうのだ。

黒い制服を着て小さな黒いライフルを持った男を目の端で捉えたときも、少年は叫ぶのをやめなかった。

ラーシュ・ビョルンソンが化合弓（コンパウンド・ボウ）を手に、ブナの巨木の陰からぬーっと現れ、怪物の心臓に弓を射たときも、少年は叫ぶのをやめなかった。

シェルドンは自分がなにを目にし、なにを耳にしているのかもはやわからなかった。

命が――この命がどんなものであれ――流れ出してゆく。リアがぱっと立ち上がり、シェルドンが打ち損ねた男を窓に押し付け、どういうわけか、彼女がそうしたとき、男の胸が破裂したようだ。どうやら窓の外から音の出ない弾薬が飛んできて、彼の胸郭を貫通したらしい。それから音もなく、もう一人の男――ピストルを構えて隅にじっと立っていた男――が床に崩れ落ちた。

どうやら彼女が駆け寄ってきてシェルドンを抱き起し、玄関のほうに引き摺ってゆきながら、「パパ、パパ」と叫んでいるらしい。

どうやら二人は折り重なるように玄関から転がり出て、冷たい地面にずり落ち、彼の血があふれ出て土を染めたようだ。

だが、ひとつたしかなのは、彼を取り巻く光が燦然と美しく、すばらしかったことだ。

女が現れる。制服を着て、親切そうな顔をしている。看護師だろう。まわりをうろちょろする黒い服の男たちが見える。病院のオーダリーだろう。看護師が彼にほほえみかける。よい知らせを持ってくる人は、たいていこういうあたたかでやさしい笑みを浮かべている。

メイベルが出産したにちがいない。無事に終わったんだ。

シェルドンは手をあげ、シーグリッドの頰にそっと触れる。

「おれの息子。無事なのか？　元気か？」

「あの子なら無事ですよ、ミスター・ホロヴィッツ。無事です」

謝　辞

本書は二〇〇八年にジュネーブとオスロとフォルナルトスで書かれた。

最後の場面を思いついたのは、その年の春、息子のジュリアンが生まれる直前だった。

本書のどれぐらいの部分を自分が書き、どれぐらいの部分をシェルドン自身が書いたのか判然としない。とは言うものの、彼は一緒に仕事をするのが楽な相手ではなく……

〝スナーフ〟と〝トゥワープ〟の定義は、カート・ヴォネガットの一九七七年〈パリ・レビュー〉のインタビューから拝借した。彼も喜んでくれるだろう。

韓国、インチョンのパルミド灯台は一九〇三年に建てられ、二〇〇六年にあたらしく建て替えられた。しかし、高さ八メートルの塔は〝兄〟に寄り添うようにいまも建っている。

本書は英語で書かれているが、二〇一一年にまずノルウェーでノルウェー語に翻訳、出版された。以来、物語は何度か書き換えられた。英語版は決定稿である。

二〇一二年、第二次大戦後六十七年を経て、ノルウェー政府は占領時代になしたことについて、ユダヤ人に正式に謝罪した。

編集作業を手伝ってくれたヘンリー・ローゼンブルームとローレン・ウェインにお礼を申

し上げる。

すべてを可能にし、すべてに意味を与えてくれる妻のカミラに、心からの感謝を。娘のクララ、きみはその歳にして創造的刺激そのものだ。

訳者あとがき

シェルドン・ホロヴィッツは八十二歳、朝鮮戦争を海兵隊のスナイパーとして戦い、ニューヨークで時計修理屋兼アンティークショップを営んでいたが、最近、長く連れ添った妻を亡くした。名前からわかるとおり、ユダヤ系アメリカ人だ。一人息子のソール（イスラエルの最初の王の名）をベトナム戦争で亡くし、家族は息子の忘れ形見のリア（ギリシャ神話の大地の女神の娘の名）だけだ。ノルウェー人と結婚してオスロに住むリアは、認知症の疑いもあるシェルドンの行く末を心配し、オスロで一緒に住みましょう、と誘う。「あっちでなにをやれって言うんだ？　おれはアメリカ人なんだぞ。ユダヤ人なんだ。八十二だぞ。引退したやもめだ。元海兵隊員。時計修理屋。小便をするのに一時間かかる。あっちにはおれの知らないクラブでもあるのか？」と憎まれ口を叩くシェルドンだったが、リアのこのひと言で移住を決意する。「妊娠してるの」――命がつながってゆくのを、この目で見たいと思ったからだ。

しかし、シェルドンの希望は打ち砕かれる。リアの流産。それを告げられたまさにその日に、シェルドンは事件に巻き込まれた。アパートの上の階に住む東ヨーロッパ系の女が男の子を連れ、助けを求めてきたのだ。第二次大戦中、ユダヤ人への迫害にヨーロッパ人はドアを閉じ、知らぬ顔を決め込んだ。ユダヤ人であるおれはそんな過ちは犯さない、とシェルドンはドアを開け、二人を匿う。だが、女を狙う男は凶暴で、ドアを蹴破って侵入してきた。女は息子をシェルドンに預け、男に立ち向かって殺された。若ければ二人を助けられるのに、とシェルドンは忸怩たる思いだが、八十二歳の身では男の子を抱いてクロゼットに隠れ、母親の断末魔の悲鳴を聞かせまいとその子の耳を両手で塞ぐのがせいいっぱいだった。「あたりが静まると、シェルドンは羞恥と後悔の波に呑まれた。それは避けがたいものであり、ソールに死なれて感じた羞恥と後悔に匹敵する激しい思いだった。もっとちがう対処の仕方をしていれば──ドアを開けなければ、母子をもっと早くに逃がしていれば、警察を呼んでいれば──哀れな女は生き延びただろう。生きて息子をやさしい男に育てあげただろう。シェルドンがその手で彼女を殺したも同然だ」

母親が命がけで守ろうとした男の子を警察に引き渡せば、あの凶暴な男(どうやら少年の父親らしい)の手にわたるかもしれない。シェルドンは子どもを連れて逃げることを決意する。行く先は孫娘の夫ラーシュがフィンランド国境ちかくに持っているサマーハウスだ。そこにラーシュは、トナカイを撃つためのライフル二丁を置いているという。まず武器を手に入れる。その先のことはそれから考えればいい。海兵隊の訓練で身につけたサバイバル術を駆使し、老人は言葉の通じない子どもを連れて逃避行をはじめる……。

作者のデレク・B・ミラーはアメリカのボストンに生まれた。ジョージタウン大学で安全保障学を学び修士号を取得、博士論文を書くためにオクスフォード大学に留学、さらにジュネーヴ大学に移り、国際関係学で博士号を取得した。イスラエルのヘブライ大学で学んだこともあり、二〇〇四年からは国連軍縮研究所の主任研究員を務めている。弁護士や医者が小説家に転身するケースは珍しくないが、彼のようなキャリアの小説家はめったにいないのではないか。第二次大戦、朝鮮戦争、ベトナム戦争、コソボ独立紛争、と本書にいくつもの戦争が織り込まれ、重要なファクターになっているのも頷けるキャリアではある。一九七一年生まれの四十五歳、本書で小説家デビューを果たしたのが二〇一一年、四十歳のときだった。

ジュネーヴでノルウェー人女性と結婚し息子を授かると、一家はオスロに引っ越すことを決める（「生まれ故郷の水に卵を産み付けるのは、ノルウェー人にとっては自然なこと」らしい）。まったく異なる文化に触れたとき、作者はなにかあたらしいことをしたいと思った。それが小説を書くことだった。オーストラリアの新聞のインタビューで、本書を書くにあたってテーマは三つあった、と述べている。

第一に、祖父母の世代が持っていた特別な愛国心。愛国心も、愛国心について語り合うのも陳腐だと切り捨てるいまの風潮に、作者は危惧を抱いている。

第二に、息子にとって父親とはどういう存在なのか。作者は息子が生まれたときに、本書の最後の場面がひらめいたとか。

第三に、ユダヤ人（作者自身が数代前に東ヨーロッパからアメリカに移住したユダヤ人の家系）がノルウェーで暮らすことの意味。人口五百万人のノルウェーに住むユダヤ人はわずか千人で、ヨーロッパのほかの国々とちがい、ノルウェー人にとってユダヤ人は（歴史的にも）未知の存在だ。

シェルドンは皮肉屋で偏屈で減らず口ばかり叩く、煮ても焼いても食えない爺だが、たまに人をほろりとさせるような言葉も口にする。そこが憎めない。それにクスリと笑わせる上質のユーモアの持ち主でもある。作者が本書を書き始めたときには、ホロヴィッツは脇役だったそうだが、どんどん存在感を増していった。「本書のどれぐらいの部分を自分が書き、どれぐらいの部分をシェルドン自身が書いたのか判然としない。とは言うものの、彼は一緒に仕事をするのが楽な相手ではなく……」と作者が〝謝辞〟で白状しているように。

本書は二〇一一年にまずノルウェーで（ノルウェー語に翻訳され）出版された。二〇一三年二月にイギリスで、三月にアメリカで出版されるとたちまち人気をよび、二〇一三年英国推理作家協会（ＣＷＡ）賞新人賞に輝いた。アメリカでも、二〇一四年のバリー賞とマカヴィティ賞の新人賞にノミネートされている。また、ガーディアン紙、フィナンシャル・タイムズ紙、エコノミスト紙の二〇一三年ベスト作品にも選ばれた。アメリカでもだが、イギリスで高い評価を得たことに、わたしは大いに納得したが、読者のみなさんはどうだろう。ニューヨーク・タイムズの書評の一文、「ミステリーの肉体に文学の頭脳を持った作品」はまさに言いえて妙だ。

さらに、イギリスのレインマーク・フィルムズがドイツのベータと組んで映画化を進めている。作者のフェイスブックに「映画の脚本を書くことになって、草稿を書き終わったところ。なかなかいい」という書き込みがあった。シェルドンを誰が演じるのか期待が膨らむ。

わたしの一押しは、トミー・リー・ジョーンズだけれど。

フェイスブックを読むと作者の人となりがわかるので、翻訳者は大いに助けられる。じつは作者のフェイスブックにわたしが返信したことで、メールでのやり取りがはじまり、どうしてもわからない箇所を尋ねることができた。便利な世の中だ。たとえば、リアのブルーの瞳を形容するのに、原文には〝sparkle like Sea of Japan before battle〟という一文がある。戦闘前の日本海のように輝くブルーの瞳って……。戦闘はもちろん〝日本海海戦〟じゃないよね。あれは日露戦争だし。でも、わたしが抱く日本海のイメージは、冬の暗い海（まるで演歌）、ブルーというよりはグレイ、さて、困った。作者に尋ねたら、「シェルドンが朝鮮半島の戦場に向かうのに、日本を経由したことは充分考えられる。黄海（Yellow Sea）はブルーの瞳を形容するのには使えないし、東シナ海（East China Sea）は長すぎるから日本海にしたんだ。それに、アメリカ人にとって、日本のイメージはブルーやグリーンなんだよ」という返事だった。〝サムライブルー〟からの連想？　海に囲まれた緑濃き島国？　そんなわけで、翻訳作業はほんとうに楽しかった。

シェルドンという、なんとも魅力的な人物を創造してくれた作者に、わたしのトンチンカンな質問にも丁寧に答えてくれた作者に、この場を借りてお礼を申し上げます。

二〇一六年三月

加藤洋子

集英社文庫

白夜(びゃくや)の爺(じじい)スナイパー

2016年5月25日　第1刷
2016年9月10日　第2刷

定価はカバーに表示してあります。

著　者　デレク・B(ビー)・ミラー
訳　者　加藤洋子(かとうようこ)
発行者　村田登志江
発行所　株式会社　集英社
東京都千代田区一ツ橋2-5-10　〒101-8050
電話　【編集部】03-3230-6095
【読者係】03-3230-6080
【販売部】03-3230-6393（書店専用）
印　刷　中央精版印刷株式会社　株式会社美松堂
製　本　中央精版印刷株式会社

フォーマットデザイン　アリヤマデザインストア　　マークデザイン　居山浩二

ISBN978-4-08-760721-5 C0197